अनमोल
प्रसंग

अनमोल प्रसंग

सुधा मूर्ति

प्रकाशक • **प्रभात प्रकाशन प्रा. लि.**
4/19 आसफ अली रोड,
नई दिल्ली–110002

संस्करण • 2026
मूल्य • पाँच सौ रुपए
मुद्रक • नरुला प्रिंटर्स, दिल्ली

ANMOL PRASANG

by Smt. Sudha Murthy ₹ 500.00
Published by Prabhat Prakashan Pvt. Ltd., 4/19 Asaf Ali Road, New Delhi-2
e-mail: prabhatbooks@gmail.com ISBN 978-81-7315-432-4

देश के विभिन्न भागों में
रह रहे उन अभावग्रस्त
लोगों को समर्पित,
जिन्होंने मुझे बताया कि
मेरा देश क्या है

भूमिका

हमारे यहाँ मनुष्य की योग्यता को सत्त्व, रजस या तमस के रूप में देखने की परंपरा है। यह एक तात्त्विक अवधारणा को अभिव्यक्त करने का एक श्रेष्ठ भारतीय तरीका है, जो अन्य सभ्यताओं के लिए भी अपरिचित नहीं है : ईश्वर की सभी रचनाओं में सिर्फ मानव को अच्छे या बुरे के बीच चयन करने की योग्यता प्राप्त है और वह अपने चयन के अनुसार ही फल प्राप्त करता है।

कुछ सजग भाव से सात्त्विक कर्म की ओर उन्मुख होते हैं, कुछ जान-बूझकर तमस का जीवन पसंद करते हैं, कुछ तमस या रजस से शुरू करके स्वयं को सत्त्व की ओर ले जाते हैं। इन सब का कारण कर्म के विशाल ब्रह्मांडीय स्वरूप को समझा जा सकता है। जमशेदजी टाटा ने जीवन तथा कार्य के सिर्फ सात्त्विक दृष्टिकोण को अपनाया। उन्होंने उस समय अपने देश में औद्योगिक नींव रखी, शैक्षिक तथा शोध संस्थान शुरू किए और चैरिटी का नेटवर्क स्थापित किया, जब ऐसे विचार प्रचलित नहीं थे। दूसरी ओर, अल्फ्रेड नोबल ने अपनी प्रतिभा को डायनामाइट, गंधहीन गन पाउडर तथा गिलिग्नाइट बनाने में इस्तेमाल किया, जो जन-विनाश के कारक बने। फिर, शायद अपने जीवन की उपलब्धियों के परिणामों से दुःखी होकर उन्होंने अपनी सफलता का सात्त्विक इस्तेमाल करते हुए श्रेष्ठ कार्यों की पहचान के रूप में नोबल पुरस्कारों की स्थापना की।

सुधा मूर्ति ने अपनी चमक को घरेलू महिला के घेरे में नहीं छिपने दिया। वह अपनी नसों में शिक्षक के खून के साथ जनमी थीं और शिक्षण ऐसा व्यवसाय था जिसने विश्व को आकार देने में मदद की। परंतु वह शिक्षकों की भीड़ में सिर्फ एक और चेहरा बनकर भी नहीं रहीं। अदृश्य परंतु स्पष्ट रूप से महसूस होनेवाली शक्तियों ने उन्हें एक अपरिचित क्षेत्र की ओर उन्मुख किया। उन्होंने एक समाजवादी व्यक्ति से विवाह किया। जब पूँजीवाद के लाभ उनके सामने आए तो शिक्षक तथा

समाजवादी की सहज वृत्तियाँ एक साथ मिलकर उन्हें जन-कल्याण के लिए जन-सेवा के क्षेत्र में ले गईं। एक शिक्षिका, पत्नी, माँ और एक सामान्य महिला रहते हुए सुधा मूर्ति एक संस्थान बन गईं।

उन्होंने कोई भव्य इमारत नहीं बनाई। उनके कार्य में कोई सार्वजनिक घोषणाएँ शामिल नहीं हैं। कोई प्रतिमा, तख्ती या मेहराबदार रास्ते उनकी उपस्थिति को बयान नहीं करते। वह जनजातीय वनों, गरीबी से पीड़ित गाँवों और बीमारियों से तबाह समुदायों में जाती हैं। वह स्वयं ही मदद के योग्य समुदायों को पहचानती हैं। वह उनकी आवश्यकताओं के अनुसार मदद उपलब्ध कराती हैं। कुंठाएँ, अवरोध तथा लाल फीताशाही उनके कदमों को धीमा नहीं करते। यहाँ तक कि मानवीय लालसाएँ, जिनका वह अपने कार्य के दौरान काफी सामना करती हैं, उन्हें रोक नहीं पातीं। उनका कार्य उनका मिशन है। वह एक कर्मयोगी की तरह अपना कर्म करती हैं।

यह पुस्तक उनके कार्य तथा उसके प्रति उनकी प्रवृत्ति—दोनों का जीवंत वर्णन करती है। कन्नड़ की एक दक्ष कहानीकार सुधा ने 'द न्यू संडे एक्सप्रेस' में एक पाक्षिक स्तंभ का आरंभ करते हुए पहली बार अंग्रेजी में लिखा। उन्होंने अपने व्यक्तिगत अनुभवों, अपनी यात्राओं तथा असामान्य व्यक्तित्वोंवाले सामान्य व्यक्तियों के साथ अपनी मुलाकातों का वर्णन किया। अपनी ताजगी तथा स्पष्टता के कारण इस स्तंभ को काफी लोकप्रियता मिली। स्पष्टत: वह अपनी कलम से नहीं, अपने दिल से लिख रही थीं। आरंभ से ही यह स्पष्ट था कि मानव-प्रकृति में इन किस्सेनुमा अंतर्दृष्टियों को एक अधिक स्थायी रूप में व्यवस्थित किए जाने की आवश्यकता है, जो पत्रकारिता उपलब्ध नहीं करा सकती थी। इस पुस्तक के प्रकाशन द्वारा यह उद्‌देश्य पूरा हो गया।

हालाँकि यह बहुत खेद की बात होगी, यदि इन कहानियों का लाभ मात्र उन्हें पढ़ने के आनंद के साथ ही समाप्त हो जाए। यदि सुधा मूर्ति एक संदेश नहीं तो कुछ नहीं हैं। इंफोसिस की सफलता को दीन-हीन लोगों की सेवा करने के एक अवसर के रूप में बदलते हुए उन्होंने अन्य संपन्न लोगों तक एक संदेश पहुँचाया है। विकसित देशों में एक ओर सामाजिक सुधार कार्यक्रमों का कॉरपोरेट समर्थन और दूसरी ओर बौद्धिक रचनात्मकता सामान्य बात है; परंतु यह हमारे देश में बहुत कम है। पश्चिम में संपन्न परिवारों के साथ जुड़े हुए फाउंडेशन जैसे फॉर्ड, रॉकफेलर तथा नफील्ड की बराबरी का भारत में कुछ नहीं है। उनमें से सबसे अधिक प्रतिष्ठित मैकआर्थर फाउंडेशन प्रतिभा पुरस्कार देती है। इसके बारे में कोई नहीं जानता, क्योंकि उसे किसी प्रकार का कोई प्रचार नहीं दिया गया। फिर भी वह चुपचाप

महान् प्रतिभावाले लोगों—जैसे ए.के. रामानुजन—को पहचानकर उन्हें उनके कार्य को आगे बढ़ाने के लिए फंड प्रदान करती है। इस प्रकार श्रेष्ठता, जो किसी देश के लिए सबसे महत्त्वपूर्ण होती है, को समाज द्वारा विकसित किया जाता है। सुधा मूर्ति का कार्य तभी पूर्ण होगा जब अभावग्रस्त लोगों की मदद, मौलिकता की पहचान, बौद्धिक अन्वेषण को सुविधा प्रदान करने तथा सामान्यत: महानता को प्रेरित करने के लिए भारत में विशाल फाउंडेशनों की परंपरा आरंभ होगी।

—टी जे एस जॉर्ज

संपादकीय सलाहकार,

'द न्यू इंडियन एक्सप्रेस'

लेखकीय

जब तक मैंने अपने कार्य के लिए ग्रामीण भारत का अवलोकन, उसकी खोज-बीन नहीं की थी, मैं अपने देश को नहीं समझ और जान पाई थी। मैंने कई राज्यों की विस्तृत यात्रा की है और हजार से अधिक गाँवों में जाने का अवसर मुझे प्राप्त हुआ है। वहाँ मैंने तमाम व्यावहारिक ज्ञान और अनुभव बटोरे, जो मनुष्य जीवन को सुखद, सार्थक बनाने में महती भूमिका अदा करते हैं। मानव-मस्तिष्क बहुत जटिल है। कुछ लोगों को धन और प्रसिद्धि की बहुत आकांक्षा होती है, जबकि कुछ लोग शिक्षित न होने के बावजूद परिपक्व होते हैं।

इस पुस्तक में वर्णित सभी प्रसंग जीवन के भोगे हुए अनुभवों पर आधारित हैं। प्रसंगों में वर्णित व्यक्तियों के मैंने सिर्फ नाम बदल दिए हैं और साथ ही कुछ अन्य वृत्तांत जोड़ दिए हैं। कभी-कभी साधारण लोगों, जिन्हें आगे बढ़ने के बहुत कम अवसर मिलते हैं, से मुझे बहुत कुछ सीखने को मिला। वे मेरे 'गुरु' हैं।

मुझे अत्यंत प्रसन्नता है कि मेरी अंग्रेजी पुस्तक 'वाइस एंड अदरवाइस' का हिंदी अनुवाद प्रकाशित हो रहा है। यह पुस्तक अब तक भारत की दस भाषाओं में प्रकाशित हो चुकी है। इसके सभी अध्याय मेरे जीवन में घटित वास्तविक घटनाओं पर आधारित हैं। सच्चाई और ईमानदारी की हमेशा ही कद्र होती है, ऐसा मेरा मानना है।

मैं 'द न्यू इंडियन एक्सप्रेस' के संपादकीय सलाहकार श्री टी जे एस जॉर्ज का आभार व्यक्त करती हूँ, जिन्होंने मुझे समाचार-पत्र के लिए स्तंभ लिखने का आत्मविश्वास प्रदान किया। उन्होंने इस पुस्तक की भूमिका लिखी है। मैं 'द वीक' के श्री गोपालकृष्णन, 'द हिंदुस्तान टाइम्स' के श्री वीर सांघवी और 'द हिंदू' की सुश्री निर्मला लक्ष्मण को उनके समाचार-पत्र/पत्रिकाओं में प्रकाशित

मेरे लेखों को पुनःप्रकाशित करने की अनुमति देने के लिए धन्यवाद देती हूँ। इसके साथ ही मैं इस पुस्तक के अनुवाद के लिए सुश्री ज्योति की हृदय से आभारी हूँ।

अंत में, आप पाठकगण मेरे लिए बहुत महत्त्व रखते हैं। आप मेरी प्रेरणा हैं। आपके बिना एक लेखिका के रूप में मेरा कोई अस्तित्व नहीं होगा।

—सुधा मूर्ति

अनुक्रम

1

ईमानदारी का संबंध संस्कार से है

तीन वर्ष पूर्व, जून की एक सुबह। मैं हर दिन की तरह कन्नड़ अखबार पढ़ रही थी। उस दिन अखबार में एस.एस.एल.सी. का परीक्षा-परिणाम छपा था। उत्तीर्ण छात्रों के अनुक्रमांक अंदर के पृष्ठों में छपे थे, वहीं विशेष योग्यतावाले छात्रों के नाम व चित्रों से मुखपृष्ठ भरा पड़ा था।

अधिक अंक पानेवाले छात्रों के प्रति मेरा अधिक लगाव है। विशेष स्थान हासिल करना उनकी बुद्धिमानी ही नहीं, बल्कि अपने उद्‌देश्य की पूर्ति-हेतु उनके परिश्रम व लगन को भी दरशाता है। मेरा अपना अतीत, मेरा लालन-पालन एक प्रोफेसर परिवार में हुआ है। अध्यापकीय जीवन का मेरा अनुभव मेरी इस धारणा का जनक है।

प्रात:कालीन समाचार-पत्र में छपे इन चित्रों में मेरा ध्यान एक लड़के के चित्र पर अटका। मैं बरबस उसे निहारने लगी। अत्यधिक दुर्बल और पीला पड़ा चेहरा, किंतु उसकी आँखों में अद्‌भुत चमक थी। मुझे उसके विषय में और अधिक जानने की इच्छा हुई। तसवीर देखने के बाद जिज्ञासावश मैंने उसका नाम पढ़ा। उसका नाम 'हनुमनथप्पा' था, जिसे परीक्षा में आठवाँ स्थान प्राप्त हुआ था। केवल इतना ही उसके विषय में पता चल सका।

दूसरे दिन उसका फोटो उसके साक्षात्कार के साथ प्रकाशित हुआ, जिससे उसके बारे में और जानने की मेरी लालसा लगभग बढ़ गई। पता चला कि वह एक कुली का लड़का है। उसने एक सवाल के जवाब में स्वीकार किया था कि वह आगे पढ़ाई जारी रखने में असमर्थ है, क्योंकि वह गाँव में रहता है और उसके पिता की दैनिक आय केवल चालीस रुपए है। हनुमनथप्पा अपने पिता की पाँच संतानों में

सबसे बड़ा है और एकमात्र पिता ही परिवार का भरण-पोषण करनेवाला है। वह एक अनुसूचित जनजाति परिवार का सदस्य है।

यह जानकर इस होनहार बच्चे के लिए मुझे क्षोभ हुआ। हममें से अधिकतर लोग अपने बच्चों की अतिरिक्त पढ़ाई के लिए शिक्षक रखते हैं, अनेक ग्रंथ एवं मार्गप्रदर्शक पुस्तकें खरीदने के अलावा अन्य सुविधाएँ भी प्रदान करने की कोशिश करते हैं, किंतु रामपुरा के हनुमनथप्पा की स्थिति भिन्न थी। सुविधाओं के अभाव में भी वह अच्छे अंक प्राप्त कर सका। अखबार पढ़ते-पढ़ते मैं उसके विषय में सोच ही रही थी कि मेरी नजर अपने पड़ोसी के आँगन के खड़े आम के पेड़ पर चली गई। मैंने उसे गौर से देखा, वह अपनी काली छाल, हरे पत्तों पर पड़ी ओस की बूँदों की चमक के साथ भविष्य में पूरे पके फल देनेवाला है। साथ ही पेड़ के पास गमले में एक पौधा था, जो आज भी उसी स्थिति में था, जैसा उसे रोपा गया था।

वह सुबह बड़ी शांत थी। हवा बहुत ठंडी व ताजा थी। मैं विचारों में डूबी हुई थी। घर के अंदर प्रेशर कुकर की सीटी ने जब सन्नाटे को तोड़ा तो पता चला कि मैं काफी देर से यहाँ पर बैठी हूँ।

साक्षात्कार में हनुमनथप्पा का पूरा पता छपा था। बिना समय गँवाए मैंने तुरत उसके पते पर एक पोस्टकार्ड में दो पंक्तियाँ लिख दीं कि मैं उससे मिलना चाहती हूँ, अत: जानना चाहा कि क्या वह बंगलौर आ सकता है? तभी मेरे पिता प्रात:कालीन भ्रमण से वापस आ गए। उन्होंने मेरा पत्र पढ़ा और कहा, 'उसके पास इतनी दूर आने के लिए पैसे कहाँ से आएँगे! अगर तुम उसे बुलाना चाहती हो तो बस का किराया तथा कुछ और पैसे भेज दो, जिससे वह अपने लिए नए कपड़े खरीद सके।' तब मैंने उस पत्र में तीसरी पंक्ति जोड़ दी कि 'तुम्हारे आने-जाने व कपड़ों की खरीद पर हुए व्यय का भुगतान किया जाएगा।' चार दिनों के अंदर मुझे एक पोस्टकार्ड मिला, जिसपर दो पंक्तियाँ लिखी थीं—पहली, 'मैं पत्र के लिए धन्यवाद देता हूँ,' व दूसरी, 'बंगलौर आकर आपसे मिलने की मेरी इच्छा है।'

तुरत मैंने अपने कार्यालय का पूरा पता और कुछ पैसे उसके लिए भेज दिए। अंतत: जब वह मेरे कार्यालय में पहुँचा तो मुझे वह भयभीत, भटके हुए बछड़े की तरह लगा। शायद बंगलौर आने का उसका पहला मौका था। वह विनयशील था। साफ-सुथरे कपड़े पहने हुए था। बालों में कंघी की हुई थी। उसकी आँखों में चमक अब भी विद्यमान थी।

मैंने मुख्य मुद्दे पर वार्त्ता करते हुए कहा, 'हम तुम्हारी शैक्षिक योग्यता से प्रसन्न हैं। क्या आगे पढ़ना चाहोगे? हम तुम्हें आगे पढ़ाएँगे—अर्थात् जिस विषय

की शिक्षा जहाँ भी प्राप्त करना चाहो, उसके लिए पूरा व्यय वहन करेंगे।'

उसने कोई उत्तर नहीं दिया।

मेरे वरिष्ठ साथी, जो मेरे साथ ही थे, ने मुसकराते हुए कहा, 'जल्दबाजी मत करो। अपने प्रस्ताव पर शाम तक कुछ सोचने का समय दो इसे, तभी यह कुछ कह सकेगा।'

जब हनुमनथप्पा वापस जाने के लिए तैयार हुआ तो उसने बहुत ही सधे हुए स्वर में धीमे से कहा, 'मैडम, मैं शिक्षक प्रशिक्षण महाविद्यालय, बेल्लारी में आगे की अपनी शिक्षा पाना चाहता हूँ। वह स्थान मेरे गाँव के निकट है।'

मैंने तुरत स्वीकृति दे दी, किंतु उससे जानना चाहा कि क्या कोई अन्य कोर्स वह करना चाहेगा। मेरा उद्देश्य उसे यह समझाना था कि हम उसकी इच्छा के अनुसार कोर्स करने हेतु शुल्क देने के लिए तैयार हैं, परंतु वह बालक अपने विचार पर दृढ़ था और जानता था कि उसे क्या चाहिए।

'मैं कितनी राशि तुम्हें प्रत्येक महीने भेजूँ? क्या महाविद्यालय में आवासीय व्यवस्था है?' मैंने पूछा।

उसने कहा कि पता करने पर वह सूचित करेगा।

दो दिन बाद बहुत ही खूबसूरत लिखावट में उसका पत्र मिला, जिसमें उसने लिखा था कि उसे तीन सौ रुपए महीने की आवश्यकता पड़ेगी। वह अपने मित्र के साथ किराए के एक कमरे में रहेगा। दोनों स्वयं अपना भोजन तैयार करेंगे, जिससे खर्च कम होगा। मैंने उसे छह महीने के लिए एक हजार आठ सौ रुपए तुरत भेज दिए, जिसकी प्राप्ति-सूचना के साथ उसने कृतज्ञता व्यक्त की।

समय बीता। एक दिन मुझे अचानक याद आया कि हनुमनथप्पा के लिए अगले छह महीने की खर्च-राशि भेजनी है। अत: पुन: एक हजार आठ सौ रुपए का बैंक ड्राफ्ट भेज दिया।

धनराशि की प्राप्ति की सूचना के साथ कुछ रुपए भी लिफाफे में मिलने से मुझे आश्चर्य हुआ। उसने पत्र में लिखा था—'मैडम, आपकी बड़ी कृपा है कि अगले छह महीने के लिए अग्रिम राशि आपने भेजी, किंतु मैं पिछले दो महीने से बेल्लारी में नहीं था। एक महीने कॉलेज की छुट्टी थी और एक महीने हड़ताल चलती रही, अत: मैं अपने घर पर ही रहा। उन महीनों में मेरा खर्च तीन सौ रुपए से कम रहा। अत: बचत के तीन सौ रुपए वापस भेज रहा हूँ। कृपया इसे स्वीकार करें।'

मैं चकित रह गई—इतनी गरीबी होने पर भी इस तरह की ईमानदारी!

हनुमनथप्पा को मालूम था कि महीने के खर्च के रूप में भेजी गई राशि में से कुछ भी वापस मिलने की आशा मुझे नहीं थी, फिर भी उसने उस राशि को वापस किया। यह अविश्वसनीय, किंतु सत्य घटना है।

अनुभव ने मुझे सिखाया कि ईमानदारी किसी विशेष वर्ग, शिक्षा या पूँजी की देन नहीं है। इसकी शिक्षा किसी विश्वविद्यालय में भी नहीं ली जा सकती। अधिकतर लोगों में यह गुण स्वाभाविक होता है—संस्कारजनित। मुझे नहीं सूझा कि एक ग्रामीण बालक की ईमानदारी पर क्या प्रतिक्रिया जताऊँ! मैंने ईश्वर से प्रार्थना की कि वह हनुमनथप्पा व उसके परिवार पर दयादृष्टि रखे।

□

2

मानवीय दुर्बलता

कई वर्ष पूर्व मैं मुख्य प्रणाली विश्लेषक के पद पर कार्यरत थी। मुझे परियोजना-संबंधी कार्य के लिए अकसर इधर-उधर यात्रा करनी पड़ती थी, कभी छोटे से गाँव में तो कभी निकटवर्ती शहर में। प्राय: अवकाश के दिनों में भी मुझे यात्रा करनी पड़ती थी।

एक शुक्रवार की बात है, मैं लंबे सप्ताहांत की बात सोच रही थी, क्योंकि आगामी सोमवार को किसी पर्व की छुट्‌टी का दिन था, जिसका उपयोग हम बहनों ने अपने पैतृक स्थान शिगाँव में अपनी नानी के पास जाने का कार्यक्रम बनाया था।

मैं बेसब्री से शुक्रवार के बीतने का इंतजार कर रही थी। रविवार को पूर्णमासी की रात थी, अत: चाँदनी में रात्रि-भोजन का विशेष प्रबंध किया गया था। उत्तरी कर्नाटक के निवासियों के लिए चाँद की रोशनी में रात्रि-भोजन करना परिवार की रुचि के अनुसार होता था। हम सब दिन भर का काम समाप्त कर ही रहे थे कि मुझे किसी की आवाज सुनाई दी, 'कुलकर्णी, क्या तुम मेरे दफ्तर आ सकती हो ?' मेरा मन बुझ गया। यह मेरा उच्चाधिकारी था, जो मेरे विवाह-पूर्व के नाम से पुकार रहा था। उसके स्वर से पता चल रहा था कि कोई जरूरी काम है। मैं कार्यालय से बाहर निकलने ही वाली थी, मुझे रुकना पड़ा यह जानने के लिए कि आखिर उसे चाहिए क्या ?

'आपके कार्य में विघ्न डालने के लिए मुझे खेद है, किंतु आपकी सेवाओं की तुरत आवश्यकता है।' उसने एक पत्र मुझे थमाते हुए पढ़ने को दिया। उस पत्र में मुझे एक परियोजना-स्थल पर अगले दो दिन के अंदर पहुँचना था।

'कोई बात नहीं, श्रीमान्, मैं चली जाऊँगी।' मैंने कहा।

मुझे दिन भर व सप्ताह भर काम करने की आदत सी हो गई थी। अत: यात्रा

का कार्यक्रम निरस्त करने का मुझे तनिक भी मलाल नहीं हुआ। मुझे बाहर घूमने जाने से अधिक सुख अपने काम में व्यस्त रहने पर मिलता है।

अगली सुबह मैं परियोजना-स्थल पर गई। जब मैं नगर में पहुँची तब दोपहर हो चुकी थी, किंतु लगा, जैसे वहाँ दिन तभी शुरू हुआ हो। छोटा सा नगर। दुकानें अभी खुल रही थीं। लोग अपने-अपने काम के लिए बाहर निकले ही थे। बस से उतरकर जैसे ही मैं आगे बढ़ी, एक लड़का मेरे पास आकर बोला, 'मैडम, मुझे आने में थोड़ी देर हो गई, इसके लिए मैं क्षमा चाहता हूँ। मुझे बस स्टॉप पर ही आपका स्वागत करना था।' वह हमारे ग्राहक का प्रतिनिधि था, जो मुझे अपने कार्यालय तक ले जाने के लिए आया था। हम थोड़ा सा पैदल चलकर उसके कार्यालय में पहुँच गए थे। छोटा सा दफ्तर यद्यपि आधुनिक साज-सज्जाविहीन था, किंतु मरम्मत किए गए पुराने फर्नीचर को साफ करके रखा गया था। सबकुछ तरतीब से रखा हुआ था। वे लोग मेरी प्रतीक्षा में थे। जैसे ही मैं बैठी, मुझे बहुत अच्छा लगा। उन्होंने जो शीतल व ताजा छाछ मुझे पिलाई, उससे मुझे बहुत ताजगी महसूस हुई।

अपना कार्य शुरू करने से पूर्व मेरा परिचय एक साफ व चुस्त कपड़े पहने एक युवक से कराया गया, जो मेरे साथ काम में तालमेल के हेतु सहयोगी नियुक्त हुआ था। वह संस्कारयुक्त, आत्मविश्वासी एवं चतुर व्यक्ति लगा। मुझे व्यावसायिक अनुभव था। मुझे बताया गया कि वह शहर का सबसे अधिक पढ़ा-लिखा व जानकार व्यक्ति है। उसने अपने काम के संबंध में कुशलतापूर्वक अभिलेखों को तैयार कर रखा था, जिससे हमारा कार्य अपेक्षाकृत शीघ्र पूरा हो गया। वहाँ से आने के पूर्व मैं उसकी प्रशंसा करना नहीं भूली। मेरे द्वारा की गई प्रशंसा के शब्दों से वह झेंप सा गया। उसका रंग पीला सा पड़ गया। उसने जोर दिया कि मैं पास में ही उसके घर चाय पर अवश्य पहुँचूँ।

मैं उसके घर पर गई। उसका मकान सुंदर, करीने से सजा हुआ था। चाय आने तक उसके साथ बातचीत में व्यक्तिगत रुझान सा हो गया था। उसने अपने माता-पिता व अपने पहले काम के विषय में बताया। उसने अपनी पत्नी व दो वर्ष के बेटे से परिचय करवाया। अपनी पत्नी के स्वादिष्ट खाना बनाने और उसकी सुंदर आवाज की प्रशंसा तथा पढ़ाई के दौरान स्कूल में उसके द्वारा प्राप्त उपलब्धियों का वर्णन करते हुए वह पुलकित हो रहा था। तब उसने अपने बेटे के विषय में बताया, जो तभी आकर मेरी बगल में खड़ा हो गया था—चुपचाप हाथ जोड़े, मानो उसे इस कार्य के लिए प्रशिक्षित किया गया हो। जैसे ही पिता ने उसे राइम (तुकांत कविता) सुनाने के लिए कहा, उसने तुरंत अपनी तोतली बोली में कविता-पाठ शुरू कर दिया।

मैंने उसके कविता-पाठ की प्रशंसा सिर हिलाकर की। उसके पिता को बच्चे के गुणों की इस प्रकार हलकी प्रशंसा से संतुष्टि नहीं हुई तो पिता ने बच्चे से दीवार पर टँगे कैलेंडर/ चार्ट के सभी अक्षर पहचानने के लिए कहा। यह बच्चे के लिए सबसे अधिक कठिन काम होता है, फिर भी हर पिता इसके लिए बच्चे पर जोर देता है—बेचारे बच्चे!

यह सब करीब आधे घंटे तक चला, तब तक, जब तक बच्चे ने खीजना शुरू नहीं कर दिया। माँ चुपके से बच्चे को वहाँ से ले गई, शायद उसे फुसलाने और चॉकलेट खिलाने!

मुझे लगा कि पिता बच्चे की प्रशंसा में मुझसे कुछ सुनना चाहता था, तो मैं बोली, 'अपनी आयु में यह बच्चा बहुत होशियार और होनहार है।'

उसने गर्व से कहा, 'स्वाभाविक है, क्योंकि मैंने उसे बचपन से ही इस प्रकार सिखाया है।'

मुझे लगा कि वह उस दो वर्ष के बच्चे को जन्म से ही प्रशिक्षित कर रहा था।

मैंने पूछा, 'आपके अनुसार केवल इस प्रकार की शिक्षा देकर बच्चा होशियार व चतुर बन सकता है, क्यों?'

'नहीं-नहीं, वंश-परंपरा एवं जैविक गुण भी महत्त्वपूर्ण प्रभाव डालते हैं। मेरा बच्चा मुझपर गया है।'

उस व्यक्ति का चेहरा गर्व से दमकने लगा तथा मैं और अधिक सुनने के लिए लालायित हो गई। आखिर मुझे बस के आने तक के एक घंटे का समय तो बिताना ही था।

'आप अपने कॉलेज के दिनों में अच्छे विद्यार्थी रहे होंगे?' मैंने कुरेदा।

'हाँ, मैं अच्छा विद्यार्थी था। मैं स्कूल व कॉलेज में प्रथम आता था।' आत्मप्रशंसा में उसने कहा।

'आपने स्नातक शिक्षा कहाँ पाई?' मैंने उत्सुकतापूर्वक पूछा।

'मैंने बी.वी.बी. इंजीनियरिंग कॉलेज, हुबली से स्नातक उपाधि प्राप्त की।'

मैं चौकन्नी हुई। मैं हुबली से परिचित हूँ। उस कॉलेज को भी मैं जानती हूँ।

'किस साल?' मैंने पूछा।

'वर्ष 1972 में प्रथम स्थान प्राप्त किया था।'

'क्या आपको स्वर्ण पदक मिला था?' मैंने जानना चाहा।

'हाँ, मुझे उस वर्ष का स्वर्ण पदक मिला था।' आत्मसंतुष्टि और गर्व के साथ उसने कहा।

तब से मैं उस व्यक्ति को समझने लगी थी। और जो मैंने देखा, उससे मुझे निराशा हुई।

'क्या मैं आपका स्वर्ण पदक देख सकती हूँ?' मैंने पूछा।

सहसा कमरे का वातावरण बदल गया, 'क्यों, क्या आपको मुझपर विश्वास नहीं है?' उसका स्वर भर्रा गया।

'नहीं। मैं वर्ष 1972 में प्राप्त आपका स्वर्ण पदक देखना चाहती हूँ।' मैंने दोहराया।

'वह मेरे लिए बहुत मूल्यवान् है, इसलिए मैंने उसे बैंक के लॉकर में रखा है।' उसने कहा।

मैं भी छोड़नेवाली नहीं थी, 'किस बैंक में?'

'मैं आपको यह सब विवरण क्यों दूँ?' मेरी बात से वह चिढ़ सा गया।

तब तक सबकुछ साफ हो गया था। शायद वह भी समझ गया था। सत्कार का समय निकल गया था। मेरी बस का समय हो गया था और मेरे वहाँ से जाने का भी।

द्वार की ओर बढ़ते हुए मैंने उससे कहा, 'मुझे आपके स्वर्ण पदक व बैंक को जानने की कोई इच्छा नहीं है, यह मेरा काम नहीं है। किंतु मुझे विश्वास है कि वह स्वर्ण पदक आपके पास नहीं है।'

'आप यह कैसे कह सकती हैं और वह भी इतने विश्वास के साथ?' अब तक वह आगबबूला हो गया था।

'क्योंकि सन् 1972 में स्वर्ण पदक मुझे मिला था।' मैंने धीरे से उदासी भरे स्वर में कहा, 'और प्रतिवर्ष केवल एक ही स्वर्ण पदक दिया जाता है।'

इसे जानकर वह भौंचक्का रह गया और मेरी ओर एकटक देखने लगा। मैंने उसकी ओर देखा और नम्रतापूर्वक कहा, 'आप काफी होशियार हैं। अपने काम में प्रवीण हैं। फिर आपको झूठ बोलने की क्या आवश्यकता है? इससे आपको क्या मिलेगा?'

सामने का द्वार मेरे पीछे भड़ाक से बंद हुआ। मुझे यही उत्तर मिलना था।

□

3

विनम्रता का पाठ

मुझे यात्रा करने का शौक है। चाहे छोटा सा गाँव हो, सूखा पीड़ित इलाका हो, सुनसान पहाड़ की चोटी हो या घना जंगल अथवा मिस्र या चीन का कोई ऐतिहासिक स्मारक, मुझे विभिन्न स्थानों पर जाने से आनंदानुभूति होती है। एक बार मैं कर्नाटक में सह्याद्रि पर्वतमाला के बीहड़ वन-प्रदेश में गई। दिन भर बूँदा-बाँदी होती रही। बरसात में जंगल में यों भी राह निकालना बहुत कठिन होता है और जब चप्पे-चप्पे पर खतरनाक जोंक फैले हों तो क्या कहना! प्रकृति के इस दृश्य का भरपूर आनंद लेना हो तो वर्षा ऋतु में ही जाना चाहिए। वृक्षों, झाड़ियों एवं फूलों की मादक सुगंध, विभिन्न प्रकार के पक्षियों के चहचहाने की ध्वनि, स्वच्छ व ताजा हवा के झोंके—ये आनंद, जिनका अनुभव किसी नगर या शहर में नहीं मिल सकता।

मुझे वहाँ घने जंगल के बीच एक आदिवासी गाँव की पाठशाला में जाना था। एक न्यास, जिससे मैं जुड़ी थी, उस विद्यालय को सुधारने में सहायता करना चाहती थी। 'ठांडा' (आदिवासी कबीले के लोगों को इसी नाम से पुकारा जाता है) प्रसन्नचित्त लोग थे। सामान्यत: ठांडा में एक मुखिया होता है, जिसे 'ठांडाप्पा' कहते हैं। वह सारे कबीले का वरिष्ठतम, सर्वशक्तिमान् व्यक्ति होता है। सभी उसे साक्षात् भगवान् मानते हैं। वह बचपन से सिखाए गए संस्कारों में पूरी आस्था रखता है और सभी लोग उन संस्कारों को मानते हैं।

मैं जब गाँव में पहुँची तो वर्षा हो रही थी। वर्षा, पेड़ों से झड़ते पत्ते तथा जंगली फूलों की तेज खुशबू से ऐसा लगा, जैसे मैं किसी नक्षत्रलोक में हूँ, किंतु ऐसा बिलकुल नहीं लगा कि मैं वहाँ घुसपैठिया थी। तब भी नहीं, जब बहुत दूर पैदल चलकर मैं

पाठशाला में पहुँची थी और सारे ग्रामीण मुझे घूर-घूरकर देख रहे थे।

पाठशाला तक पहुँचना ही अपने आप में एक आश्चर्यजनक बात थी। मैंने एक महिला को सिर पर पानी से भरे तीन घड़ों को संतुलित करते हुए किसी लय में थिरकते कदमों से चलते हुए देखा। मैंने उसे रोका और पूछा, 'पाठशाला तक पहुँचने का रास्ता कौन सा है ?' संबोधनात्मक स्वर निकालते हुए उसने मेरी तरफ घूरकर देखा और आगे चल पड़ी। शायद वह एक अजनबी, वह भी शहरी, से बात नहीं करना चाहती थी, या हो सकता है, वह मेरी भाषा नहीं समझ सकी। तब मैं एक वृद्ध के पास गई जो किसी लोकगीत को गुनगुनाते हुए बेंत की टोकरी बुन रहा था। मैंने उसके सामने झुककर साफ व तेज आवाज में पूछा, 'पाठशाला किधर है ?' उसके चेहरे पर कौतूहल था, लगा कि वह मुझसे प्रश्न पूछना चाहता है, किंतु उसने कुछ नहीं कहा। उसने अपनी बोली में कुछ कहा और हाथ के इशारे से रास्ते की ओर संकेत किया।

मैं पाठशाला तक पहुँची। पाठशाला लकड़ी और घासफूस का बना एक छप्पर था, जिसे शायद कबीले के लोगों ने स्वयं बनाया था। वह प्राथमिक पाठशाला थी। मैंने कुछ बच्चों को बाहर खेलते हुए और कुछ को एक छप्पर के नीचे पत्तों से कुछ करते हुए देखा। मैं अंदर गई तो एक कमरे में दो कुरसियाँ, दो मेज, एक श्यामपट्ट (ब्लैक बोर्ड) तथा पानी भरा मिट्टी का एक घड़ा देखा। वहाँ बिजली की रोशनी व पंखे नहीं थे। बिना दरवाजे की एक खिड़की थी, जो कमरे में हवा और रोशनी के लिए एकमात्र जरिया था। वह कार्यालय सा लगा, किंतु वहाँ कोई व्यक्ति नहीं था। आस-पास भी मुझे कोई कर्मचारी नजर नहीं आया। जब मैं इधर-उधर किसी को ढूँढ़ने-देखने लगी तो एक व्यक्ति ने सामने आकर पूछा कि मैं किसे ढूँढ़ रही हूँ। मैंने अपना परिचय दिया और जानना चाहा कि पाठशाला को हम किस प्रकार की सहायता दे सकते हैं। उसका उत्तर उत्साहित नहीं था। मैंने सोचा कि पहले उससे सामान्य बातें कर लूँ, तभी वह ठीक-ठीक बता पाएगा।

पता चला कि वह पाठशाला का चौकीदार-सह-चपरासी है। वह घुमक्कड़ों के लिए मार्गप्रदर्शक भी था, किंतु वह न पाठशाला का और न ही सरकार का वेतनभोगी कर्मचारी था। उसकी सेवाओं के बदले उसका नाती नि:शुल्क शिक्षा पा रहा था। मेरे यह पूछने पर कि वह कब से पाठशाला में रह रहा है, उसने कहा, 'बहुत वर्षों से पाठशाला के प्रांगण में बनी झोंपड़ी में रहता हूँ।'

अब तक उसका रवैया मेरी तरफ कुछ उत्साहवर्धक हो गया था। मैंने धीरे-धीरे पाठशाला के क्रिया-कलापों के विषय में वार्त्ता शुरू की। उसने बताया कि

पाठशाला राज्य सरकार चलाती है और उसमें दो अध्यापक व लगभग पचास छात्र हैं, जो आस-पास से ही आते हैं। छात्रों के लिए कोई पोशाक (Uniform) निश्चित नहीं है। छात्रों की संख्या जानकर मुझे प्रसन्नता हुई। छात्रों के अभिभावक अनपढ़ थे और परिस्थिति कठिन थी। फिर भी उनकी बच्चों को पढ़ाने की इच्छा थी। मेरे प्रश्न 'पाठशाला चलाने में उन्हें किन कठिनाइयों का सामना करना पड़ता है ?' के उत्तर में उसने खास कुछ नहीं कहा। वह मुझे निकटस्थ एक कुटिया में ले गया और अपने से बूढ़े एक व्यक्ति से मेरा परिचय कराया। वह ठांडाप्पा था। नब्बे वर्ष से अधिक आयु का वह व्यक्ति मुझे देखकर बहुत खुश हुआ। मैंने उससे भी वही प्रश्न किया, 'पाठशाला चलाने में कोई कठिनाई झेलनी पड़ती है ?' उसने बताया कि बरसात में पाठशाला तक पहुँचना बहुत कठिन होता है। गीले कपड़े जल्दी नहीं सूखते हैं। सबकी सीधी और सामान्य समस्याएँ थीं। इन समस्याओं को ऐसे अनेक लोगों से अपने कार्यालय में मैं सुनती आई थी। वहाँ के लोगों के रहन-सहन को समझने के बाद उनके प्रति आभार व्यक्त कर मैं लौटी। मैंने निश्चय किया कि दुबारा आने पर बच्चों के लिए कुछ कपड़े व छाते लेकर आऊँगी।

जब मैं दुबारा गई तो शीतकाल था। बरसात बंद हो गई थी। दृश्य बदल गया था। वह स्थान स्वर्ग के समान था। न धूल उड़ती थी, न मेढकों की टर्र-टर्र थी। पक्षी बोल रहे थे। आसमान साफ था। आमतौर पर न दिखनेवाले अनेक रंग-बिरंगे फूल खिल उठे थे। मैं उसी ठांडाप्पा से मिली। उसने मुझे पहचान लिया और मधुर मुसकान के साथ मेरा स्वागत किया। बड़ी गरमजोशी से उसने मुझे निहारा। एक बड़ा थैला उसे थमाते हुए मैंने कहा, 'बच्चों के लिए कुछ चीजें लाई हूँ, इन्हें कृपया स्वीकार करें। पिछली बार मुझे पता नहीं था कि बच्चों की क्या जरूरतें हैं।' ठांडाप्पा कुछ झिझका। ऐसा लगा, जैसे मैंने उसे असमंजस में डाल दिया है। मैंने कहा, 'आपने मुझसे कुछ नहीं माँगा। ये चीजें तो मैं अपने मन से लाई हूँ। ये बारिश में बच्चों के काम आएँगी। कृपा करके बच्चों की जरूरत के अनुसार कपड़े सिलवा लें।'

एक शब्द बोले बिना वह चुपचाप अपनी कुटिया में चला गया। पास खड़े बच्चों से मैंने पूछा, 'आप क्या सीखना चाहते हैं ?' किसी ने उत्तर नहीं दिया। बहुत खुशामद करने के बाद कुछ छोटे बच्चे पास आए तो, किंतु उन्हें बातचीत करने में संकोच हो रहा था। कुछ कहने के लिए मैं उनपर जोर दे रही थी। अंततः उनमें से एक बोला, 'हमने कंप्यूटर के बारे में सुना है, किंतु उसे देखा नहीं है। केवल टी.वी. पर देखा है। हम कंप्यूटर के विषय में जानना चाहते हैं। क्या कन्नड़ भाषा में कंप्यूटर

की कोई पुस्तक है?' एक अध्यापक परिवार में पली और स्वयं भी अध्यापक होने के नाते मुझे इन बच्चों के विचार मात्र से बड़ी प्रसन्नता हुई। निश्चय ही बच्चों के विचार नए एवं विस्मयकारी थे, विशेषकर इसलिए कि वे पिछड़े इलाके में रहनेवाले थे। मैंने कहा, 'बंगलौर में ऐसी पुस्तकों की तलाश करूँगी। यदि पुस्तकें नहीं मिलीं तो तुम लोगों के लिए कंप्यूटर पर स्वयं एक पुस्तक लिखकर लाऊँगी।' तब तक ठांडाप्पा अपनी कुटिया से बाहर आ गया था। उसके हाथ में लाल द्रव्य की बोतल थी। 'अम्मा', बोतल मुझे देते हुए उसने कहा, 'हमें नहीं मालूम कि आप क्या चाहती हैं और अपने घर में क्या पीती हैं। यह एक विशेष पेय है, जिसे गरमी के दिनों में हम इस जंगल में ही बनाते हैं। यह दो वर्षों तक ठीक से चल जाता है। गरमियों में एक लाल जंगली फल होता है। हम उसका रस निकालकर बोतलों में जमा करते हैं। इसमें कोई मिलावट नहीं होती है। एक कप में पानी के साथ थोड़ा सा जूस मिलाकर उसे घोलकर पी लें।'

मैं हैरान थी। इन दीन व्यक्तियों से मैं ये भेंट कैसे लूँ? उनके पास अपने खाने-पीने के लिए कुछ नहीं था। मैं तो देने के लिए गई थी, लेने के लिए नहीं। मैंने सोचा और विनम्रता से उसे लेने से इनकार कर दिया। तब ठांडाप्पा ने गंभीर होकर कहा, 'अम्मा, तब हम भी आपकी भेंट स्वीकार नहीं कर सकते। हमारे पूर्वज इन जंगलों में सदियों से रहते आए हैं। उन्होंने अपने रीति-रिवाज हमें सिखाए। जब आप कुछ देना चाहती हैं तो हम स्वीकार करते हैं, किंतु तभी, जब हम भी कुछ आपको दे सकें। जब तक आप हमारी भेंट नहीं लेंगी, हम भी आपकी लाई वस्तुओं को स्वीकार नहीं करेंगे।'

मुझे धक्का-सा लगा। असमंजस में थी और विनीत भी। मेरे अनुभव ने मुझे इस बात के लिए तैयार नहीं किया था। मुझे समझ में नहीं आ रहा था कि ऐसी परिस्थिति में क्या करना चाहिए। जब कोई दान देनेवाली संस्था किसी प्रकार की सहायता प्रदान करती थी तो सामान्यत: उसके प्रति आभार प्रकट किया जाता था। मुझे शिकायतें भी मिलती थीं। जब किसी व्यक्ति या संस्था की अनेक समस्याओं में से कुछ का हल हम निकालते थे, कुछ सहायता करते थे, तब अनसुलझी समस्याओं के विषय में तो शिकायतें बहुत मिलती थीं, किंतु जिन समस्याओं को सुलझा लिया गया हो, उनके लिए कृतज्ञता भरे शब्द सुनने को नहीं मिलते थे। ऐसे भी मौके आए जब सहायता की राशि या मात्रा यथेष्ट न होने की शिकायतें मिलीं। मैंने इन सब बातों को धैर्यपूर्वक सुना और देने में ही संतुष्टि समझी, उनको उत्तर देने में नहीं।

वहीं सह्याद्रि के वन में एक वृद्ध आदिवासी, अनपढ़ व्यक्ति जीवन के उच्च

आदर्श व सिद्धांतों को मानते हुए 'लेने के साथ देना भी सीखो, बिना दिए कुछ न लो' अच्छाई की बात करता है।

यह संस्कृति की पराकाष्ठा है। उस संस्कृति की, जिसे किसी प्रबंध कला के विद्यालय में नहीं सिखाया जाता है। मैंने चुपचाप उसकी भेंट स्वीकार की। मेरे मन में उसके लिए अधिक आदर जागा, जब उसने आँखों में चमक लिये कहा, 'स्वीकार करने में भी बड़प्पन होता है, या किसी से लेना भी बड़प्पन की निशानी है।'

□

4

बिना शोक के मृत्यु

बड़े शहर बंगलौर में जीवन इतना व्यस्त हो गया है कि अपने पड़ोसियों को जानने-समझने की फुरसत लोगों को नहीं मिलती। अपने काम में हम इतने तल्लीन होते हैं कि कुछ सोचने-विचारने के लिए समय ही नहीं मिलता।

एक बार मुझे पता चला कि हमारे पड़ोस में रहने वाले एक परिवार में किसी की मृत्यु हो गई है। मुझे पड़ोसियों के विषय में कुछ भी मालूम नहीं था, किंतु मेरी माँ चाहती थीं कि सांत्वना देने के लिए मैं उस परिवार से मिलूँ। माँ ने जोर देते हुए कहा, 'यह हमारी परंपरा है, रीति है।'

मैंने उनकी बात मान ली, किंतु कई दिनों तक मुझे समय ही नहीं मिला। दैनिक जीवन की व्यस्तता में दिन बीत जाता था और रात का समय ऐसी भेंट-मुलाकात के लिए उचित नहीं लगता था। इसलिए शोक व्यक्त करने का मौका बार-बार टलता ही गया। फिर भी मैंने इस विचार को छोड़ा नहीं और सोचती रही कि शोकाकुल पड़ोसी परिवार से मिलने का समय निकालूँ।

दस दिन बीत गए। मुझे इतनी ग्लानि हुई कि एक रविवार को किसी-न-किसी तरह पड़ोसी से मिलने की ठान ली। मैं परिवार के पुरुष सदस्य को ही पहचानती थी, वह भी सरसरी तौर पर।

जैसे ही मैं उनके प्रवेशद्वार के अंदर गई, मुझे कन्नड़ फिल्म के एक गीत की तेज ध्वनि सुनाई पड़ी। लंबे-चौड़े बगीचे में बच्चे लुका-छिपी का खेल खेल रहे थे। गाँव से आए कुछ पुरुष व महिलाएँ बगीचे में बैठकर बातचीत कर रहे थे, वह भी निश्चिंत भाव से।

एक क्षण के लिए मुझे लगा कि मैं गलत घर में घुस गई हूँ। ऐसी भूल कभी-

कभी हो जाती है। कुछ दिन पहले की बात है, मैं अपने एक छात्र के विवाह में शामिल होने के लिए जयनगर में अशोक स्तंभ के निकट बने सागर ग्रुप के बरातघर में गई थी। वहाँ एक पंक्ति में चार बरातघर हैं। बरातघर का नाम मैं भूल गई थी, लेकिन दुलहन का नाम 'उषा' मुझे याद था। जब मैंने फूलों से सजे प्रवेशद्वार पर विवाहवाले युगल का नाम पढ़ा तो भौचक्की रह गई कि दो फाटकों पर दुलहन का नाम 'उषा' लिखा था। मुझे दूल्हे का नाम याद नहीं था। मुझे नहीं सूझा कि मैं क्या करूँ। इसलिए दोनों बरातघरों के बीच बाहर किसी जाने-पहचाने व्यक्ति को देखने के लिए मैं खड़ी हो गई।

यहाँ पड़ोसी के घर में संगीत व हँसी-खुशी का माहौल इतना अप्रत्याशित था कि माँ से सही घर के बारे में पूछने की बात मैं सोच ही रही थी, तभी परिवार का मुखिया बाहर आया। उसने मुझे देख लिया।

वह प्रफुल्लित हो गया और कहने लगा, 'आश्चर्य है! कृपया अंदर आइए। मेरे विचार से आप पहली बार मेरे घर आई हैं।'

अंदर जाने के अतिरिक्त कोई उपाय मेरे पास नहीं था। जैसे ही वह घर के अंदर अपनी पत्नी को बुलाने गया, मैंने बड़े घर और उसकी सजावट को देखा। बैठक का कमरा बड़ा था। एक किनारे पर टी.वी. एवं वी.सी.आर. रखा था। वीडियो पर हिंदी फिल्म 'कहो ना प्यार है' का गीत चल रहा था। कमरे में इतने बच्चे थे कि उन्होंने बड़ी चटाई, तीन सोफे तथा पूरा कालीन घेर रखा था। बड़े चाव से वे फिल्म देख रहे थे। हमारे बैठने के लिए कोई स्थान खाली नहीं था। उस व्यक्ति ने कुछ बच्चों को इधर-उधर कर मेरे बैठने का प्रबंध किया।

टेलीविजन के परदे पर भी खूबसूरत नायक ऋत्विक रोशन नाच रहा था। मेरे पास बैठे बच्चे अपने पाँवों पर थाप दे रहे थे।

एक ट्रे में नमकीन व चाय का प्याला लिये एक नौकर आया। मेरे सामने समस्या थी—अपने आने का उद्देश्य समझते हुए मुझे समझ में नहीं आया कि नमकीन वगैरह लेना मेरे लिए उचित होगा या नहीं। मेरे मन ने कहा कि कुछ खाना ठीक नहीं होगा, किंतु मुझे यह भी लगा कि खाने से इनकार करना भी अशिष्टता होगी। इसलिए बहाना सोचा। 'मैंने अभी स्नान नहीं किया, अतः कुछ खाऊँगी नहीं।' मैंने कहा।

इससे मेरी समस्या हल नहीं हुई। घर के वातावरण में उत्सव जैसी बयार थी। शोक का नामोनिशान नहीं था। मैं शोक में, सांत्वना में कैसे कुछ कहूँ! ऐसा लग रहा था कि पड़ोसी परिवार मानो सगाई जैसे उत्सव या जन्मदिन की भाँति पार्टी मना रहा

है। और ऐसे में मैं शोक व्यक्त करने आई थी।

तभी घर की मालकिन आई। पति-पत्नी मेरी कुरसी के पास सोफे पर बैठ गए। उन्होंने बातचीत शुरू की, 'हमें आपके कार्य से बहुत प्रसन्नता होती है। हम रोज आपके बारे में बतियाते रहते हैं। हमें आप पर गर्व है।'

मैं असमंजस में थी। इन्हें मेरे बारे में रोज बात करने की क्या जरूरत है। मैं किसी के विषय में नित्य बात नहीं करती। यहाँ तक कि अपने पति के संबंध में भी नहीं। आखिर ये मेरे किस काम के बारे में बातचीत करते हैं—मेरे लेखन के संबंध में या मेरे सामाजिक कार्य के संबंध में।

उन्होंने मेरी चुप्पी को समझा, किंतु अपनी बात कहते रहे, 'आपके पति कैसे हैं? वे सचमुच में एक महान् व्यक्ति हैं।'

शोकाकुल रहने के इस अवसर पर इस परिवार को मेरे पति के विषय में बात करने से मुझे आश्चर्य हुआ।

पति-पत्नी दोनों ही बात करने के लिए उत्सुक थे। पत्नी बोली, 'उस दिन मैंने आपको देखा। आपने बहुत सुंदर साड़ी पहन रखी थी। वह पटोला थी या उड़िया? दोनों की बनावट एक जैसी होती है।'

मुझे याद नहीं कि किस साड़ी के विषय में वह बोल रही थी। मैं अनिश्चय के स्वर में बोली, 'उड़िया हो सकती है।'

आँखों में चमक लाते हुए उसने विनम्र भाव से कहा, 'देखा, मैं सही थी। मैंने सुमन से यही कहा था। वह उड़ीसा में काफी काम करती हैं। इसलिए वहीं से खरीदी होगी। रंगों का मिश्रण कितना सुंदर है उसमें।'

अब पति की बारी थी, 'आपकी कंपनी बहुत अच्छी चल रही है। डॉट कॉम लहर से अछूती स्वतंत्र कंपनियों में से एक है यह। मैंने अपने कुछ मित्रों को सलाह दी है कि आई.टी. कंपनियों की पिछले छह माह में की गई कार्यशैली का अध्ययन करें।

यह विषय मेरे मतलब का नहीं था। हो सकता था कि मेरे पति इसपर अपना मत देते, किंतु वह वहाँ नहीं थे।

अब फिर पत्नी ने कहना शुरू किया, 'आपके महाविद्यालय में प्रवेश की प्रक्रिया क्या है? दसवीं में पचासी प्रतिशत अंक प्राप्त करने वाले को प्रवेश मिल सकेगा?'

पति ने झट से स्कूली शिक्षा की दो भिन्न परिषदों को स्पष्ट करते हुए कहा, 'एस.एस.एल.सी. नहीं, आई.सी.एस.ई. में।'

‘इसके बारे में मैं नहीं जानती, क्योंकि मैं प्रवेश करानेवाली समिति में नहीं हूँ।’ मेरा उत्तर था।

और इस तरह बातें चलती रहीं। वार्त्ता का अंत नहीं दिख रहा था।

कुछ समय बाद मैं सोचने लगी कि आखिर मृत्यु किसकी हुई है! मेरे विचार से पति की माँ मरी होगी। वह बुजुर्ग महिला मेरी माँ की सहेली थीं। मुझे नहीं सूझा कि किस प्रकार उस विषय पर बोलूँ। अगर वह पत्नी की माँ हुई तो? मुझे सतर्क रहना चाहिए।

निश्चय ही मेरे चुप रहने पर उन्होंने ध्यान दिया, किंतु उनकी इच्छा यही थी कि मैं बातचीत करती रहूँ। इस सबसे मुझे बड़ी बेचैनी सी हो रही थी। तब तक मुझे समझ आ गया कि शोक व्यक्त करने का मौका मुझे मिलनेवाला नहीं है, किंतु जाने से पूर्व मैंने एक बार फिर प्रयत्न करके अपने आने का उद्देश्य बताना चाहा।

दरवाजे पर आते ही मैंने विषय बदला, ‘मैंने सुना, आपकी माँ का स्वास्थ्य ठीक नहीं था…’

पति के कुछ कहने से पहले ही पत्नी बोली, ‘हाँ, मेरी सास बहुत समय से बीमार थीं। पर हमारे पास अनेक समस्याएँ थीं। वह पुराने ढंग के परिवार में रही थीं इसलिए हमारे साथ निभाने में असमर्थ थीं। पुरुष लोग अपने काम पर चले जाते हैं। घर में रहनेवाली औरतों की मुश्किलों को ये क्या जानें!’

वह सास की बुराई करती रही और पति अपराधी की तरह सुनता रहा।

‘उसने काफी दुःख झेला।’ पति ने एक बार कहा।

‘दरअसल दुःख तो हमने झेला।’ पत्नी बीच में ही बोल पड़ी।

‘काफी दिनों से वह बिस्तर पर पड़ी थी। बंगलौर जैसी जगह में ऐसे लोगों की देखभाल करने के लिए नौकर चाहिए, किंतु आप तो जानती हैं कि अच्छा नौकर मिलना कितना कठिन और खर्चीला काम है। मैं उनकी देखभाल करते हुए थक चुकी थी। अच्छा छुटकारा मिला।’ महिला का स्वर ठंडा व तीखा था।

‘मौत सारी समस्या हल कर गई।’ पति ने अंतिम वाक्य कहे, ‘मेरी माँ को सारे दुःखों से छुटकारा मिल गया।’

दुःखी और विचलित भावों के साथ मैं वहाँ से लौटी।

क्या हमारा जीवन इतना व्यस्त हो गया है कि अपने प्रियजनों की मृत्यु पर भी हमें मृतक की उपयोगिता के आधार पर शोक की मात्रा कम या ज्यादा होने लगी है!

□

5

जब सफाई-पट्टियों का हिसाब नहीं मिला

मेरे पिता एक डॉक्टर थे। वह प्रसूति एवं स्त्री-रोग विशेषज्ञ तथा प्रख्यात प्राध्यापक थे। वह अपनी क्लास को नीरस व लंबे भाषणों से बोझिल नहीं करते थे, बल्कि बात-बात में छोटी-छोटी, हलकी-फुलकी कहानियाँ और अपने जीवन के वास्तविक अनुभवों को सुनाते हुए अपने विषय को सरलतापूर्वक समझाते थे। इससे उनकी क्लास में उपस्थिति सदा अच्छी और जीवंत रहती थी।

एक बार मैंने पूछा, 'मेडिकल क्लास में आप इस तरह की कहानियाँ क्यों सुनाते हैं ?'

उत्तर में वे बोले, 'क्या तुम नहीं जानतीं कि 'पंचतंत्र' क्यों लिखा गया ?'

मैंने जोर देकर कहा, ' 'पंचतंत्र' का इससे क्या मतलब है ? उसकी कहानियाँ तो छोटे बच्चों के लिए हैं, न कि मेडिकल के छात्रों के लिए।'

मेरे पिता इससे सहमत नहीं थे। बोले, 'मैं जब कहानियाँ सुनाता हूँ तो छात्रों को समझने में आसानी होती है। क्लास में पैंतालीस मिनट से अधिक देर तक छात्रों का ध्यान केंद्रित रखना काफी मुश्किल होता है, विषय चाहे कितना भी रोचक क्यों न हो। इसलिए मैं कहानियाँ सुनाते हुए उन्हें दो घंटे तक एकाग्रचित्त रख सकता हूँ।'

उनकी एक कहानी इस प्रकार है। मेरे पिता के अनुसार, यह इंग्लैंड में घटी एक सच्ची घटना पर आधारित है। शल्य चिकित्सा कक्ष को आमतौर पर ओ.टी. कहते हैं। अस्पताल में ओ.टी. नर्स का पद बहुत ही उत्तरदायित्वपूर्ण एवं शक्तिशाली व्यक्तित्व वाला होता है। डॉक्टर व शल्य चिकित्सक भी उसका पूरा सम्मान करते हैं। सामान्यतया वरिष्ठ व अनुभवी नर्स को ही इस कार्य के लिए चुना जाता है।

एक बार एक बहुत ही लोकप्रिय व वरिष्ठ शल्य चिकित्सक एक रोगी की

चीड़-फाड़ कर रहा था। उस दिन नियमित ओ.टी. नर्स छुट्टी पर थी और उसके स्थान पर जिसे नियुक्त किया गया था, वह बाईस वर्ष की एक युवती थी, बिलकुल नई—नर्सिंग स्कूल से अभी-अभी निकली हुई, किंतु चुस्त-दुरुस्त व कार्य कुशल।

सामान्यतया शल्य चिकित्सा से पूर्व नर्स सूती झाड़न गिनकर रखती है। यह झाड़न रोगाणु विहीन स्वच्छ सूती पट्टियाँ होती हैं। शल्य चिकित्सा के बाद उपयोग में लाई गई व शेष बची इन पट्टियों को गिनकर रखना पड़ता है, जिससे यह पता चल सके कि भूल से कहीं कोई छूट तो नहीं गई। यह प्रक्रिया अनिवार्य रूप में अपनाई जाती है।

शल्य चिकित्सा सफल रही। शल्य चिकित्सक रोगी के खुले पेट की सिलाई करनेवाला ही था कि दैनिक प्रक्रिया के अनुसार उसने ओ.टी. नर्स से पूछा, 'सिस्टर, क्या पट्टियों की गणना सही है? यदि सही है तो मुझे सूची और सूत दो।'

युवती नर्स ने पट्टियों की गणना कर कहा, 'सर, खेद है कि पट्टियों की गणना ठीक नहीं हुई है। एक माप कम है।'

चिकित्सक रोगी के पेट के अंदर ढूँढ़ने लगा। उसे कोई झाड़न नहीं मिला। वह बोला, 'नहीं सिस्टर, अंदर कुछ नहीं है।' नर्स ने भी खोज की, किंतु खोया हुआ झाड़न नहीं मिला।

वह गंभीर हो गई। यदि झाड़नों की गिनती पूरी नहीं हुई तो शल्य चिकित्सक पेट की सिलाई नहीं कर सकता है। सर्जन भी गंभीर था, उसने जोर देकर कहा कि यदि खोया हुआ झाड़न उपलब्ध नहीं हुआ तो प्रारंभिक गिनती गलत रही होगी। किंतु सिस्टर दृढ़ थी कि उसने सही गिनती की थी और उससे कोई भूल नहीं हुई है।

चिकित्सक अधीर हो गया और बोला, 'हमें समय बरबाद नहीं करना है। मुझे सूई-धागा दो।'

सिस्टर बिलकुल राजी नहीं हुई। विनयपूर्वक किंतु दृढ़तापूर्वक बोली, 'नहीं, जब तक मुझे खोई हुई झाड़न नहीं मिलेगी तब तक आपको सूई-धागा नहीं दे सकती।'

सर्जन अपने बढ़ते गुस्से को रोकते हुए, रोगी के पेट के अंदर फिर ढूँढ़ने लगा। अंततः तीखी आवाज में बोला, 'मैं वरिष्ठ व्यक्ति हूँ। मेरा उत्तरदायित्व है। अब मैं आदेश देता हूँ कि मुझे सूई-धागा दो।'

नर्स असमंजस में थी, किंतु उसने अपना विचार नहीं बदला। तब तक सर्जन वस्तुतः क्रुद्ध हो गया था, 'यदि तुम मेरे आदेश को नहीं मानोगी तो इस शल्य

चिकित्सा के बाद तुम्हें मुअत्तल कर दूँगा।'

अब नर्स को चिंता हुई। वह अपने परिवार की सबसे बड़ी और एकमात्र कमानेवाली थी। यदि उसकी नौकरी जाती है तो वह बहुत ही दु:खदायक बात होगी। वह अपनी दयनीय स्थिति जानती थी। फिर भी वह सच बात पर अड़ी रही, 'खेद है, सर! मैं आपको सूई-धागा नहीं दे सकती।'

बड़ी कठिन समस्या थी। अनुभवी नर्स के नकारात्मक व्यवहार से शल्य चिकित्सक बौखला उठा। वह इतना बेचैन हो गया कि उसे नहीं सूझा कि वह क्या करे। निराश होकर उसने नजर नीचे की। तब उसके आश्चर्य का ठिकाना नहीं रहा, जब उसने खून से लथपथ एक झाड़न को फर्श पर पड़ा देखा, जैसे कोई घायल सिपाही युद्ध-क्षेत्र में पड़ा हो। समस्या के समाधान पर उसे बड़ी प्रसन्नता हुई। उसने कहा, 'देखो, झाड़न नीचे पड़ा है।' उसने खुशी जताते हुए कहा, 'अब गिनती पूरी हो गई। मुझे दो···।' उसका वाक्य पूरा होना था कि उसके हाथ में सूई-धागा पहुँच गया। कार्य पूरा होने के बाद सर्जन ने युवती नर्स को एक तरफ बुलाकर उसकी प्रशंसा की और कहा, 'सिस्टर, मुझे दु:ख है कि मैंने आप पर अनावश्यक जोर दिया। किंतु मैं यह जानने को उत्सुक हूँ कि आपको नौकरी से निकालने की मेरी घोषणा के बाद क्या आप भयभीत नहीं हुई? क्या आपको विश्वास नहीं हुआ, जब मैंने यह कहा था कि जो कुछ होगा उसके लिए मैं जिम्मेदार होऊँगा। इतने दबाव के होने पर भी अपने मत पर दृढ़ कैसे रह सकीं आप?'

उसने हिचकिचाते हुए कहा, 'सर! मैंने तो केवल शिक्षक द्वारा सिखाए गए सिद्धांत के आधार पर यह किया कि गिनती पूरी न हो तो सर्जन के हाथों में सूई-धागा नहीं देना चाहिए। जब अनुभवी शिक्षक कुछ सीख देते हैं तो उसका कुछ ठोस कारण होता है और मैंने केवल उस सीख पर अमल किया।'

सर्जन हैरान हो गया और अत्यधिक प्रसन्न भी।

कहानी के अंत में मेरे पिताजी कहा करते थे, 'प्रत्येक रोगी अमूल्य होता है। ध्यान रहे कि यदि रोगी मरता है तो वह सर्जन के लिए अस्पताल में होने वाली केवल एक मौत है, किंतु उस अभागे परिवार के लिए वह हानि हमेशा के लिए हो गई। परिवार के हर सदस्य का अपना अलग अस्तित्व होता है।'

वे कितना सही थे।

□

6

सार्वकालिक सत्य को जाननेवाला वह वृद्ध

उड़ीसा वह राज्य है, जहाँ बहुत सुंदर एवं घने जंगल तथा प्रसिद्ध चिल्का झील है। वह अपने बड़े-बड़े मंदिरों के लिए भी प्रसिद्ध है। पुरी का जगन्नाथ मंदिर तथा कोणार्क का सूर्य मंदिर प्राचीन भारत की अद्‌भुत वास्तुकला कृतियों में से है।

मेरा पक्का विचार है कि जब कभी हमारी कंपनी एक विकास-केंद्र शुरू करती है तो इंफोसिस फाउंडेशन की सेवाएँ भी उस केंद्र को उपलब्ध कराई जानी चाहिए। उड़ीसा में अत्यधिक गरीबी है और इन गरीबों की सेवा व सहायता के लिए लगभग साढ़े तेरह हजार गैर-सरकारी संगठन हैं।

उड़ीसा वह राज्य है, जहाँ बहुत से आदिवासी लोग घने जंगलों के बीच दूरस्थ व दुर्गम स्थानों में रहते हैं। महिलाएँ प्राय: चमकीले-भड़कीले रंगोंवाली साड़ियाँ पहनती हैं। पत्तों जैसी हरी, चमकती पीली तथा गहरे लाल रंग, सीधी गाँठ बाँधे, घने काले बालों में फूल लगाए रहती हैं। उड़ीसा के जंगलों में घूमते हुए उन्हें देखना बहुत ही आनंददायक होता है।

एक बार मुझे कालाहाँडी जाना था। वह न गाँव है और न ही शहर, न वह किसी वस्तु के लिए प्रसिद्ध है। वह अन्य आदिवासी क्षेत्रों, जैसे—मयूरभंज या कोटापुर जैसा ही है।

उनका कहना है कि स्वतंत्रता से पूर्व कालाहाँडी एक राजा के अधीन था। आदिवासियों का मानना था कि राजा उनका रखवाला और परम शक्तिशाली व्यक्ति था। वे इतने भोले हैं कि आज भी यह नहीं मानते कि अब राजा नहीं रहे। अब भी यदि कोई बच्चा अनाथ हो जाता है तो उसे कलेक्टर के द्वार पर छोड़ दिया जाता है। उनके विचार से राजा ही अंतिम संरक्षक होता है।

कालाहाँडी जिले का मुख्यालय भवानीपट्टनम् में है। वह अन्य जिला मुख्यालयों की तरह नहीं है। वह एक छोटा सा कस्बा है, अन्य जिला मुख्यालयों से भिन्न, जिन्हें मैंने देखा है, यथा—धारवाड़, जो मेरा गृहनगर है। सच कहूँ तो भवानी पट्टनम् जैसे निर्जीव शहर को देखकर मुझे बहुत हैरानी हुई थी।

मैं वहाँ एक गैर-सरकारी संगठन के अध्यक्ष से मिलने गई थी। वह अनाथों के कल्याण-हेतु अथक परिश्रम कर रहे थे। उसके सिर का प्रत्येक पका हुआ बाल उसकी निस्स्वार्थ लगनशीलता की कहानी कहता था। इन बच्चों की अविचलित सेवा करते हुए उसने सदा कुँआरा रहने का संकल्प कर लिया था।

भुवनेश्वर से सबसे निकट स्टेशन केसिना जाते हुए इन आदिवासियों को मैंने देखा था। अनन्नास, जंगली केले और आलू की ताजा उपज को ले जाने के लिए वे चुपचाप प्लेटफॉर्म पर बैठकर गाड़ी के आने की प्रतीक्षा करते थे।

मेरे साथ स्थानीय भाषा जाननेवाला एक व्यक्ति था। उसने मेरे लिए दुभाषिए का काम करना स्वीकार किया था। जब आप ठेठ गाँवों में काम करना चाहते हैं तो उसके लिए स्थानीय भाषा का ज्ञान जरूरी है।

इन आदिवासियों के विषय में हजारों प्रश्न मुझे पूछने थे। 'सभ्यता' से वे क्या समझते हैं? उनकी जीवन-शैली कैसी है? मुझे बताया गया था कि आदिवासी प्राय: झुंड या दलों में रहते हैं। हम सभ्य लोगों के समान वे रीति-रिवाजों से बँधे नहीं हैं। अपने ढंग से वे सीधे-सादे लोग हैं। सबसे महत्त्वपूर्ण बात यह है कि उनमें व्यक्तिक संपत्ति का स्वामी होने की धारणा नहीं है। मैं उन लोगों को जानने-पहचानने के लिए उत्सुक थी। मेरा उद्देश्य उनकी सहायता करना था, उनकी अपनी पहचान को बिना छेड़े।

दुभाषिए ने इनसे मिलने के लिए मुझे कहा। इसके लिए मुझे दो किलोमीटर तक पैदल चलना था, क्योंकि वहाँ तक कार नहीं पहुँच सकती थी। मैं तैयार हो गई।

एक लंबी दूरी तय करने के बाद हम एक गाँव में पहुँचे। मुझे एक महिला मिली, जिसकी आयु का अनुमान मैं नहीं लगा सकी। दुभाषिया उसके कथन को मुझे समझाने में असमर्थ सा लगा, क्योंकि उस महिला की भाषा भिन्न थी। उस महिला का और उसके बालों का रंग गहरा काला था। वह अनुमानत: सत्तर वर्ष के आस-पास की रही होगी, लेकिन उसका एक भी बाल भूरा नहीं हुआ था। निश्चय ही वह बाल रँगने के लिए समर्थ नहीं थी। तो फिर क्या रहस्य था? दुभाषिए को इसका ज्ञान नहीं था, किंतु निश्चय ही इस रहस्य को वे सभी आदिवासी जानते थे, क्योंकि किसी भी व्यक्ति के बाल सफेद नहीं हुए थे।

उसके बाद मुझे एक वृद्ध मिला। हालाँकि मैंने उसे 'वृद्ध' कहा, किंतु उसकी आयु का अनुमान लगाना मेरे लिए फिर कठिन था। बातचीत करते हुए उसने कुछ घटनाओं व अवसरों का वर्णन किया, जिनसे अनुमान लगाया कि उसकी आयु लगभग एक सौ चार वर्ष थी।

उस व्यक्ति से मेरी जीवंत वार्त्ता हुई है। मैंने उससे पूछा, 'हमारे देश पर किसका राज है?'

उसके लिए 'देश' से मतलब कालाहाँडी था। उसने मेरी ओर देखा और मेरे अज्ञान पर मुसकराया। 'तुम्हें नहीं मालूम?' उसने पूछा और कहा, 'यह कंपनी सरकार है, जो देश पर राज कर रही है।'

उसका मंतव्य ईस्ट इंडिया कंपनी से था। वृद्ध को पता नहीं था कि भारत स्वतंत्र हो चुका है।

मैंने उसे कुछ भारतीय मुद्राएँ तथा अशोक चक्र का राजचिह्न दिखाया।

उसपर कोई प्रभाव नहीं पड़ा। वह बोला, 'यह कागज का एक टुकड़ा है। इसे देखकर आप कैसे कह सकती हैं कि हमपर कौन राज कर रहा है। वह गोरी रानी है, जो हमपर राज कर रही है।'

मेरा कुछ भी कहना उसके लिए निरर्थक था कि इंग्लैंड की गोरी रानी का राज भारत में नहीं है।

मैं जानती थी कि आदिवासियों में वस्तुओं की अदला-बदली के रिवाज का अब भी महत्त्व है। इसलिए उससे मैंने पूछा, 'क्या तुम जानते हो कि इस कागज के टुकड़े से आग जलाने के लिए लकड़ी, साड़ियाँ, नमक के थैले, माचिस और यहाँ तक कि जमीन भी खरीद सकते हैं।'

उसने मेरी ओर सहानुभूतिपूर्वक देखा और बोला, 'इस कागज के लिए लोग लड़ते हैं। अपनी पुश्तैनी भूमि को छोड़कर शहरों की ओर वे भाग जाते हैं। क्या इन कागज के टुकड़ों के बिना हमने अपना पूरा जीवन नहीं बिताया? यह भूमि ईश्वर की है। इसपर किसी का अधिकार नहीं है। हमने किसी नदी को नहीं बनाया। कोई पहाड़ हमने नहीं बनाया। हवा हमारी नहीं सुनती। वर्षा हमसे अनुमति नहीं लेती। ये सब ईश्वर की देन हैं। हम भूमि का क्रय-विक्रय कैसे कर सकते हैं—मैं नहीं समझता! जब आपका कुछ नहीं तो ऐसी अदला-बदली आप कैसे कर सकती हैं? कागज का आपका यह छोटा सा टुकड़ा हमारे जीवन को कैसे उलट-पलट देगा?'

उसको जवाब देने के लिए मेरे पास शब्द नहीं थे। अब तक मैं समझती थी कि मुझे उससे अधिक ज्ञान है।

हम मुद्रा के चलन से, राजनीतिक दलों से, बिल गेट्स और बिल क्लिंटन से परिचित हैं। एक यह व्यक्ति है, जिसे इनके बारे में कुछ मालूम नहीं, फिर भी अधिक गहरे सार्वकालिक सत्य को जानता है। उसे पता था कि भूमि, पहाड़ या हवा का स्वामी कोई नहीं है।

कौन अधिक सभ्य है—कालाहाँडी के जंगलों में रहनेवाला यह वृद्ध या हममें से वे, जो इंटरनेट पर अपनी उँगलियाँ फिरा रहे हैं?

□

7

वृद्ध और वृद्धाश्रम

सोमवार का दिन सप्ताह में काम का पहला और कार्यालय में सर्वाधिक व्यस्त दिन होता है। सारी इ-मेल तथा कागजात तैयार करने होते हैं और विचार-विमर्श के लिए बैठकें होती हैं। डायरी में निश्चित रूप से अनेक लोगों से मिलने का समय निश्चित होता है और अप्रत्याशित लोग भी आ जाते हैं। सोमवार को प्रात: सचिव लोगों के लिए काफी कठिन होता है आने वाले लोगों को समझाना; किंतु सोमवार को किसी तरह बिताने पर ही तो रविवार आएगा।

ऐसा ही एक सोमवार आया। मैं इ-मेल की जाँच करने और उत्तर भेजने में व्यस्त थी कि मेरे सचिव ने कहा कि मुझसे मिलने के लिए दो सज्जन बिना पूर्व निश्चित समय के आए हैं। मैंने उससे पूछा, 'इन आगंतुकों में क्या विशेषता है, जो बिना समय लिये वह उन्हें मुझसे मिलने अंदर भेज रही है।' अपने अधीनस्थ कर्मचारियों तथा मिलने के लिए आनेवालों की अच्छी तरह जाँच-पड़ताल कर अपने स्तर से अनेकों को वापस करने की उसकी शैली पर मुझे पूरा भरोसा था। उसने धीमे स्वर में कहा, 'एक तो बहुत वृद्ध सज्जन हैं, जो बहुत कमजोर व रुग्ण लगते हैं, और दूसरे अधेड़ आयु के। उनका कहना है कि मिलना अत्यंत आवश्यक है। वे काफी देर से प्रतीक्षा कर रहे हैं। वृद्ध लोग प्राय: असहाय होते हैं।' अत: मैंने कहा, 'अंदर भेज दो। वह बुजुर्ग आए और मेरे सामने बैठ गए। उनकी आयु सत्तर वर्ष से अधिक लगती थी। वह दुर्बल, थके हुए और चिंतित लगते थे। एक फटा हुआ थैला उनके पास था। बहुत ही दयनीय स्थिति में थे वह। उनके साथवाला अधेड़ व्यक्ति भी चिंताग्रस्त था। मैं एकदम मुद्दे पर आई और पूछा, 'कहिए, क्या बात है ?'

वह वृद्ध व्यक्ति कुछ नहीं बोले, परंतु साथी की ओर देखने लगे। उस अधेड़

व्यक्ति ने कहा, 'मैडम, मैंने इन वृद्ध को बस-स्टैंड के पास बैठे देखा। लगता है, इनका कोई अपना नहीं है। इन्हें किसी तरह का ठिकाना चाहिए। दुर्भाग्य से इनके पास बिलकुल पैसा नहीं है।'

वह अधेड़ व्यक्ति तरह-तरह की बातें कर रहा था। मैं अनेक बार ऐसे लोगों से मिल चुकी हूँ, जो अनावश्यक रूप से निरर्थक बातें करते हैं। वे अपनी मंशा सीधे नहीं बताते। इन बातों का काफी अनुभव मुझे हो चुका था, अत: मैं वार्त्तालाप समाप्त करने के लिए कभी-कभी सख्त हो जाती हूँ, जिससे मुझे निष्ठुर भी कहा जाता है।

'मुझसे क्या चाहते हैं आप?' मैंने सीधे पूछा।

'मैंने आपके कार्य के बारे में काफी कुछ सुना है। मैं चाहता हूँ कि आप इस वृद्ध की सहायता करें।'

'क्या आपका अपना कोई है?' मैंने वृद्ध व्यक्ति से पूछा।

उनकी आँखों में आँसू उमड़ पड़े। मंद स्वर में उन्होंने कहा, 'नहीं, मेरा कोई नहीं है।'

'आप पहले कहाँ काम करते थे?' मैंने अनेक प्रश्न किए और उन्होंने उनके प्राय: संतोषजनक उत्तर दिए।

मुझे वृद्ध की हालत काफी बुरी लगी। मेरे पास पैसे नहीं थे और न कोई व्यक्ति ही था, जो उनकी मदद कर सकता था। बहुत दु:ख की बात थी। मुझे वृद्धावस्था विश्रामगृह की बात सूझी, जिसमें हम नियमित रूप से संपर्क कर सकें। मैंने संपर्क किया और कहा कि मैं एक वृद्ध को वहाँ भेज रही हूँ, जिसे तब तक वहाँ रखें जब तक मैं उनके बारे में कुछ निर्णय नहीं लेती।

अधेड़ व्यक्ति बोला, 'आप चिंता न करें, मैं इन्हें वहाँ ले जाकर छोड़ दूँगा और वहाँ से मैं अपने कार्यालय चला जाऊँगा।'

तब वे मेरे दफ्तर से चले गए। मैं जल्दी ही अपने काम, मिलने-जुलनेवालों, कागज और आय-व्यय, लेखा आदि में खो सी गई। फिर उनके बारे में कुछ सोच भी न सकी। मुझे उनके बारे में सोचने का मौका ही नहीं मिला। प्रत्येक महीने मैं कुछ पैसे भेज देती थी।

एक दिन वृद्ध विश्रामगृह के प्रबंधक ने मुझे टेलीफोन किया कि वह वृद्ध व्यक्ति अत्यंत बीमार हैं। उन्हें अस्पताल में भरती कराया गया है। उन्होंने जानना चाहा कि क्या मैं शाम को उन्हें मिल सकती हूँ।

उस संध्या को वृद्ध व्यक्ति से मिलने हम अस्पताल चले गए। वह सचमुच बीमार थे। डॉक्टरों के अनुसार, उनकी दशा दयनीय थी और जीवन के गिनती के

दिन शेष थे। मैंने सोचा कि हो सकता है, वे इस हालत में किसी से मिलना चाहते हों। उनके अपने बच्चे न भी हों तो भतीजे, भाई-बहन या कोई प्रिय हो, जिसे हम सूचित कर सकें। मैंने उनसे पूछा, 'क्या आप किसी को देखना चाहते हैं ? जब आप चाहें, हम उसे बुला देंगे। क्या किसी का टेलीफोन नंबर अथवा पता है ?'

काँपते हाथों से उन्होंने एक टेलीफोन नंबर लिखा और मुझे पकड़ाया। हमने टेलीफोन किया और उन्हें सूचित कर दिया कि वृद्ध की हालत चिंताजनक है। कुछ देर बाद एक व्यक्ति उस वृद्ध से मिलने आया। वह चिंतित था और सीधा वृद्ध के पास गया। मुझे लगा कि उस व्यक्ति को मैंने पहले देखा है। मैंने याद करने की कोशिश की, किंतु ध्यान में नहीं आया। मैं याद नहीं कर पाई कि वृद्ध से मिलनेवाला मुझे जाना-पहचाना क्यों लग रहा है। शायद यात्रा में मिले किसी व्यक्ति से इसकी शक्ल मिलती है।

इस बीच डॉक्टर आया और मुझे उसने बताया कि वृद्ध ने अंतिम साँस ले ली है। मुझे दुःख हुआ। न मैं उसे जानती थी, न कभी मुलाकात हुई, फिर भी मैं उदास हो गई। कुछ देर बाद, मिलने के लिए आया व्यक्ति बाहर आया। उसकी आँखों से आँसू छलक रहे थे। वह चुपचाप बेंच पर बैठ शांत व गमगीन हो गया। वृद्धाश्रम का प्रबंधक, आगंतुक और मैं अस्पताल की समस्त औपचारिकता पूरी होने की प्रतीक्षा में आगंतुक कक्ष में बैठे थे।

'उनका थैला कहाँ है ?' उन्हें देखने आए व्यक्ति ने पूछा।

'कौन सा थैला ?'

'वृद्धाश्रम आते समय उनके पास एक थैला था।' उसने कहा।

मैंने तुरत एक व्यक्ति को वृद्धाश्रम से थैला लाने के लिए भेजा। थैला आने पर आगंतुक उसे खोलने के लिए लालायित हुआ, किंतु मैंने उसे अनुमति नहीं दी।

'थैले को यत्न से खोलिए, मगर पहले आप अपना परिचय दीजिए।' मैंने उससे कहा, वृद्ध के साथ आपका क्या रिश्ता था ? मैं जानना चाहती हूँ कि इस थैले के विषय में आप कैसे जानते हैं ?'

मेरे प्रश्नों से वह विचलित हो गया। हो सकता है कि उसे एक महिला द्वारा वे सारे प्रश्न पूछना अच्छा नहीं लगा हो। भारत में महिला द्वारा कोई प्रश्न पूछना लोगों को अटपटा लगता है। सौभाग्य से अब यह प्रवृत्ति धीरे-धीरे समाप्त हो रही है।

'मैं ही उन्हें वृद्धाश्रम छोड़ गया था।' वह व्यक्ति बोला।

'आप कौन हैं ?' मुझे जानने की उत्सुकता हुई।

'मैं उनका पुत्र हूँ।'

आप अनुमान लगा सकते हैं कि मुझे कितना बड़ा धक्का लगा होगा। सहसा मुझे याद आया कि एक सोमवार को यह व्यक्ति मेरे दफ्तर में आया था—यह कहकर कि वृद्ध व्यक्ति को उसने बस-स्टॉप के पास बैठे देखा था। मैं बेचैन होने लगी, 'तुमने मुझसे झूठ क्यों बोला ?' मैंने जानना चाहा।

उसके पास कहने के लिए एक कहानी थी, 'मेरे घर में समस्याएँ हैं। मेरी पत्नी ने मेरे पिता को कभी पसंद नहीं किया। उसने मुझे उन दोनों में से किसी एक को चुनने के लिए कहा। उन्हीं दिनों हमने आपके संस्थान के विषय में पढ़ा। तब हमने विचार किया कि हमारी समस्या का निदान बिना खर्च किए हो सकता है। पत्नी को खुश रखने के लिए इससे बढ़िया उपाय नहीं था, क्योंकि जिस घर में हम रहते हैं, उसकी मालिक वही है।'

मुझे नहीं मालूम कि मैं उदास हुई या उसपर गुस्सा आया। अपनी समस्या का हल करने का क्या तरीका ढूँढ़ा! मैंने विरोध में कहा, 'हम अनाथों की सहायता करते हैं, न कि संतान होते हुए भी अनाथ समझनेवालों की।'

जब थैला खोला गया तो उसमें तीन जोड़ी पुराने कपड़े, कुछ दवाइयाँ तथा एक पासबुक थी। पासबुक खोलने पर मैं आश्चर्यचकित रह गई यह जानकर कि वृद्ध के खाते में एक लाख से अधिक रुपए थे। खाते में नामजद एक व्यक्ति था—उसका पुत्र। वही पुत्र, जो पिता से छुटकारा पाना चाहता था। यह वह पुत्र था, जो इतना निर्दयी था कि अपने पिता को असहाय के रूप में वृद्धाश्रम में भरती करने लाया था। वही पुत्र अब अपने पिता के रुपयों पर अधिकार जताने आया था।

और बूढ़े को देखिए, यद्यपि उनका बेटा उनकी परवरिश करने से कतराने लगा था तथा मुझसे झूठ बोला था कि उनका इस दुनिया में कोई नहीं है। फिर भी वृद्ध ने यही चाहा कि उसकी पूँजी लड़के को ही मिले। उनके मन में कभी यह विचार नहीं आया होगा कि उस पैसे को उस वृद्धाश्रम को दान कर दे, जिसने अंतिम दिनों में उसे सहारा दिया।

पश्चिमी देशों में जब वृद्धजन वृद्धाश्रम में अंतिम साँस लेते हैं, तो वे प्राय: अपनी संपत्ति का वारिस वृद्धाश्रम या अस्पताल, जहाँ वे अंत समय बिताते हैं, को बना जाते हैं। इससे अन्य वृद्ध व्यक्तियों की सहायता हो जाती है। वे अपना धन संतान के नाम नहीं करते, न संतान ही उनसे ऐसी अपेक्षा करती हैं, किंतु भारत में हमारे पास दुनिया की सबसे बुरी दोनों बातें हैं—संतानें बूढ़ों की अवहेलना करती हैं और वो बाप निश्चित रूप से अपनी संपत्ति बच्चों के लिए ही छोड़ जाते हैं।

'तुमने और तुम्हारे पिता ने कुछ हजार रुपयों के लिए जिस तरह मनगढ़ंत

नाटक किया वह बड़े शर्म की बात है।' मैंने उस व्यक्ति से कहा, 'यह तुम बहुत ही खराब उदाहरण छोड़ रहे हो। भविष्य में जब कोई सचमुच का अनाथ व्यक्ति वृद्धाश्रम में आएगा तो हम उसे सहायता करने में हिचकेंगे। तुम्हारे जैसे लोगों की पूँजी वैसी ही रहेगी।'

उसने लज्जित होकर अपना सिर झुका लिया।

□

8

बदलती परिस्थितियों से समझौता

जीवन व समय में सचमुच क्रांतिकारी परिवर्तन हुए हैं, फिर भी हमें इस परिवर्तन के प्रभाव का अनुभव नहीं होता, क्योंकि हम उनके बीच रहे हैं। पुराने तौर-तरीके बदल गए; पर्व-त्योहार बदल गए तथा मान्यताएँ, मूल्य व विचार बदल गए।

दो उत्सवों में, जिनमें मैं सम्मिलित हुई, बड़े नाटकीय ढंग से यह सब मुझे समझ में आया। दोनों बार परिवर्तन का आभास मुझे वार्त्ता द्वारा समझ में आया। इससे व्यक्तिगत अनुभव हुआ, जिसमें परिवर्तन के मूलभूत स्वभाव व प्रकृति स्पष्ट दिखाई दी। पहला उत्सव था दीपावली तथा दूसरा था संगीत-उत्सव। दीपावली हमारे देश का महान् पर्व है। प्रत्येक व्यक्ति अन्य को देने के लिए भेंट खरीदता है, मिठाइयाँ बनाता है तथा मित्रों से मिलने जाता है। कई दिन तक कार्यालय बंद रहते हैं। बच्चे पटाखे खरीदते हैं। पिछली दीपावली को मैंने अनाथालय के बच्चों द्वारा तैयार की गई मिठाइयों का एक विज्ञापन देखा। मैंने सोचा, इन मिठाइयों को खरीदना उन अनाथालयों को प्रोत्साहन देने जैसा होगा। मैंने कुछ पैकेट मिठाइयाँ खरीदीं और अपने एक अंतरंग मित्र के यहाँ पहुँची। मैं आशा कर रही थी कि वह इस महान् पर्व को प्रसन्नतापूर्वक मना रही होगी। वह एक छोटे से कस्बे की गृहिणी थी। गाँव में उसके पिता की काफी भूमि थी। आश्चर्य हुआ कि वह बिलकुल प्रसन्न दिखाई नहीं दी। वह उस पर्व के प्रति बिलकुल उत्साहित नहीं थी, जिसे मैं उसके साथ मनाने गई थी।

'दीपावली ने अपना वास्तविक स्वरूप गँवा दिया है।' उसने कहा।

यह सुनकर मैं स्तब्ध रह गई।

‘ऐसा क्यों कहती हो ?’ मैंने पूछा।

उसके अपने कारण थे, ‘मैं जिस छोटे से कसबे में पली-बढ़ी, वहाँ हमारे पकवान आज से भिन्न थे। परिवार की आय कुछ भी हो, किंतु हर व्यक्ति स्वस्थ व सरल खाना—रोटी, भात, दाल व सब्जियाँ खाता था। मिठाइयाँ केवल दीपावली, दशहरा आदि पर्वों पर ही बनती थीं। इस कारण हम जैसे बच्चे पर्व-त्योहार के आने की प्रतीक्षा करते थे।’

विचारों में खोई मैं अपने बचपन को याद करने लगी। मेरे भी वही विचार थे, हम उसी तरह संतुलित व स्वस्थ भोजन किया करते थे, जैसा कि उसने कहा।

उसने कहना शुरू किया, ‘खाने का तरीका बदल गया है। इसका एक कारण तो यह है कि अब हमारे केवल दो बच्चे हैं और हम उन्हें उनकी पसंद की चीज देना चाहते हैं। उसी तरह का खाना हम पकाते हैं। यदि उनकी इच्छा के अनुसार हम पका नहीं सकते तो किसी रेस्तराँ से कहकर तुरत उपलब्ध करवाते हैं। इसलिए आज बच्चों को मिठाइयाँ खरीदने के लिए पर्व-त्योहारों की प्रतीक्षा नहीं करनी पड़ती, जैसा हम किया करती थीं।’

वह बिलकुल सही कह रही थीं। खाने की आदतों में आमूल-चूल परिवर्तन हो गए हैं। यह मध्य व उच्चवर्गीय समाज की वास्तविकता है। किंतु मैंने एक मजेदार प्रश्न किया, ‘क्यों, पूरे वर्ष तक केवल मिठाई के ही इंतजार में लोग दीपावली की प्रतीक्षा करते रहते थे।’

नहीं, ‘मेरी मित्र बोली, ‘पूरा दृष्टिकोण ही बदल गया है। लोग जब चाहे नए कपड़े खरीद सकते हैं। उसके लिए किसी पर्व-त्योहार की प्रतीक्षा नहीं करनी पड़ती। परिवार सारे देश व विश्व में बिखर से गए हैं। रिश्तेदारों से भेंट करना सरल नहीं रहा। मेरी मित्रों में कई अपने गाँव/शहर जाना चाहती हैं, किंतु रेल में आरक्षण कराना, हवाई जहाज या बस में जाना इतना कठिन हो गया है कि घर में बैठना ही अच्छा लगता है।’

कितना सत्य है! दीपावली के अवसर पर एक यात्रा हेतु मैंने एक महीना पहले टिकट खरीदा था। मेरी मित्र ने मूल प्रश्न खड़ा किया, ‘हममें से कितने हैं जो दीपावली का वास्तविक महत्त्व समझते हैं।’ दीपमाला का असली अर्थ! हमारे पावन धार्मिक ग्रंथ इन पर्वों के विषय में क्या कहते हैं ? यथार्थ यह है कि किसी को कोई मतलब नहीं। हमारे देश के प्रत्येक प्रांत में इस पर्व से संबंधित कई कहानियाँ हैं। सारी कहानियाँ ‘महाभारत’ या कृष्णगाथा से ही निकली हैं। किंतु हममें से कितने इसे अच्छी तरह जानते हैं ? मुझे लगा कि उसे घर की याद आ रही है। ऐसे

में मुझे सूझा कि उसे घर से बाहर ले चलूँ।

'चलो, रेणु या मृदुला के घर चलें।' मैंने प्रस्ताव रखा।

वे पुरानी व सच्ची सहेलियाँ थीं। आज तो अनेक मुझे अपनी सहेली मानती हैं, यद्यपि मैं उन्हें जानती तक नहीं। रेणु व मृदुला उनसे भिन्न हैं। मैंने सोचा कि उनसे मिलकर अपनी मित्र को उसकी उदासीनता से कुछ समय के लिए दूर रख सकूँ। किंतु उसके पास मेरे लिए एक नई खबर थी।

'नहीं, रेणु बहुत परेशान हो जाती है।' मेरी सहेली बोली, 'वह किसी बड़ी फर्म में मानव संसाधन विकास विभाग की प्रमुख है और दीपावली जैसे अवसर पर आने वाले बहुत सारे आगंतुकों के स्वागत-सत्कार करने में बहुत थक जाती है। इसलिए वह छुट्टियाँ मनाने गोवा गई हुई है तथा मृदुला एक पुस्तक लिख रही है। उसने हिदायत दी है कि किसी को न बताऊँ कि वह कंपनी के अतिथिगृह में रह रही है।'

यह मेरे लिए एक नई बात थी, लोगों से पिंड छुड़ाकर दीपावली मनाने का।

मेरी सहेली की बात पूरी नहीं हुई थी, 'एक और सिरदर्द है। कुछ रिश्तेदार भेंट के लिए चीजें लाते हैं तो मुझे उन्हें अपनी तरफ से भी भेंट देनी होती है। अब यह भी एक धंधा हो गया है। मैंने पिछले वर्ष जिन कुछ पैकेटों को खोला तक नहीं, उन्हें ही इस वर्ष भेंट कर दूँगी। सूखे मेवों, मोमबत्ती के स्टैंड तथा मिठाई के डब्बों से मैं परेशान हूँ। अब हम वृद्धावस्था में जा रहे हैं। अतिरिक्त कैलोरी व कोलेस्टेरॉलयुक्त मिठाइयाँ हमारे लिए उपयोगी नहीं हैं।'

'तब तुमने उनका क्या किया?' मैंने पूछा। मैं जानने को उत्सुक थी कि उसने मिठाइयाँ किसे दीं। उसने एक प्रसिद्ध अनाथालय का नाम बता दिया।

अब मैं समझी कि दीपावली में भेंट किए गए मिठाई के डिब्बों व मोमबत्ती के स्टैंड का क्या होता है। वे किसी धार्मिक संस्थान के नाम पर बाजार में बिकते हैं। पैसा जमा करने का कितना सुंदर तरीका है। हो सकता है कि अनाथालयों में रहने वाले बच्चों को ये मिठाइयाँ खाने को मिलती ही न हों।

संगीत-उत्सव का मेरा अनुभव बिलकुल भिन्न, किंतु प्रकाशमान था। आए दिन मुझे संगीत-समारोहों, दार्शनिक व्याख्यान अथवा दान-पुण्य समारोह में उद्‌घाटन के लिए आमंत्रित किया जाता है। प्राय: उन विषयों से मैं बिलकुल अनभिज्ञ रहती हूँ। अत: मैं इस शर्त पर स्वीकार कर लेती हूँ कि मुझे मंच पर न बुलाया जाए। ऐसे दो-एक समारोह में मैं हाल ही में गई। मैं संगीत का आनंद लेना चाहती थी। देर से गई, इसलिए पीछे बैठना पड़ा। खुश थी कि किसी ने नहीं देखा। वहाँ सेवानिवृत्त

अधिकारी, अधेड़ उम्र की तथा वृद्ध महिलाएँ थीं, किंतु मुझे हॉल में कोई युवा लड़का-लड़की नहीं दिखाई पड़ा। मेरे बिलकुल सामने दो अधेड़ महिलाएँ बैठी थीं। पंक्ति बहुत सटी हुई थी। इसलिए मुझे उनकी सारी बातें स्पष्ट सुनाई पड़ रही थीं। सॉफ्टवेयर की अधिकता के कारण आजकल अट्ठाईस वर्ष से अधिक के वर मिलने कठिन हो गए हैं।' उनमें से एक बोली।

दूसरी महिला भी इस विषय में रुचि लेने लगी थी। उसके लिए वर-संबंधी विषय उस संगीत से अधिक रुचिकर था। मैं स्तब्ध रह गई।

पहली महिला बोलती रही, 'आजकल जब कोई लड़का बी.ई. करता है तो वह बाईस वर्ष का हो चुका होता है और उसे किसी सॉफ्टवेयर कंपनी में नौकरी मिल जाती है। दो वर्ष की नौकरी के बाद वह विदेश चला जाता है। जब वह पच्चीस का होता है, तब तक वह काफी पैसा कमा लेता है। शायद अपने पिता से कहीं अधिक, जो किसी बैंक में मैनेजर, ईमानदार सरकारी कर्मचारी या प्राध्यापक रहे हों। अब कहो, वह शादी कर क्यों न अपना घर बसाए।

मैं उस महिला द्वारा किए गए विश्लेषण और तार्किक सोच से काफी प्रभावित हुई। यदि वह कुछ अधिक तर्कसंगत हो सके तो स्वयं एक अच्छी-खासी प्रोग्रामर बन सकती है। कोई उसकी बात सुन रहा है, इससे अनभिज्ञ उसने अपने प्रश्न का उत्तर स्वयं दे दिया, 'उसके माँ-बाप उसके लिए एक सॉफ्टवेयर इंजीनियर लड़की ढूँढ़ेंगे। आज ही मुझे पता चला कि इंजीनियरिंग कॉलेज में पचास प्रतिशत छात्राएँ हैं। आजकल इंजीनियरिंग कॉलेज भी महाविद्यालयों की तरह हैं। निश्चय ही लड़के के पिता को एक इंजीनियर लड़की मिल जाएगी। दोनों की शादी ठीक तरह से होगी। जब वह विदेश में होगा तो उसके साथ कोई और होगी। लड़की के लिए भी वह एक लाभदायक स्थिति होगी।'

इस महिला को एक अच्छे विश्लेषक का पदक मिलना चाहिए—मैंने अपने आप से कहा।

अब विचार प्रकट करने की बारी दूसरी महिला की थी। उसका दृष्टिकोण नितांत भिन्न था। 'सॉफ्टवेयर की धुन कई तरह से बुरी है', वह बोली, 'देखो, दूसरे पर उसका क्या प्रभाव पड़ता है। आजकल लड़कियाँ कहती हैं कि वे इलेक्ट्रिकल इंजीनियर, मेकेनिकल इंजीनियर और यहाँ तक कि डॉक्टर से भी शादी नहीं करेंगी। उनको विदेश जाने के अवसर बहुत कम मिलते हैं। उनको मिलनेवाला वेतन भी बहुत आकर्षक नहीं होता है। सबसे बड़ी बात यह होती है कि उनका अपने परिवार में भी कम सम्मान होता है।'

इस अंतिम वाक्य से मैं सचमुच अचंभित हो गई। उसके लिए आगे कुछ सुनने की उत्सुकता हुई। मुझे निराश नहीं होना पड़ा।

'यदि लड़का विदेश में है,' महिला ने बोलना जारी रखा, 'तो वह समृद्धि के लिए घर आएगा और अपने साथ भेंट की अनेक वस्तुएँ लेकर आएगा; किंतु इंजीनियर या डॉक्टरों को विदेश-सेवा का अवसर नहीं मिलता। यदि बहू सास के पास रहती है तो उसका सम्मान नहीं होता। आज कोई सास के साथ रहना पसंद नहीं करती। विदेश जाने का यह सर्वाधिक अच्छा उपाय है, किंतु यह शादी के तुरत बाद होना चाहिए, बाद में नहीं।

'बाद में क्यों नहीं?'

'बाद में सास-ससुर के पास रहना अच्छा होता है। बच्चे हो जाएँगे तो दादा-दादी उन्हें देखेंगे। कोई चिंता की बात नहीं रहती। नौकरों पर निर्भर रहने की आवश्यकता नहीं रहती।'

मैं और अधिक देर तक चुप नहीं रह सकी। मेरी आँखों के सम्मुख एक नई दुनिया उघड़ी पड़ी थी और मैं जानना चाहती थी कि ये महिलाएँ कौन हैं। वे इतने अच्छे संगीत समारोह में आई हैं, किंतु सॉफ्टवेयर के सामाजिक दृष्टिकोण संबंधी विचारों के आदान-प्रदान को प्राथमिकता दे रही हैं। मैं जानती थी कि यह अशिष्टता की बात है; किंतु मैं उनके वार्त्तालाप में टपक पड़ी।

'क्षमा करें', मैंने कहा, 'मैं यह जानने को लालायित हूँ कि आप दोनों सॉफ्टवेयर-संबंधी सामाजिक दृष्टिकोण को इतनी बारीकी से कैसे जान पाई हैं?'

वे भौचक्की रह गईं और मुड़कर मेरी ओर टकटकी लगाकर देखने लगीं। मुझे लगा कि उनको मेरा प्रश्न जँचा नहीं। मैं उन्हें दोष नहीं देती, आखिर मैं उनके आपसी वार्त्तालाप में बाधक बनी थी।

'तुम कौन हो?' उन्होंने पूछा।

'मैंने अपना परिचय दिया और कहा, 'मैं सॉफ्टवेयर उद्योग में पिछले दो दशकों से जुड़ी हूँ, किंतु मुझे इस सामाजिक दृष्टिकोण का पता नहीं था। मैं आप दोनों को इसके लिए धन्यवाद देती हूँ।'

मेरे सम्मानसूचक शब्दों से वे आश्वस्त हुईं और दोनों ने हँसते-हँसते कहा, 'हम विवाह करानेवाली हैं।'

□

9

जब तार-संदेश अशुभ माने जाते थे

आजकल पारस्परिक संपर्क को उचित तरीके से निभाने के लिए कक्षाएँ चलाई जाती हैं। जिन्हें जल्दी है, उनके लिए तुरत शिक्षा देने के लिए अल्पकालिक प्रशिक्षण की व्यवस्था उपलब्ध है। प्रत्यक्ष देखने को मिलता है कि स्पष्ट सोच व समझ तथा पत्राचार की कला को जानना दैनिक जीवन की अनिवार्य आवश्यकता हो गई है।

लता बचपन से ही मेरी घनिष्ठ मित्र रही है। बड़े शहरों की अपेक्षा छोटे नगरों में मित्रता शीघ्र एवं गहरी हो जाती है। हो सकता है कि इसका कारण यह हो कि छोटे कस्बों में व्यक्ति एक-दूसरे पर अधिक आश्रित होते हैं या यह भी हो सकता है कि बड़े शहरों और छोटे कस्बों की संस्कृति भिन्न होती है। औद्योगिकीकरण का भी प्रभाव मानव-जीवन पर पड़ा है।

अपने सीमित वातावरण में लता और मैंने घनिष्ठता का पूरा आनंद लिया है। मैं अकसर उसके घर जाती थी और वहाँ के सभी लोगों को जानती थी। यही बात लता की भी थी। प्राय: वह मेरे घर आया करती थी और मेरे परिवार के सभी लोगों को जानती-पहचानती थी। समय बीता। हमने शिक्षा पूरी की और वह समय भी आया कि हमारे रास्ते अलग-अलग हो गए। मुझे पुणे में काम मिला तो भारी मन से एक-दूसरे से विदा लेनी पड़ी। मैं अपने क्षेत्र में व्यस्त रहने लगी और लता से तभी मिलने का मौका मिलता, जब घर वापस आती थी। उस समय दूरभाष तो बड़े लोगों के पास ही होते थे। हर जगह भी टेलीफोन बूथ नहीं होते थे। तुरत आवश्यकता होती तो तार से ही सूचना देना एकमात्र उपाय था। उन दिनों टेलीग्राम की संस्कृति बिलकुल नहीं थी। गाँव-कस्बों में टेलीग्राम पहुँचना बहुत बड़ी बात मानी जाती

थी। उसे अकसर अशुभ समाचार के लिए ही समझा जाता था।

एक दिन मुझे तार-संदेश मिला—'पिता की मृत्यु हो गई है, शीघ्र पहुँचो।' भेजनेवाले का नाम-पता लिखा था। मुझे झटका लगा। मेरे साथी दयावान् थे। एक ने तुरत रेलवे के टिकट के लिए संपर्क किया और दूसरे ने मेरी छुट्टी का प्रार्थना-पत्र तैयार किया। मैं तो रोती रह गई। मैं पिता को सबसे अधिक मानती थी। हम बहुत बातें करते और काफी विषयों पर विचार भी करते। पिछले सप्ताह जब मैं उनसे मिली थी तो वह स्वस्थ थे। बीमारी का नामोनिशान नहीं था। क्या हुआ होगा ? क्या दिल का आघात या दुघर्टना! मेरी माँ कैसी होगी! उसके लिए बहुत ही कठिन समय होगा। मेरे एक साथी को ऐसा ही तार मिला करता था, प्राय: पूरा वर्ष—'दादी-नानी मर गई।' तुरत चल पड़े। मैं उसका तार-संदेश पढ़ती। उसने बताया, 'छुट्टी लेने का बहुत ही सुंदर व सरल रास्ता है। क्या तुम्हारी काफी छुट्टियाँ जमा हैं ?' उसने मुझसे पूछा। यह सोचकर कि यह टेलीग्राम भी उसी तरह का होगा जैसे उसे मिलते रहते थे। मैं बहुत बेचैन हो गई थी। उसपर मुझे गुस्सा भी आया। घर-वापसी की यात्रा बहुत ही असहज थी। बचपन व कॉलेज के दिनों में मेरे पिता हर समय साथ रहते थे। पहले वह एक आदर्श होते थे, किंतु जब मैंने भी इधर-उधर की दुनिया देख ली तो वह एक मित्र की तरह हो गए थे। याद आया—बचपन हमेशा के लिए खत्म हो गया। मेरे पिता और मैंने साथ-साथ यात्रा के अनेक सपने देखे थे। साथ-साथ पुस्तकें भी पढ़ी थीं और चर्चा भी की थी। मेरे सारे सपने बिखर गए थे। यदि वह जीवित होते तो यह जीवन कितना आनंददायक होता।

जब मैं अपने शहर पहुँची तो सोचा कि मुझे लेने कोई-न-कोई स्टेशन अवश्य आया होगा। मुझे आश्चर्य हुआ कि परिवार का कोई भी व्यक्ति मुझे लेने स्टेशन नहीं पहुँचा। मैंने स्वयं को सांत्वना दी कि उन्हें कैसे मालूम कि मैं किस गाड़ी से घर आ रही हूँ। अत: मैं एक ऑटो से घर पहुँची तो देखा कि घर शांत था। खामोशी इस तरह कि लगा, घर के अंदर कोई नहीं है। मुझे हैरानी हुई कि ऐसा कैसे हो सकता है। मेरे पिताजी तो लोकप्रिय डॉक्टर और प्राध्यापक थे। निश्चय ही अनेक लोग उन्हें श्रद्धांजलि देने आए होंगे। चचेरे-ममेरे भाई कहीं भी कोई मुझे नहीं दिखाई दिया। मैं अंदर गई। घर की सफेदी हो गई थी, फूल व आम के पत्तों से सजाया गया था। ऐसा लगता था कि खुशी का माहौल है। मुझे कुछ नहीं सूझा। चुपचाप खड़ी रही प्रकाश-स्तंभ की तरह। तभी मेरे पिता के कमरे से शोर सुनाई दिया। मैं मुड़ी तो जो देखा, उसपर विश्वास नहीं हुआ। मेरे पिता सामने खड़े मुझपर हँस रहे थे। मुझे देखकर वह कितने खुश थे। वह बोले, 'मैं जानता था कि मँगनी के समय तुम

अचानक पहुँच ही जाओगी। आखिर वह तुम्हारी चहेती चचेरी बहन है।'

'आप क्या कह रहे हैं?'

'सगाई'! लता की शादी तय हो गई है। लड़के के परिवारवाले की इच्छा है कि आज ही उसकी सगाई की जाए। वह दिल्ली में है। शादी...'

'शादी!' मैंने उन्हें रोका, 'तार किसने भेजा? आपने ऐसा क्यों लिखा? आपने मुझे झूठी सूचना क्यों दी? आपसे ऐसे झूठ की कल्पना मैंने नहीं की थी।'

मैं अधिक व्यग्र हो गई थी, किंतु मेरे पिता ने कुछ नहीं समझा कि मैं क्या कह रही हूँ। उन्होंने पूछा, 'तुम किस टेलीग्राम की बात कर रही हो। हमें तार भेजना ही था, जिससे तुम आ सको।'

'किंतु इस तरह का तार-संदेश क्यों?'

मैं बेचैन व गुस्सा थी। मैंने वह टेलीग्राम उन्हें पकड़ाया। मेरे पिता को भी हैरानी हुई। उन्होंने कहा कि यह उन्होंने नहीं भिजवाया था।

समझ नहीं आया—फिर यह किसने भेजा होगा?

सहसा वह मुसकराए, 'मैं जानता हूँ कि क्या हुआ होगा। तुम्हारी सहेली लता के पिता का कल देहांत हुआ है। तुम तो जानती हो कि वह बीमार रहते थे। तुम उन्हें अच्छी तरह जानती थीं। शायद लता ने इसी कारण तुम्हें तार भेजा होगा, यह गलत संदेश। उसे चाहिए था कि वह लिखती कि मेरे पिता का देहावसान हो गया है। उसके ये शब्द न लिखने से सारी परेशानी हुई।'

अब बात स्पष्ट हो गई थी कि तार मेरी सहेली लता ने भेजा था और घर पर मेरी चचेरी बहन लता की सगाई थी। मैं विस्मय में थी कि मेरे साथियों को जब मेरे लिए तार मिला होगा तो वे क्या सोचते होंगे, जिसे मेरे परिवारवालों ने लिखा था कि 'लता के विवाह की बात पक्की हो गई है और सगाई कल है।'

□

10

अपरिपक्व व्यक्ति

कुछ वर्ष पूर्व जब सूचना संस्थान (इंफोसिस फाउंडेशन) शुरू हुआ था, लोगों को पता नहीं था कि हम लोग किस प्रकार का कार्य कर रहे हैं। हमारा संगठन तृणमूल स्तर पर कार्यरत था। मुख्यत: गाँव के स्कूली अध्यापकों से हम स्वेच्छा से बातें करते थे। यद्यपि इंफोसिस कंपनी वाणिज्य क्षेत्र में अपना नाम जमा चुकी थी। फिर भी यह संस्थान केवल दो कमरों में ही सीमित था और आज भी है। इंफोसिस मीनार के तीसरे तल पर धुँधलापन इतना अधिक था कि किसी भी तरह हमारी उपस्थिति का आभास किसी को नहीं हो सकता था। सुरक्षा कर्मचारी प्राय: हमारे कर्मचारियों से पूछताछ करते रहते थे। उनका कहना था कि इंफोसिस से जुड़े किसी भी सभ्य/कुलीन संस्थान का एक बड़ा सा नामपट्ट, जिसपर पीतल के अक्षरों में लिखा गया हो, होना चाहिए। स्थापना के समय से ही संस्थान ने ग्रामीणों, विशेषकर बच्चों की शिकायतों को दूर करने की ओर ध्यान दिया, जिससे हम उन्हें शहरी बच्चों के समान उज्ज्वल व समृद्धशाली भविष्य को देखने-समझने की शक्ति प्रदान करने में सहायता प्रदान कर सकें। सभी जानते हैं कि हमारे देश में ग्रामीण और शहरी विभाजन की खाई काफी गहरी है। ग्रामीण बच्चों को जीवन में शहरी बच्चों को अनिवार्य रूप से उपलब्ध सुविधाएँ कभी नहीं मिलतीं। आधुनिक जीवन के सामान्यतया आनंददायक क्रियाकलाप—यथा कार्टून देखना, दूरदर्शन, लोकप्रिय गीत-संगीत या अच्छी पुस्तकें पढ़ना तो ग्रामीण जीवन के लिए विलासिता की वस्तु मानी जाती थी। आम सुविधाओं के अभाव में ग्रामीण बच्चे अपना समय व्यर्थ के कार्यों में बिताते हैं। ग्राम-जीवन के इस पहलू पर गौर करने के बाद मैंने निर्णय लिया कि संस्थान का प्रमुख ध्येय होना चाहिए कि प्रत्येक गाँव के लिए एक

पुस्तकालय हो।

मैं सोचती हूँ कि बच्चों के जीवन में पुस्तकालय का स्थान काफी महत्त्वपूर्ण है, वे भविष्य के नागरिक हैं। मैं स्वयं एक मध्यमवर्गीय परिवार से हूँ और एक छोटे से कस्बे में पली हूँ। इसलिए पुस्तकों व ज्ञान का छात्र-जीवन पर पड़नेवाले प्रभावों से अच्छी तरह अवगत हूँ। बचपन में मुझे पुस्तक पढ़ने का बहुत समय मिला। तभी तो मेरे मन में यह बात बैठ गई कि निःशुल्क पुस्तकालय की स्थापना की जानी चाहिए। जैसे ही मुझे संस्थान ने अपना न्यासी (ट्रस्टी) घोषित किया, मुझे ग्रामीण बच्चों के लिए पुस्तकालय निर्मित करने की अपनी इच्छा पूरी करने का मौका मिला।

पढ़ने के अनेक फायदे हैं। यह एक लाभकारी रुचि ही नहीं अपितु सद्गुणों को उजागर करने में भी सहायक होती है। इसी को ध्यान में रखते हुए न्यासियों की प्रादेशिक भाषाओं की पुस्तकों से पुस्तकालय स्थापित करने की योजना बनाई, न कि स्कूली कक्षाओं में पढ़ाई जानेवाली पाठ्यपुस्तकों की। सामान्य चित्रों द्वारा शिक्षापूर्ण व रुचिकर पुस्तकें, जिन्हें बिना किसी की सहायता से पढ़ा जा सके, ही इस पुस्तकालय के लिए चुनी गईं। इस प्रकार संस्थान कर्नाटक के गाँवों में सामान्य जन में पढ़ने की पूरी रुचि जगाने का कार्य करने में समर्थ हुआ।

हमारी परियोजना एक बीज की तरह अंकुरित हुई, जिसे बहुत ही ध्यान व प्यार से पोषित किया गया। तभी वह दिशापूर्ण वटवृक्ष का रूप ले सकी। इस प्रकार राज्य भर में लगभग चार हजार पुस्तकालय स्थापित चुके हैं। पुस्तकों ने ग्राम्य बच्चों के चेहरों पर मधुर मुसकान खिला दी है, उनके सामने पूरा विश्व खोलकर रख दिया है।

ग्रीष्म की एक अपराह्न जब मैं संस्थान की एक नई योजना पर नए-नए विचारों को मूर्त रूप देने के लिए अपने कक्ष में बैठी थी तो मैंने अपने कार्यालय के शीशे में से एक खड़े व्यक्ति की परछाईं देखी। पुस्तकों के कार्टून तथा पुस्तकें बाँधने वाले फर्श पर बिखरे रंग-बिरंगे कागजों के जंगल के बीच वह बड़ी कठिनाई से दीख रहा था। मैं अपने कार्य में व्यस्त रही। यह उन दिनों की बात है, जब मुझे हाथ में लिये काम को पूरा करने की धुन के कारण खाने-पीने के लिए थोड़ा सा ही समय मिल पाता था। सहसा दरवाजे पर किसी ने थपकी दी और एक अजनबी चेहरा अनुमति लिये बिना ही सीधे कमरे में आ घुसा।

'क्या संस्थान का कार्यालय यही है?' उसने आते ही पूछा।

'हाँ', मैंने उत्तर दिया और बैठने को कहा।

'क्या आप भी संस्थान के कर्मचारियों में से एक हैं?'

मैंने हामी भरी। वह घबरा सा गया। शायद उसे एक सुंदर से स्वागत-कक्ष में

उसका सत्कार करने वाली युवती से भेंट होने की उसकी आकांक्षा थी, किंतु वहाँ पर मैं एक सूती साड़ी पहने थी, जिससे मेरा परिचय नहीं मिलता था। जब वह पहुँचा तब मैं आखिरी पैकेज वर्क करते हुए नई परियोजना-संबंधी आरंभिक जानकारी भी लिखती जा रही थी। आगंतुक ने शायद छोटे से केबिन में कागजों और पुस्तकों के ढेर के बीच बैठी शक्ल देखकर इंफोसिस संस्थान की कल्पना भी नहीं की होगी। आने के उद्देश्य या परिचय के बिना ही आगंतुक ने अपना थैला खोला और कन्नड़ पुस्तकें, जो प्रचार-सामग्री लग रही थीं, निकालीं। 'बच्चों के लिए ये दो उपयोगी पुस्तकें हैं।' उसने कहा, 'इनपर बहुत परिश्रम किया गया और अब इन्हें प्रकाशित कराया गया है। पूरे कर्नाटक में इनकी बहुत माँग है। आप इन्हें अपनी पुस्तकालय योजना के लिए खरीद सकती हैं।

मैंने सुना। स्वाभाविक था कि उसे देखकर उसकी गुणवत्ता, मूल्य तथा उसका विषय जानना चाहिए था कि क्या यह पुस्तक सचमुच ग्राम्य बच्चों के लिए रुचिकर व उपयोगी है? मेरी चुप्पी से वह झुँझला उठा और बोला, 'मैं सुधा मूर्ति व नारायण मूर्ति से अच्छी तरह अवगत हूँ। संस्थान की न्यासी श्रीमति मूर्ति ने ही मुझे यहाँ आने को कहा था, अन्यथा मैं इस तरह की पुस्तकें बेचने का कार्य नहीं करता। पारस्परिक मेलजोल के कारण ही मैं इतनी दूर से उनकी सहायता करने आया हूँ।'

मुझे हैरानी हुई। 'क्या आप श्रीमति मूर्ति को वर्षों से जानते हैं?' मैंने पूछा।

बिना किसी हिचकिचाहट के उसने उत्तर दिया, 'मैं सुधा को बहुत दिनों से जानता हूँ। वह मेरे बचपन की मित्र है।'

यह तो उत्सुकता बढ़ाने वाली बात थी। एक व्यक्ति, जिसे मैं पहली बार देख रही थी, मेरे बचपन का साथी होने की बात कर रहा था। मैंने शरारत के लहजे में पूछा, 'किंतु सुधा तो धारवाड़ की है और आप तो बंगलौर के हैं।'

अब वह हैरान हुआ। बोला, 'क्या तुम अपनी मालकिन को इस तरह नाम से बुलाती हो? यह शिष्टाचार नहीं है। इससे क्या कि वह धारवाड़ की है—वह प्रायः अपनी मौसी, जो अब भी हमारी पड़ोसन है, के पास आया करती थी।'

हे ईश्वर! मैंने सोचा, मेरे अपने रिश्तेदारों ने मैसूर राज्य व उत्तरी कर्नाटक को विभाजित करनेवाली तुंगभद्रा नदी को कभी पार नहीं किया। फिर भी मुझे सचमुच हैरानी हुई कि उस मौसी को, जिसके बारे में मैं जानती भी नहीं थी, वह इसके पड़ोस में रहती है। वह आगे बोला, सुधा ने मुझे हमेशा अपना बड़ा भाई समझा है। तुम्हें मालूम है? उसका अपना कोई भाई नहीं है। जब मूर्ति ने इंफोसिस शुरू करने की बात सोची थी तो वह मुझसे राय लेने आई थी। उसने मेरी हर पुस्तक की सौ-

सौ प्रतियाँ खरीदनी चाही थीं। वह मेरी बुद्धि से परिचित है। उसने कहा था कि ये पुस्तकें यहाँ पर देकर पैसा ले लूँ। मुझे यहाँ से कन्नड़ साहित्य की बैठक में जाना है, जहाँ पर वे मेरा सम्मान करेंगे। अत: शीघ्रता करो।'

मुझे नहीं समझ में आया कि मैं क्या करूँ! व्यग्र होकर उसके ऊपर विलाप करूँ या गुस्से को पी जाऊँ? मैंने उसकी धोखे भरी बातों को आगे बढ़ाते हुए पूछा, 'श्रीमती मूर्ति किस तरह की महिला हैं?'

उसे अपने मित्रता के भाव के अधिक प्रदर्शित करने का अवसर पाने से प्रसन्नता हुई। वह बोला, 'ओह! वह बहुत ही सुशील, किंतु खामोश रहनेवाले स्वभाव की है। एम.ए. करने तक सुधा को उसकी क्लासवाले पहचानते तक नहीं थे। मैं ही था, जिसने उसके घर पर बैठकर समय बरबाद न करने और आगे आने के लिए प्रेरित किया। मैंने ही मूर्ति से उसका परिचय कराया। मैंने ही तो उनकी कुंडलियाँ मिलवाई थीं। इसी कारण वे दंपती मुझे अभी भी बहुत चाहते हैं। आखिर वे आज जो भी हैं, मेरे ही कारण हैं।'

यह तो हद ही हो गई। वह होशियार नहीं था, लापरवाह था। हमारा तो प्रेम-विवाह हुआ था। हम कुंडलियों को नहीं मानते थे। मैं हमेशा समाज में आगे रहती थी। मैं सारे कॉलेज में अपनी कक्षा में अकेली खड़ी होती थी, मैं एम.टेक. हूँ, एम.ए. नहीं। समाजसेवा मेरा व मूर्ति का प्रिय विषय तब से था जब से हमारी मित्रता हुई थी। मैं अब इस झूठे व्यक्ति को और नहीं झेल सकती थी। मैंने समझ लिया कि इस झूठे व्यक्ति की कलई खोलकर रख देनी चाहिए। अगर मैंने उसे अपना परिचय नहीं दिया तो वह न जाने मेरे बारे में इस तरह के झूठ बोलकर क्या कहता फिरेगा।

'मिस्टर', मैंने कठोर शब्दों में कहा, 'तुम्हें अपनी जबान बंद करनी चाहिए। मैं ही सुधा मूर्ति हूँ—नारायण मूर्ति की पत्नी। मेरी तुमसे यह पहली मुलाकात है। तुम मेरे और मूर्ति के संबंध में इस तरह की बातें कैसे करते हो? यह तो निंदनीय है। तुम्हारी पुस्तकें भले ही विषय और संस्कार की दृष्टि से कितनी ही अच्छी क्यों न हों, मैंने पक्का विचार बना लिया है कि तुम्हारी पुस्तकें नहीं खरीदूँगी। पुस्तकें लेखक की भावना व व्यक्तित्व का प्रतिबिंब होती हैं। अब तक मैं जान गई हूँ कि तुम किस तरह के प्राणी हो। इसके बाद अब तुम अपनी पुस्तकें नि:शुल्क भी देना चाहो तो मैं उन्हें नहीं लूँगी। अब यह जान लो कि ईमानदार व्यक्ति ही अच्छा लेखक बन सकता है।'

मेरी इस बात से उसे झटका सा लगा। किंतु इससे पूर्व कि वह किसी तरह का उत्तर देता, मैं हैरान, निराश व दु:खी होकर कार्यालय से बाहर निकल गई। □

11

रक्षाबंधन से विश्वासघात

इंफोसिस फाउंडेशन के काम करते हुए अनेक ऐसी महिलाओं से मेरी मुलाकात हुई, जिन्हें बिना उनकी किसी गलती के ही बहुत दुःख झेलना पड़ा है। उनमें से अधिकतर तो अनपढ़ और शोषण की शिकार हैं। हमारे संस्थान का एक उद्‌देश्य ऐसी अभागी महिलाओं की सहायता करना भी है, जो वेश्यावृत्ति के नारकीय दलदल में धकेल दी जाती हैं। वे प्राय: उससे अनजान होती हैं। उनमें से कई को तो कम आयु में ही धकेल दिया जाता है। ऐसी अनेक महिलाएँ हैं, जो इस धंधे को छोड़ना चाहती हैं, किंतु वह उनके लिए सम्मान सा हो जाता है। इस धंधे में अल्पायु में ही लिप्त होने के कारण अन्य कोई विशेष शिक्षा उन्हें नहीं मिल पाती है। इसी कारण न तो उन्हें नौकरी मिलती है और न जीवन-यापन का कोई वैकल्पिक साधन। यदि कोई साहसी महिला उस जीवन से निकलने में सफल भी होती है तो समाज उसे स्वीकार नहीं करता।

पिछले कुछ वर्षों में मुझे इन अभागी महिलाओं के लिए कुछ करने का अनुभव प्राप्त हुआ है। प्रारंभ में वे मुझसे मिलने या बातें करने से कतराती थीं, किंतु वहाँ मेरे बार-बार जाने से वे धीरे-धीरे मुखर होने लगीं और मुझसे बातें करने लगीं। वे अपनी जो व्यथा-कथा सुनातीं, वह अत्यंत हृदयविदारक होती थी। कभी-कभी मुझे कुछ नहीं सूझता कि क्या कहूँ, कैसे प्रतिक्रिया करूँ। उनकी पीड़ा से मैं बहुत आहत हुई। ऐसी ही एक भेंट में मैं तारा नामक एक महिला से मिली, जो अधेड़ उम्र की थी। उसे देखते हुए मैं कह सकती हूँ कि अपनी जवानी में वह बहुत खूबसूरत रही होगी। अभी भी वह जोशीली थी। उसे लिखना-पढ़ना नहीं आता था। मुझे अध्यापिका समझकर वह चाहती थी कि इस संबंध में मैं उसकी कुछ मदद करूँ।

'यदि आप किसी अन्य महिला अध्यापिका को जानती हैं तो मुझे बताएँ। मैं पढ़ना चाहती हूँ।' उसने अपनी पहली मुलाकात में ही मुझसे कहा था, 'मैं उन्हें अपने घर पर नहीं बुलाऊँगी। जहाँ भी वह अध्यापिका चाहेंगी, मैं वहाँ जाने को तैयार हूँ।' ज्ञानार्जन की उसकी इच्छा को देख मैं हैरान हो गई थी। मैंने उसके विषय में और अधिक जानना चाहा। एक-दो बार मैंने इस विषय को छेड़ा भी; किंतु वह अपने बारे में कुछ भी बताने से कतराती रही। वह हमेशा उदास सी रहती थी।

राखी का दिन था। उत्तरी कर्नाटक और महाराष्ट्र के सीमा क्षेत्र में इसे 'नरली-पूर्णिमा' कहते हैं, जिसका शब्दार्थ होता है—नारियल से पूर्ण चंद्र की पूजा। मैं इस बीच एक सप्ताह से मुख्यतः अपनी पुस्तकालय योजना के संबंध में ग्रामीण विद्यालयों में घूमती रहती थी। तारा (देह-व्यापार करनेवाली) मुझे फिर मिल गई। मुझे याद है कि उस दिन सूर्य तेज चमक रहा था। तारा चूड़ियाँ खरीद रही थी। मैंने उससे बात करनी चाही। मैं सोचने लगी कि किस बिंदु से उससे बातें शुरू करूँ। वह आयु में मुझसे कुछ बड़ी थी। मैंने उससे कन्नड़ में 'बड़ी बहन' कहना चाहा। तारा मंदिर की सीढ़ियों पर बैठी हुई थी—इस प्रतीक्षा में कि भीड़ कुछ छँटे। मैं उसकी तरफ बढ़ी तो वह मुसकराने लगी। मुझे लगा कि वह उदास बैठी थी या मैं ही दुःखी थी, मुझे नहीं मालूम। मैंने वार्त्ता शुरू करनी चाही, 'तारा अक्का, नरली पूर्णिमा के कारण इतनी भीड़-भाड़ है कि आपको अंदर घुसने के लिए प्रतीक्षा करनी होगी।'

सहसा मैंने देखा, उसकी आँखों में क्रोध का भाव तैर गया। वह क्रोध से चिल्लाई, 'टीचर, मुझे अक्का मत कहो। मुझे इस शब्द से घृणा हो गई है। ये सारे रिश्ते-नाते आपकी दुनिया में ही अच्छे लगते हैं, मेरी दुनिया में नहीं। मुझे ऐसा संबोधन नहीं चाहिए। तुम मुझे 'ताराबाई' तो कह सकती हो, किंतु 'तारा अक्का' नहीं। मेरी दुनिया में एक ही रिश्ता है—औरत-मर्द का।' और मैंने देखा, उसकी आँखों से आँसुओं की धारा बहने लगी।

मुझे उसके कथन के पीछे का सच समझ में आ गया। मेरे साथ आया हुआ स्वयंसेवक घबरा गया। उसने तारा को बताना चाहा कि तुम जिसपर क्रोधित हो रही हो वह कौन है, किंतु मैंने उसे रोक दिया। मैंने तारा से ही कहा, 'तारा, मुझे दुःख है कि मैंने तुम्हारी भावना को कुरेदा। मैंने तुम्हें 'अक्का' इसलिए कहा कि तुम आयु में मुझसे बड़ी हो। मुझे खेद है कि ऐसा कहने से तुम्हें बुरा लगा।'

इससे वातावरण में नाटकीय मोड़ आ गया। तारा बुक्का फाड़कर रोने लगी। उसकी साड़ी का पल्लू पूरी तरह भीग गया। अभी-अभी खरीदी गई चूड़ियाँ एक

हाथ में पकड़कर वह दूसरे से अपने आँसू पोंछने लगी। मैंने उसके कंधे पर हाथ रखा, पर कुछ बोली नहीं। हमारी चुप्पी शब्दों से अधिक सार्थक थी। थोड़ी देर बाद उसका रोना थमा, पर वह उदास रही। मैंने अपने स्वयंसेवक को उसके लिए एक कप चाय लाने को कहा।

कुछ देर बाद वह शांत हो गई। बोली, 'टीचर, मुझे खेद है कि मैंने आपसे कठोर स्वर में बात की। किंतु इसमें आपकी कोई गलती नहीं थी। आखिर 'अक्का' कहकर आपने मुझे आदर ही दिया है। आज तक इस आदरसूचक शब्द से किसी ने मुझे नहीं पुकारा था। लोग मुझे भिन्न-भिन्न नामों से पुकारते हैं। मैं उन्हें आपसे नहीं कहूँगी, फिर भी 'अक्का' शब्द ने मुझे मेरे बचपन की याद दिला दी है।'

अब मैं समझी कि वह मंदिर की सीढ़ियों पर बैठकर क्या सोच रही है।

वह फिर नरली पूर्णिमा का दिन था और वही शब्द 'अक्का' उसके दिमाग में कुछ पुरानी यादें लेकर उमड़ा होगा, जिन्हें हमेशा वह भुलाना चाहती है। राखी केवल बहन के द्वारा भाई के हाथों पर बाँधनेवाला धागा नहीं है। उसका महत्त्व भाई-बहन के आपसी भावनात्मक संबंध का द्योतक है और बिना किसी अपराध के तारा को इस नारकीय जीवन में धकेलनेवाला उसका अपना भाई था और वह कुकर्म उसने इसी राखी के दिन किया था।

□

12

भिखारी से सीख

मीना मेरी बहुत अच्छी सहेली है। वह जीवन बीमा निगम की एक अच्छी वेतनभोगी अफसर है। किंतु हमेशा उसके साथ कुछ अनोखा ही घटता था। वह सदा अप्रसन्न रहा करती थी। मैं जब भी उससे मिलती थी, उसे दबी हुई अनुभव करती थी। उसके पास किसी के लिए कोई उत्साहवर्धक बात, विषय या मनुष्य के लिए आशा आदि कुछ नहीं होता था। उदाहरण के लिए, यदि मैं उससे कहूँ, 'मीना, तुझे पता है, राकेश अपने विद्यालय में प्रथम आया है!'

मीना तुरंत उत्तर देकर इस घटना के महत्त्व को कम आँकने का प्रयास करती, 'स्वाभाविक है, उसका बाप अध्यापक है।' अगर मैं कहूँ कि 'मीना, श्वेता काफी खूबसूरत लड़की है न?' मीना निराश हो जाती, 'जब कोई छोटा होता है तो बहुत सुंदर लगता है, क्योंकि आयु का प्रभाव पड़ता है। प्रतीक्षा करूँ कि कुछ दिन बाद श्वेता तुम्हारे जाननेवालों में सबसे अधिक बदसूरत हो जाएगी। 'मीना, आज का दिन बड़ा सुहावना है। चलो, कहीं घूमने चलें।'

'नहीं, धूप बहुत तेज है और अधिक चलने से मुझे प्रॉब्लम हो जाती है। और यह किसने कहा कि घूमना स्वास्थ्य के लिए अच्छा होता है? इसका कोई प्रमाण नहीं है।'

यह मीना थी। वह घर में अकेली रहती थी और उसके माता-पिता दिल्ली में रहते थे। वह अकेली संतान थी और हमेशा हर चीज से उसे शिकायत रहा करती थी। स्वाभाविक है कि उससे कोई साथी मिलने नहीं आता था। तभी एक दिन मीना का स्थानांतरण मुंबई हो गया। कुछ वर्ष बाद मैं एक दिन मुंबई के फ्लोरा फाउंटेन के पास बारिश में फँस गई। पानी जोर-जोर से बरस रहा था और मेरे पास छाता भी नहीं

था। मैं वर्षा थमने की प्रतीक्षा में 'अकबर अली'—एक मशहूर डिपार्टमेंटल स्टोर—के पास खड़ी थी। तभी मुझे मीना दिखी। मेरी एकदम प्रतिक्रिया यह हुई कि उस बरसात में भी मैं भागूँ। उसकी न खत्म होनेवाली शिकायतों को सुनने से बचने के लिए मैं उसकी नजरों से ओझल होना चाहती थी; किंतु उससे मैं बच न सकी। वह काफी खुश नजर आई, 'मैं बहुत खुश हुई। पुरानी सहेलियों से मिलना अच्छा लगता है। तुम यहाँ क्या कर रही हो?'

मैंने कहा, 'मैं कार्यालय के काम से आई हूँ।'

'आज रात मेरे साथ रहो।' वह बोली, 'हम बातें करेंगे। तुम जानती हो न, पुरानी शराब, पुराने मित्र और पुरानी यादें अनमोल खजाना होती हैं।'

मुझे विश्वास नहीं हुआ। क्या यह वही मीना है? मैंने अपने आपको चिकोटी काटी कि कहीं मैं स्वप्न तो नहीं देख रही हूँ। किंतु नहीं, मीना मेरे सामने खड़ी थी। मेरा हाथ दबाए मुसकराती हुई बहुत खुश नजर आ रही थी। तीन साल बंगलौर में रहते हुए मैंने उसे कभी इस तरह मुसकराते हुए नहीं देखा था। उसकी लटों में कुछ सफेदी देखकर मुझे लगा कि सचमुच काफी समय बीत चुका है। उसके चेहरे पर भी कुछ झुर्रियाँ पड़ चुकी थीं। किंतु वह सच में देखने में पहले से कहीं अधिक आकर्षक हो गई थी। अंतत: मैंने उससे कहा, 'नहीं मीना, मैं आज रात तुम्हारे साथ नहीं रह सकती। मुझे रात्रिभोज पर कहीं जाना है। मुझे अपना कार्ड दे दो, मैं तुमसे बाद में भेंट कर लूँगी।'

एक क्षण के लिए मीना को निराशा हुई, 'नहीं, चलो।'

'किंतु मीना, बारिश तेज हो गई है।'

'हम छाता खरीदती हुईं ग्रेंड होटल में चलती हैं।' वह बोली।

मैंने बहाना किया, 'इस बारिश में टैक्सी कहाँ मिलेगी?'

'क्या हुआ, हम पैदल ही चल देंगे।'

मैं हतप्रभ थी। यह मीना वह नहीं थी, जिसे मैं जानती थी। आज वह किसी भी तरह समझौता करने को राजी नहीं थी। हम भीगते हुए ग्रेंड होटल तक पहुँचे। तब तक मेरे मस्तिष्क में एक-दो प्रश्न उमड़-घुमड़ रहे थे कि आखिर मीना में इस तरह का परिवर्तन कैसे आया होगा? मैं उत्सुक थी। मैंने पूछा, 'मीना, कहो, क्या तुम्हें कोई सुंदर सा राजकुमार मिला है, जिसने तुम्हारे जीवन में इस प्रकार परिवर्तन ला दिया?'

मीना को मेरे प्रश्न पर हैरानी थी, 'नहीं, ऐसा कुछ भी नहीं है।'

'फिर तुम्हारी शक्ति व स्फूर्ति का राज क्या है?' मैंने उससे पूछा।

वह मुसकराई और बोली, 'एक भिखारी ने मेरा जीवन बदल दिया।'

मैं स्तब्ध रह गई और वह मेरी ओर देखने लगी।

'हाँ, एक भिखारी!' उसने दुहराया और मुझे विश्वास दिलाते हुए कहा, 'वह बूढ़ा था और मेरे घर के सामने ही अपने पाँच वर्षीया नातिन के साथ रहता था। तुम जानती हो कि मैं काफी निराशावादी थी। मैं नित्य अपने घर का बचा-खुचा खाना उस भिखारी को देती थी। मैं कभी उससे कुछ नहीं बोली और न ही उसने कभी मुझसे कुछ कहा।

'बरसात के एक दिन मैंने खिड़की से बाहर झाँका और बारिश को कोसने लगी। नहीं जानती कि मैंने ऐसा क्यों किया, जबकि मैं भीग नहीं रही थी। उस दिन मैं भिखारी व उसकी नातिन को अपना बचा खाना भी नहीं दे सकी। मैं जानती हूँ कि वे उस दिन भूखे ही रहे होंगे; किंतु खिड़की से जो मैंने देखा, उससे मैं दंग रह गई। भिखारी व वह छोटी बच्ची सड़क पर खेल रहे थे, क्योंकि सड़क खाली थी। गाड़ियों का आना-जाना बंद था। वे खुशी से चिल्ला रहे थे, नाच रहे थे मानो वे स्वर्ग में हों, भूख व बरसात से उन्हें कोई मतलब ही नहीं। वे बुरी तरह भीगे हुए थे, मगर पूरी तरह खुश थे। जीवन के प्रति उनके उत्साह को देखकर मुझे ईर्ष्या हुई।

'उस दृश्य ने मुझे अपने जीवन की ओर देखने के लिए विवश किया। मुझे ध्यान आया कि मेरे पास सब तरह का आराम है, जिसका उनके पास अभाव है। किंतु उनके पास वह संपत्ति है, जो मेरे पास नहीं है। उन्हें पता था कि जीवन में हर परिस्थिति में कैसे खुश रहा जाता है। मुझे आत्मग्लानि हुई। मैंने अपने पास उपलब्ध तथा अनुपलब्ध सब चीजों की सूची बनानी शुरू की। मुझे पता चला कि लोगों की कल्पना से भी अधिक वस्तुएँ मेरे पास हैं, जिसके लिए मैं ईश्वर की आभारी हूँ। उसी दिन से मैंने जीवन के प्रति अपने नकारात्मक रवैए को बदलना शुरू किया—भिखारी को अपना आदर्श मानते हुए।'

कुछ देर की खामोशी के बाद मैंने मीना से जानना चाहा कि उसने स्वयं को बदलने में कितना समय लगाया?

'एक बार यह बात मेरी समझ में आ गई तो,' वह बोली, 'मुझे अपने जीवन को बदलने में लगभग दो वर्ष लगे। अब कुछ फर्क नहीं पड़ता, मैं सदा खुश रहती हूँ। हर छोटी-से-छोटी बात, हर स्थिति व हर मनुष्य में मुझे खुशी ही मिलती है।'

'क्या तुमने अपने गुरु को कोई गुरुदक्षिणा भी दी?' मैंने पूछा।

'नहीं, जब तक मैं बातों को कुछ समझी, दुर्भाग्य से वह मर चुका था; किंतु उसके सम्मान-स्वरूप उसकी नातिन को स्कूल में भरती करवा दिया है।' □

13

अपने ही इतिहास को भूलते जा रहे हैं

हमारे देश का इतिहास हुतात्माओं और देशप्रेमियों से भरा पड़ा है, जिन्हें श्रद्धा-सुमन अर्पित करने के लिए हमें नतमस्तक होना चाहिए। उनकी जीवन-गाथाएँ हमारे लिए प्रेरणा का स्रोत हैं; किंतु क्या आज भारतीय युवा उनके बारे में कुछ जानते हैं ?

विशेषत: नारी हुतात्माओं (शहीदों) की कहानियाँ बहुत प्रेरक हैं। उनमें से कई कुछ विशेष पढ़ी-लिखी नहीं थीं; किंतु उनमें देश के लिए लड़ने और शत्रु का सामना करने का साहस था। चित्तदुर्ग जिले की ओवव्वा, उत्तरी कर्नाटक की कित्तुर चेन्नम्मा, बेलगाँव जिले की बेलावती मम्मा आदि की सूची बहुत लंबी है। ओवव्वा के पास शत्रु सैनिकों का मुकाबला करने के लिए रसोईघर के चाकू के अतिरिक्त कुछ भी नहीं था; परंतु कितने युवा भारतीयों को उनके विषय में कुछ मालूम है ? इतिहास प्रसिद्ध नायिकाओं में से कुछ तो बहुत प्रसिद्ध हुई हैं, जैसे कि झाँसी की रानी लक्ष्मीबाई, एक संतानहीन युवा विधवा। उसने ब्रिटिश साम्राज्य को ललकारा। उसके साहस की प्रशंसा शत्रुओं तक ने की। उसके विषय में अनेक कविताएँ लिखी गईं। उसके अदम्य साहस की सर्वाधिक प्रशंसा यह कहना है कि अपनी सेना में वही एकमात्र मर्द थी। हमारे युवाओं में से कितने हैं, जो उसके बारे में जानते हैं! हाल में ही मुझे भोपाल से 'ओजस्विनी' पुरस्कार से सम्मानित किया गया, जिसे दिल्ली में मुझे दिया गया। इसमें एक बहुत सुंदर स्मृति चिह्न है—घोड़े पर सवार, तलवार हाथ में लिये झाँसी की रानी लक्ष्मीबाई। इसे विशेष तौर से तराशा गया है। मैं हवाई जहाज से बंगलौर वापस पहुँची तो मेरे साथ वही आकृति थी—यथार्थ में हाथ के झोले से कुछ बड़ी। मुझे डर था कि थैले में रखने के बाद वह टूट न जाए।

दिल्ली में हवाई अड्डे पर सुरक्षा कर्मचारियों को जब मैंने अपनी बात बताई तो उन्होंने धातु स्पर्श से जाँचकर मुझे अपने साथ ही ले जाने की अनुमति दे दी। जेट विमान में मैं काफी सुंदर इकोनॉमी श्रेणी में थी। उस मूर्ति को अपनी गोद में ले जाना कठिन काम था, क्योंकि वह ऊपर लॉकर में नहीं रखी जा सकती थी। परिचारिका कृपा कर उसे अपने साथ ले गई और कार्यकारी श्रेणी की एक खाली सीट पर रख आई। निस्संदेह मर्दानी लक्ष्मीबाई ऐसे विशेष सद्व्यवहार की अधिकारिणी थी। सब लोगों से इस प्रकार की सहायता पाकर मैं खुश थी और आराम से अपनी सीट पर बैठ गई। मुझे लगा कि सब लोग इस तरह की क्रिया को कुतूहल से देख रहे थे। उड़ान भरने के बाद उन्होंने मेरी ओर उत्सुकता से देखा; किंतु वार्त्ता करने का प्रयास किसी ने नहीं किया। वार्त्ता के विषय में एक सिद्धांत मेरे पास है, इसे आप शाही तरीका कह सकते हैं। इस संबंध में कहा जा सकता है कि वार्त्ता का आधार आर्थिक स्तर भी होता है। यदि आप बस में यात्रा कर रहे हैं तो आपके साथी यानी आप बात करने में जल्दी और खुलकर बात करेंगे। यदि आप ट्रेन के पहले दर्जे के यात्री हैं तो लोग कुछ गंभीर एवं खुलकर बात करनेवाले कम ही होंगे। यदि हवाई जहाज में जा रहे हैं तो बातचीत के कम ही मौके मिलेंगे। फिर यदि आप अच्छी सी अंतरराष्ट्रीय उड़ान में हैं तो चौबीस घंटे की उड़ान में आपके साथ बैठे यात्री से एक-दो शब्द बोलने का अवसर कम ही मिलेगा।

दिल्ली से बंगलौर जानेवाली उड़ान में मेरी बगल में बीस से कम आयु के दो यात्री थे—एक लड़का और एक लड़की। उन्होंने काफी महँगी जींस पहन रखी थी। दोनों के बाल काफी छोटे थे, जिससे वे एक जैसे लग रहे थे। एक ही अंतर दोनों में दिखाई देता था और वह था—लड़की के बाल बिखरे हुए थे। दोनों च्यूइंगम मुँह में दबाए और एक खेल में अपनी ही दुनिया में मस्त थे। जाहिर था कि वे अपने बगलवाले से बात करने में रुचि नहीं रखते थे। फिर दूसरों की बात क्या कहें! संगीत व गम ही इनकी इस जरूरत को पूरा कर देते हैं। कुछ समय बाद मैंने सोचा कि मुझे इन लोगों से बात करनी चाहिए। कॉलेज के जमाने में पढ़ाने का काम करने के कारण मैं युवाओं से आराम से बात कर सकती थी। साधारणतया इस उम्र में वे इतने सतर्क और तोड़-मरोड़ करनेवाले नहीं होते। वे तुरंत बात करनेवाले और बेझिझक होते हैं तथा सुखद विचारोंवाले होते हैं। मैंने पहले उनसे छोटी बातों को जान लिया कि वे बंगलौर के किस कॉलेज में पढ़ते हैं। वे आपस में चचेरे भाई-बहन हैं और अभी-अभी अपने दादा-दादी के पास दिल्ली गए थे।

लड़की ने झिझकते हुए पूछा, 'मैंने काले घोड़े पर सवार एक महिला की

मूर्ति देखी, बहुत सुंदर खिलौना है। क्या वह बंगलौर में उपलब्ध नहीं है? आपको इसे ले जाने में काफी परेशानी हो रही है। इसे अपने साथ ले जाने का कोई खास कारण है?'

'यह खिलौना नहीं है, पुरस्कार है।' मैंने कहा।

अब मुझसे प्रश्न करने की बारी उस लड़के की थी, 'क्या आपको घोड़ों का शौक है?'

मैं हैरान थी।

'नहीं, आजकल घोड़े मुश्किल से दिखाई देते हैं। संभव है, आप घोड़े की दौड़ की शौकीन हों।' मैं जीवन भर उसे देखने कभी नहीं गई हूँ।

मुझे कुछ अजीब सा लगा। अँधेरा होने को चला था, क्योंकि यह सांध्य उड़ान थी। युवा भाई-बहनों ने मेरा चेहरा नहीं देखा था। मैं समझ गई थी कि इन युवाओं ने मेरे पुरस्कार को घोड़ों की दौड़ से संबंधित ही समझा है। उन्हें घोड़े पर सवार महिला की युद्ध की पोशाक नहीं दिखाई दी थी। क्या मुझे सुअवसर मिला था कि उन्हें समझाऊँ?

'क्या आप उस मूर्ति के पास जाकर ठीक तरह से देखकर मुझे बताएँगे कि आपके क्या विचार हैं?' मैंने उनसे प्रश्न किया।

'हमने उस आकृति को देखा है, तभी तो यह प्रश्न किया है।' उन्होंने उत्तर दिया।

मैं धक् से रह गई। अध्यापिका होने के नाते मैंने सोचा कि मुझे उन्हें झाँसी की रानी लक्ष्मीबाई के विषय में कुछ बताना चाहिए। अब मैं समझी कि मैं क्यों हर बच्चे को अपना भावी छात्र समझने की चेष्टा करती हूँ।

'क्या आपने स्वतंत्रता की पहली लड़ाई के विषय में कुछ सुना है?'

'हाँ, यह सन् 1942 की बात है, है न!' लड़के ने हलके से कहा।

लड़की ने बात को आगे बढ़ाते हुए कहा, 'वास्तव में हमने '1942 ए लव स्टोरी' फिल्म देखी है। भारतीयों व अंग्रेजों के बीच युद्ध। मनीषा कोइराला इसमें चमकी थी।'

'नहीं। वह भारत छोड़ो आंदोलन था। स्वतंत्रता की पहली लड़ाई तो एक शताब्दी पूर्व लड़ी गई थी और उसमें हमारी पराजय हुई थी।' मैंने कहा।

उनके पास कोई जवाब नहीं था।

'सन् 1857 में अंग्रेजों के खिलाफ एक लड़ाई लड़ी गई थी। झाँसी की युवा रानी लक्ष्मीबाई ने अपनी सेना का नेतृत्व किया था। वह शायद चुप रहती और शाही

पेंशन स्वीकार करती तो सुरक्षित व आरामदायक जीवन बिता सकती थी; किंतु उसने ऐसा नहीं किया। वह पक्की देशभक्त थी। उसने बहादुरी से युद्ध किया और युद्ध के दौरान उसके कुशल नेतृत्व की सराहना उसके शत्रुओं ने भी की थी। तब से वह भारतीयों के बीच साहस व स्वतंत्रता की देवी मानी जाती है। वह युद्ध करते हुए वीरगति को प्राप्त हुई, ताकि हम स्वतंत्र भारत में साँस ले सकें।'

दोनों युवाओं ने बिना एक शब्द कहे मेरी बात सुनी।

□

14

पहले कारक बनो, फिर उपचारक

यात्रा करने का अपना ही आनंद है। उसके बिना शिक्षा अधूरी है। यात्रा करने से ज्ञान-भंडार के द्वार खुल जाते हैं। हमारे बड़े-बुजुर्गों ने सच ही कहा है—'देखे पर ही विश्वास करो।'

हमारे देश में अनेक विशेषताएँ भरी पड़ी हैं। इसमें अनेक राज्य हैं। सबकी अपनी अलग भाषा है, परंपरा है, रीति-रिवाज हैं; जीव-जंतु व पशु-पक्षी सब अपनी तरह के हैं। संपूर्ण देश में भ्रमण करने से अनेक देशों की भाषाओं का आनंद व लाभ प्राप्त किया जा सकता है। अगर आप बस से या ट्रेन में द्वितीय श्रेणी कंपार्टमेंट में यात्रा करें तो आप विभिन्न वर्गों के लोगों से मिल सकते हैं। अपने साथी यात्रियों से बातचीत करने का अपना ही आनंद व रोमांच होता है।

मैंने इसका अनुभव कई बार किया है। मैं एक बार ट्रेन द्वारा बंगलौर से हुबली की यात्रा पर गई। सामान्यत: इस रूट की ट्रेनों में आरक्षण की आवश्यकता नहीं होती। किंतु हम इस यात्रा में प्रकृति की छटा का आनंद ले सकते हैं तथा अनेक प्रकार के लोगों से मिलने का सौभाग्य भी अर्जित कर सकते हैं।

मैं बंगलौर में ढाई बजे ट्रेन में बैठी तथा दस बजे रात्रि में हुबली पहुँचना था। मैं अकेली थी। पिछले दो दिनों से एक परियोजना पर निरंतर काम करने से मैं काफी थक चुकी थी। उस समय मेरी एकमात्र जरूरत थी विश्राम करना।

मैं खिड़की की ओरवाली सीट पर बैठ गई। पाँव फैलाकर सोने की तैयारी करने लगी। तभी एक महिला उस कंपार्टमेंट में आई और मेरे पास बैठ गई। मैंने उसकी ओर देखा। वह लगभग पच्चीस वर्ष की एक युवती थी। वह सूती साड़ी पहने हुई थी। शायद वह ऐन मौके पर पहुँची थी। मेरा अनुमान है, दौड़ते-भागते

उसने गाड़ी पकड़ी होगी। उसके शरीर से पसीना छूट रहा था। उसने किसी तरह का कोई गहना या साज-सज्जा का सामान नहीं पहना था। वह मध्यम वर्गीय परिवार की लगती थी।

उसने रूमाल निकाला और पर्स में रखे शीशे में देखकर चेहरा पोंछने लगी। उसने थोड़ा सा पानी पिया और तब मेरी ओर देखा। उसे देखकर मुझे लगा, जैसे कोई उत्साही छात्रा पूरी तैयारी के साथ परीक्षा में जा रही हो। मेरी ओर देखकर वह मित्र भाव से मुसकराई। लगा कि वह बातचीत करने के लिए तैयार थी।

उसने प्रश्न किया, 'आप कहाँ जा रही हैं ?'

'हुबली।' मैंने कहा।

'हुबली कहाँ है ?'

मैं पूरा विवरण नहीं देना चाहती थी, किंतु मैंने कहा, 'विश्वेश्वर नगर। आप जानती हैं, वह कहाँ है ?'

'कुछ पहले।' उसने यों ही कहा।

'मैं शांति कॉलोनी जा रही हूँ।'

'कौन सी शांति कॉलोनी ?' उसने जानना चाहा, 'क्योंकि दो-दो शांति कॉलोनी हैं।'

कॉलोनियों के बारे में उसके पूरे ज्ञान से मैं भौचक्की रह गई। मैं बोली, 'रेलवे लाइन के निकट।'

'दोनों ही रेलवे लाइन के निकट हैं। उत्तर में है या दक्षिण में ?'

'उत्तर में।' मैंने स्पष्ट किया।

मैं समझी कि मैंने उसकी जिज्ञासा शांत कर दी है और अब आगे वह कोई प्रश्न नहीं पूछेगी। मैंने थोड़ा विश्राम करने का निश्चय किया।

मैं स्वभाव से मैत्री भाव एवं खुले विचारों की थी। विभिन्न तरह के लोगों से बात करना मुझे पसंद है, किंतु उस दिन ट्रेन में बहुत थक चुकी थी और बतियाने के मूड में मैं नहीं थी। युवती ने सोचा कि शायद बातचीत पूरी नहीं हुई है।

'क्या आप कोई काम करती हैं ?' उसने फिर पूछा।

अधिक पूछे जाने की आशा में मैंने उसे सारी बात बताने की ठानी, 'हाँ, मैं एक कॉलेज में पढ़ाती हूँ और आजकल छुट्टियों पर हूँ। मैं हुबली की रहनेवाली हूँ और वहीं जा रही हूँ।'

मैंने सोचा कि इससे उसे संतोष मिलेगा, मगर यह मेरी भूल थी।

वह मुसकराई और बोली, 'अच्छा, तो आप प्रोफेसर हैं। आप कौन सा विषय

पढ़ाती हैं?'

जिन लोगों को बातें करने का शौक होता है, वे कुछ न होने पर भी वार्त्ता प्रारंभ कर ही देते हैं। वहीं दूसरी ओर अंतर्मुखी लोग अपने ही ढंग से जवाब देकर वार्त्ता को समाप्त कर सकते हैं।

कुछ लोग बातें करते हैं, ताकि उन्हें दूसरों के बारे में कुछ जानकारी मिल सके, किंतु वे स्वयं अपने विषय में कुछ नहीं कहते। मुझे लगा कि यह महिला कुछ इसी तरह की है। मेरी नींद और खीज—दोनों ही गायब हो चुकी थीं। मैंने यह खेल खेलने का फैसला किया और पता करना चाहा कि वह कितने प्रश्न कर सकती है।

'मैं क्राइस्ट कॉलेज में कंप्यूटर साइंस पढ़ाती हूँ।' मुझे आशा थी कि आगे कोई प्रश्न नहीं होगा, लेकिन शायद मुझे समझ जाना चाहिए था।

'ओह! कंप्यूटर। आजकल तो लगता है जैसे कंप्यूटर के बिना कुछ भी नहीं है। एक दिन ऐसा भी आ सकता है, जब कंप्यूटर का ज्ञान नहीं होने पर हमें अशिक्षित कहा जाएगा। इस संबंध में क्या कहना है आपका?'

मैंने प्रश्न खड़े करने की उसकी योग्यता को सराहा कि किस प्रकार बातचीत करने के लिए वह मुझे मैदान में आने के लिए बाध्य कर रही है।

'यह आपके साक्षरता के विचार पर निर्भर करता है।' मैंने प्रबंधक सलाहकर्ता के समान उत्तर दिया।

उसने मेरे उत्तर पर अपने विचार रखे, 'मेरा मानना है कि साक्षर होने और शिक्षित होने में अंतर है। साक्षरता का मतलब है विषय का प्रारंभिक ज्ञान होना, जबकि शिक्षित होने से अभिप्राय है—जो आप जानते हैं उसे समझते हैं। इस परिणाम के बारे में आपका क्या कहना है?'

इस महिला को समझना मेरे लिए कठिन था। तब तक ट्रेन बंगलौर की शहरी सीमा पार कर चुकी थी और टुमकुर पहुँचने वाली थी। बड़ा सुहाना प्राकृतिक दृश्य आँखों के सामने से गुजर रहा था। वर्षा ऋतु के तुरत बाद के समय सारी झीलें भरी हुई थीं और भूमि शस्य-श्यामला थी। मौसम बहुत ही सुहाना था। ए.सी. या पंखे की कोई जरूरत नहीं थी। खेतों में पुरुष व महिलाएँ काम कर रहे थे। पशु अपना चारा चर रहे थे। आकाश की ओर बढ़ते जैसे पहाड़ अपनी शान जता रहे थे। अपराह्न का समय होने पर भी सूर्य में कुछ खास ताप नहीं था।

मैंने सोचा कि यदि यह महिला बोलती रही तो आगे के छह-सात घंटे झेलना कठिन हो जाएगा। परिस्थिति बदलने के लिए एक रास्ता तो यह होता है कि विनयपूर्वक उससे कहूँ कि मैं अब विश्राम करना चाहती हूँ, इसलिए मुझे अकेला

छोड़ दें; किंतु मैं उससे खुलकर कुछ कह नहीं सकी। वह मासूम सी दिख रही थी। वह उत्साहित थी। उसके चेहरे पर उत्सुकता साफ झलक रही थी। वह मुझे अपनी कक्षा की एक छात्रा-सी लगी। एक अध्यापिका होने के नाते मैं उसे अपने मन की बात बताते हुए झिड़क नहीं सकी। इसलिए केवल मुसकराने लगी।

'मुसकराना स्वास्थ्य के लिए बहुत अच्छा होता है।' युवती ने चुप्पी तोड़ते हुए कहा।

वह पुन: बोली, 'जब आप मुसकराते हैं तो सारी दुनिया आपके साथ मुसकराती है, किंतु आप जब रोते हैं तो अकेले रोना पड़ता है। है न?'

किस्मत से समझौता करते हुए मैं बोली, 'यह अच्छी सूक्ति है।'

'किंतु यह मेरा कथन नहीं है। यह अमिताभ बच्चन का कहा गया एक वाक्य है। क्या अमिताभ आपको अच्छा लगता है?'

मैंने सोचा कि वह हैरान होगी। कहा, 'नहीं, मैं ऋतिक रोशन को पसंद करती हूँ।'

'हाँ, वह अत्यंत खूबसूरत है।' उसने क्षण भर में अमिताभ छोड़कर ऋतिक का पक्ष लेते हुए स्वीकार किया, 'ऋतिक सुंदर लगता है, क्योंकि उसके चेहरे पर लचीलापन है। किसी युवक या युवती के चेहरे पर जब तक लचीलापन न हो, वह रूखा सा लगता है। क्या आप अक्षय के चेहरे में भी वही लचीलापन नहीं पातीं?'

'कौन अक्षय?' अब तक मैं उसके प्रश्नों के उत्तर दे रही थी, परंतु अब मैंने उससे प्रश्न किया। अनजाने व अनचाहे ही मैं उसके साथ बहस में फँस चुकी थी। दरअसल, वार्त्तालाप एक भँवर की तरह है। आप न चाहते हुए भी उसी में रेंगते रहते हैं।

'क्या आप अक्षय को नहीं जानतीं? मेरा मतलब अक्षय खन्ना से है, अक्षय कुमार से नहीं। अक्षय खन्ना विनोद खन्ना की पहली पत्नी से जनमा बेटा है। उसने ऐश्वर्या राय के साथ फिल्म 'ताल' में काम किया था, जबकि अक्षय कुमार वह है जिसने हाल ही में अभिनेत्री ट्विंकल खन्ना से शादी की है।'

मैं उसके फिल्मी ज्ञान पर आश्चर्यचकित थी।

थोड़ा हलका सा सिरदर्द, जो सुबह मुझे हो रहा था, फिर होने लगा। क्या यह बोलते जाने का प्रभाव है? अगर मेरे एक छोटे से प्रश्न का इतना लंबा उत्तर आता है तो हुबली पहुँचने तक तो मैं इतना थक जाऊँगी कि किसी भी काम को करने लायक नहीं रहूँगी। पूरे डेढ़ घंटे से वह लगातार प्रश्न किए जा रही थी। मेरा सिरदर्द इसका साक्षी था।

बस, अब बहुत हो चुका—मैंने सोचा और निर्णय लिया कि उससे साफ-साफ कह दूँ कि अब मैं सोना चाहती हूँ, क्योंकि दर्द के मारे मेरा सिर चकरा रहा है।

सहसा मेरा हाथ माथे को दबाने लगा।

'क्या आपको कुछ तकलीफ है?' मुझे ऐसा करते देख उसने पूछा।

'हाँ, सुबह कुछ सिरदर्द था।' मैं यह नहीं कह सकी कि उसके लगातार बोलते जाने से यह बढ़ गया है।

'क्या आपके पास कोई दवा है?' उसने पूछा।

'नहीं।'

उसने अपना थैला खोला और बाम की शीशी थमाई। बोली, 'यह नई चीज है—नीरांजना बाम, सिरदर्द में बहुत ही उपयोगी। इसे लगाने से आप तुरत आराम पाएँगी। यह सुगंधित है और शरीर के सारे दर्द को दूर कर देता है। यह तेलरहित आयुर्वैदिक-ओषधि है। अनेक ब्रांडों से सस्ता और अधिक प्रभावकारी। अधिक खरीदने पर कुछ छूट भी मिलती है। यह प्रचार हेतु नमूना है।'

अब उत्सुकता जताने की मेरी बारी थी।

'आप कहाँ काम करती हैं?' मैंने पूछा।

'मैं नीरांजना बाम की विक्रेता हूँ।' वह मुसकराई।

हाँ, निश्चय ही मुसकराना स्वास्थ्य के लिए उत्तम है।

□

15

स्टोव फटना या दहेज में मृत्यु

संस्कृत में एक उक्ति है—'यत्र नार्यस्तु पूज्यन्ते रमन्ते तत्र देवता:' अर्थात्—जहाँ नारी की पूजा होती है वहाँ देवता निवास करते हैं। किंतु यथार्थ जीवन में यह सत्य नहीं है। हमारे देश में बहुत कम महिलाओं को आर्थिक स्वतंत्रता, अच्छी शिक्षा की सुविधा अथवा अपना पति स्वयं चुनने का अधिकार प्राप्त है। हमारे समाज की अधिकतर महिलाएँ कुचली हुई-सी हैं। महिलाओं की इस दुर्दशा का एक कारण शिक्षा का अभाव है, जिससे आर्थिक स्वतंत्रता में स्वत: कमी आ जाती है। यदि महिला आर्थिक रूप से स्वतंत्र नहीं है तो जीवन में अनेक कठिनाइयाँ आती हैं। एक बार 'नवजात कन्याओं की मृत्यु' विषय पर एक महिला डॉक्टर से मेरी चर्चा हो रही थी। अस्पताल में स्त्री रोग विशेषज्ञ होने के कारण उसे इस विषय की काफी जानकारी थी।

उसने मेरी ओर देखा और बोली, 'क्या तुम देखना चाहोगी कि महिलाएँ किस तरह का दु:ख झेलती हैं? आओ, चलो, मैं तुम्हें दिखाऊँगी।'

वह मुझे आग में जल जाने से पीड़ित रोगियों के वार्ड में ले गई। दिल्ली के लाल किले के बारे में एक कहावत है—यदि धरती पर कहीं नरक है तो यहीं है; किंतु इस कहावत को झुठलाती हुई स्थिति इस वार्ड की थी। पूरा माहौल निराशाजनक था। अधिकतर औरतें बहुत ही गरीब घरों की अठारह से अट्ठाईस आयुवर्ग की थीं। वे सब रो रही थीं। सबकी एक ही कहानी थी—मैं खाना बनाना चाहती थी, स्टोव जलाया तो फट गया। मेरी साड़ी के पल्लू में आग लग गई। यह मेरी गलती से हुआ। मेरे पति तो बहुत अच्छे हैं और सास-ससुर तो माँ-बाप के समान हैं।

हमारे देश में बहुत सी स्त्रियाँ, नवविवाहित युवतियाँ रोज ही स्टोव फटने से

मरती हैं। न जाने क्यों, वे लोग स्टोव जलाने जाती हैं। इसका उत्तर हम सभी जानते हैं। ये घटनाएँ स्टोव द्वारा नहीं, बल्कि दहेज की लोलुपता के कारण होती हैं। क्या यह स्थिति शोचनीय नहीं है ? एक ओर तो हमारे समाज में दुर्गा की पूजा होती है तथा नारी को 'शक्ति' कहा गया है, वहीं दूसरी ओर हमारी बहुओं को बैगन की तरह निर्दयी भाव से आग के हवाले कर दिया जाता है। इससे मुझे रोना आता है। इस नारकीय वार्ड में ही एक गर्भवती महिला भी थी—24 नं. के बेड पर। वह स्टोव फटने से जली बताई गई थी। मेरी डॉक्टर सहेली ने बताया कि वह शायद ही जीवित बच पाएगी। उसने जानना चाहा कि क्या मैं उससे कुछ पूछना चाहूँगी ? उस तरह जली, दर्द से कराहती महिला से बात करने का साहस मुझमें नहीं था। बहुत ही दर्दनाक दृश्य था वह। मेरे मन में विचार आया कि उससे बातें करूँ, किंतु सूझ नहीं रहा था कि क्या पूछूँ। किंतु उसे आभास हुआ कि मैं उससे बात करना चाहती हूँ। पीड़ा से कराहते हुए उसने बातें शुरू कीं।

वह बोली, 'अन्ना, हालाँकि मुझे मालूम नहीं कि मैं कब तक जीऊँगी, किंतु मैं आपसे कुछ कहना चाहती हूँ। अगर मेरे माँ-बाप ने मुझे पढ़ाया होता, अगर मेरी नौकरी होती, यदि मेरे माँ-बाप की कुछ कम संतानें होतीं तो आज मैं इस हालत में न होती।'

वह और अधिक नहीं बोल सकी। जैसे ही दर्द उठा, उसके मुँह से एक चीख निकली और उसने मुँह फेर लिया। उसके दुःख को सहने की हिम्मत मुझमें नहीं थी। अत: मैं बाहर आकर सीढ़ियों पर बैठ गई। मुझे कुछ नहीं सूझ रहा था। कुछ क्षण बाद मैंने कोने पर चुपचाप रोती एक बुढ़िया को देखा। वह थकी, पीड़ित व गरीब थी। मैं उसके पास गई और पूछा कि क्या बात है ?

उसने बताया, 'मैं उसकी अभागी माँ हूँ, जिससे आप बात कर रही थीं। मैं भगवान से प्रार्थना कर रही हूँ कि वह न बचे।'

क्या माँ का दर्द बेटी से कम था, जो चाहती थी कि बेटी न बचे। फफककर रोते हुए उसकी आँखों से चुपचाप आँसू टपकने लगे।

उसे शांत करने की आशा में मैंने पूछा, 'स्टोव कैसे फटा ? उनके घर में स्टोव तो है ही नहीं।'

वह वृद्धा बोली, 'यह सब झूठ है। हमारी चार लड़कियाँ है। यह सबसे बड़ी है। जब यह नौवीं कक्षा में थी तो हमने स्कूल छुड़वा दिया। यह होशियार छात्रा थी। किंतु कोई दूसरा चारा न था। मुझे रसोई में मदद करने के लिए व छोटे बच्चों की देखभाल के लिए कोई चाहिए था। अत: अपनी छोटी बहनों की देख-रेख के लिए

इसका स्कूल छुड़वा दिया। कुछ वर्ष बीतने पर हमने इसकी शादी करने की सोची। हमारे यहाँ लड़कियों की शादी जल्दी हो जाती है। अगर हम जल्दी शादी नहीं करते तो लोग पता नहीं क्या-क्या कहते! हमने इसे खूब दहेज दिया और अपनी हैसियत से अधिक अच्छी शादी का प्रबंध किया। किंतु जो होना था, वही हुआ। इसके ससुरालवाले खुश नहीं थे। इसका पति व सास इसे पीटते थे तो यह मायके आ जाती थी। हम इसे अपनी ससुराल में ही रहने के लिए कहते थे, यह जानते हुए भी कि वे इसके साथ बुरा बरताव करेंगे। हमारी अनब्याही लड़कियाँ हैं। यदि यह वापस आ गई तो उनका भविष्य क्या होगा? फिर, शादी के बाद लड़की को अपनी ससुराल में ही रहना चाहिए—है न?'

मैंने उससे पूछा, 'आपके पति क्या काम करते हैं?'

वह बोली, 'वह कारपेंटर हैं। उसका विचार था कि एक लड़का होना चाहिए। केवल एक पुत्र ही हमारे जीवन को सुंदर बना सकता है।' लगा कि उसका दुःख कुछ हलका हुआ—मैंने उसकी आँखों में उठते गुस्से को देखा। आशानुकूल उसकी कहानी आगे बढ़ी, 'हमने सोचा कि जब उसके बच्चे हो जाएँगे तो सब ठीक हो जाएगा, किंतु ऐसा हुआ नहीं। जब यह गर्भवती हुई तो इसकी सास को पता चला कि गर्भ में लड़की है। अतः उन्होंने इसकी हत्या करनी चाही। मेरी लड़की ने मृत्युपूर्व बयान दिया है कि इसकी ननद ने आधी रात में इसके हाथ बाँधे, उसके निकम्मे पति ने इसके ऊपर मिट्टी का तेल छिड़का और सास ने माचिस जलाई। मेरी गुड़िया-सी बेटी कपूर की तरह पलक झपकते जल गई।' असहाय माँ का असाध्य दुःख उमड़ पड़ा और आँखों से आँसू की धारा बहने लगी।

मुझे सूझा नहीं कि क्या करूँ। मैं बुदबुदाई, 'चिंता न करो, कानून अपना काम करेगा और उन्हें सजा मिलेगी।' किंतु हुआ यह कि उसका इंतजाम किया गया और पति ने धमकाया कि अगर उसने सच बोला तो उसकी बहनों की खैर नहीं। उनकी शादी नहीं हो सकेगी। इसलिए उसने मृत्युपूर्व अपना बयान वापस ले लिया। इस तरह दोषी सुरक्षित हो गए तथा एक और युवती समाज के लालच की वेदी पर भेंट चढ़ गई।

अब उस बेचारी लड़की के कहने का अर्थ मेरी समझ में आया। उसके माँ-बाप को अधिक चिंता थी कि लोग क्या कहेंगे और लड़कियों की किस्मत में क्या होगा। इस गर्भवती लड़की की कहानी भी स्टोव फटने की किसी अन्य कहानी की तरह समाप्त होगी। इसका पति छूट जाएगा। वह फिर शादी करेगा और वैसी ही दुर्घटना घटेगी। समस्या बनी रहेगी, क्योंकि दोषियों को दंड नहीं मिलता। जब

कभी मामला भी दर्ज होता है तो न्यायालयों में वर्षों तक घिसटता रहता है। भौतिक वस्तुओं का लालच बढ़ता जाता है। यही कारण है कि लोग आसानी से दहेज के पैसे लेने की सोचते हैं।

जहाँ नारी का सम्मान होता है वहाँ देवता निवास करते हैं—ये शब्द मुझे याद आए। अनजाने ही मेरी आँखों से आँसू छलछला पड़े। तभी ड्यूटी पर तैनात सिस्टर आई और बिना किसी भावना के घोषणा कर गई कि बेड नं. 24 की रोगी मर गई है।

□

16

बीस की आयु में आदर्शवादी, तो चालीस में यथार्थवादी

हाल ही में मेरी पुरानी सहेलियों का एक सम्मेलन हुआ। हम महिलाओं का एक दल है, जो बचपन से ही साथ रही हैं, एक-दूसरे को जानती हैं। हमने शादी से पहले से ही मित्रता शुरू की, जो शादी के बाद भी चलती रही। माँ बनने और जब बच्चों के ब्याह-शादी हो रहे थे, तब भी। यह सही है कि आयु का प्रभाव हमारे शरीर पर पड़ा है, किंतु हम आपस में मिलती और विचार-विमर्श करती रहती हैं। कभी-कभी हममें से कोई तो वर्षों बाद इस प्रकार के सम्मेलन में भाग लेती है; परंतु शीघ्र ही तब तक के सब विषयों के बारे में पूछकर सारी बातें मालूम कर लेती है। पिछले पच्चीस वर्षों में इतना बदलाव आया है कि उनमें से कई के बारे में अनुमान ही नहीं लग पाता था। हमारे अनेक सपने थे, जिनमें से थोड़े ही साकार हुए हैं। जब हम कॉलेज में थीं तो हमारे साथ पढ़नेवाली एक लड़की, विमला बहुत ही खूबसूरत लड़की थी। हर कोई उसे फिल्मी नायिका समझने की भूल कर बैठता था। वह अपनी सुंदरता के प्रति सजग रहा करती थी। जब हम पच्चीस वर्ष बाद मिले तो विश्वास ही नहीं हुआ कि हमारे सामने वही विमला है। उसके वे लंबे-काले बाल कहाँ चले गए? वह बेदाग सुंदरता कहाँ चली गई? वह हर तरफ झुर्रियों से भरी पड़ी थी। बाल भूरे व कटकर छोटे हो गए थे। विमला ने दार्शनिक लहजे में बातें कीं। सुंदरता कभी शाश्वत नहीं होती—वह अस्थायी होती है। जब आप युवा हैं तो सोचते हैं कि आपकी सुंदरता हमेशा बनी रहेगी, किंतु खूबसूरती बुद्धि की तरह नहीं होती। बुद्धिमान सदा बुद्धिमान ही बने रहते हैं।

विमला हमारे कॉलेज में बहुत चतुर लड़की थी। वह अच्छी छात्राओं में से एक थी। उसे संक्षिप्त कंप्यूटर कहा जाता था। उसे हर तरह की ईश्वरीय देन थी। उसके बारे में कभी कोई शिकायत नहीं सुनी गई। हमें हैरानी होती थी कि इससे कौन ब्याह करेगा। वह इतनी अच्छी थी कि उसके लिए सुयोग्य वर मिलना कठिन था। विमला को कॉलेज के दिनों में एक अच्छा लड़का मिला। वह बहुत होनहार था। हम सबको लगा कि वे दोनों सदा सुखी रहेंगे और एक-दूसरे की बुद्धि पर गर्व करेंगे; लेकिन हम गलत थे। जब कई वर्षों के बाद विमला से हमारी भेंट हुई तो वह सुस्त व बुझी-बुझी सी लगी। जीवन के प्रति उसका सारा उत्साह समाप्त सा हो गया था। जब कॉलेज में थे तो उसमें पूरी शक्ति व जोश था। कॉलेज की पढ़ाई हो या खाना पकाने की प्रतिस्पर्द्धा या कोई और अवसर, वह उसमें अन्य सबसे अधिक लगनशील रहती थी; किंतु उसका उत्साह पति के तानों से बुझ-सा गया था। क्या तुम्हें कोई और नहीं मिला? वह चुभते लहजे में प्राय: उससे पूछता, 'क्या तुम इतनी छोटी सी बात भी नहीं समझतीं?' या वह उसे ललकारता, 'देखें, इस समस्या को सुलझाने में तुम कितना समय लेती हो और मैं कितना?' विमला को लगता कि अधिक चतुर होना भी अभिशाप है। हमारा समय अजीब है। पत्नी अपने पति के नाम और सम्मान को आनंदपूर्वक स्वीकारती है; किंतु दूसरा पहलू प्राय: सरल नहीं है। बहुत कम पुरुष अपनी पत्नी की बुद्धि या विवेक की प्रशंसा करते हैं।

दूसरी ओर नंदा है, जो हर तरह से बहुत ही साधारण लड़की थी। इतनी सरल कि उसे याद रखना भी कठिन काम था। वह स्नातक परीक्षा में उत्तीर्ण हुई, ब्याह किया और एक सामान्य मध्यम वर्गीय परिवार की तरह जीवनयापन करने लगी। रत्ना का पति रघु एक क्लर्क था और कायर व्यक्ति था। एक साधारण से मिलन समारोह में मैं आई तो हम अचंभित रह गए कि वह इतना बदल चुकी है। वह एक अग्रणी व्यवसायी महिला थी, जिसे कई पुरस्कार मिल चुके थे। वह फैशनवाली भी हो गई थी। बदलाव इतना विलक्षण था कि हम कुछ देर तक उसे निहारते रह गए। विमला ने अपनी कहानी सुनाने के लिए उससे कहा। यह अजीब सी गुदड़ी से धनवान बनने की कहानी थी। रत्ना बोली, 'शादी के बाद मुझे बोध हुआ कि जज्बात एक बहुत ही सुंदर सहायक है—नेता नहीं, जो सदा किसी की सुनता रहे। हमारे परिवार में मेरी सास ही घर की मुखिया थीं। मनोवैज्ञानिकों के अनुसार, यदि अन्याय प्रभावशाली हो तो बच्चा उग्र होगा, जिसपर अधिकार कर सकना कठिन होगा या फिर बिलकुल डरपोक, शांत प्रकृति का व्यक्ति होगा।' रत्ना का पति रघु इसी दूसरी प्रकृति का व्यक्ति है। रत्ना ने अपनी कथा जारी रखी, 'मुझे अनुभव हुआ

कि अब मुझे निर्णय स्वयं लेना है, अन्यथा मुझे सदैव के लिए सास की दासी बनकर रहना पड़ेगा। मैंने निर्णय लिया कि मुझे आर्थिक रूप से अत्मनिर्भर होना है। जैसा तुम जानती हो कि मुझमें कोई प्रतिभा नहीं है। मेरी शैक्षिक योग्यता औसत दर्जे की व सामान्य रही है। इस पृष्ठभूमि के साथ मुझे कोई काम नहीं मिल सकता था। एकमात्र कला जो मुझे आती थी, वह थी—सीना-पिरोना। इसलिए मैंने घर पर ही सिलाई का काम शुरू कर दिया। आरंभ में मैंने सूती कपड़ों की सिलाई की और बाद में चमड़े के व्यवसाय को पूरी तरह समझ गई और अपने ग्राहकों की पसंद के अनुसार मैंने अपने काम का दायरा बढ़ा दिया।'

'तुमने मसालों का व्यवसाय कब शुरू किया?' मैंने पूछा।

'जब पहननेवाले कपड़े के व्यवसाय में मुझे सफलता मिली तो मैंने हर तैयार वस्तु में वृद्धि करनी आरंभ कर दी। मैं सफलता से अधिक कुछ नहीं लेती। मैं ग्राहक को देवता समझती हूँ। ग्राहक की संतुष्टि के लिए काम करना चाहिए, न कि अपने संतोष के लिए। यह सिद्धांत सदा लाभदायक होता है—जीवन का सच्चा शिक्षक है। मैंने सबकुछ अपने अनुभव से सीखा है। अपनी भूलों से सदा कुछ-न-कुछ शिक्षा मिलती रही। उन गलतियों को कभी दुबारा होने नहीं दिया।'

रत्ना के साहस की गाथा सुनकर हम सभी स्तंभित रह गईं। हमें प्रसन्नता हुई उसके बदले हुए जीवन को देखकर। हम सबने सोचा कि विमला कुछ सफल रहेगी और रत्ना मध्यम वर्गीय जैसी ही रहेगी; किंतु परिस्थितियों में बिलकुल भिन्न तरह से बदलाव आया। बीस वर्ष की होने पर वे आदर्शवादी रहीं तथा चालीस की होते-होते यथार्थवादी बन गई थीं।

□

17

राष्ट्रीय अवकाश या छुट्टी का एक दिन

15 अगस्त हम सबके लिए एक महत्त्वपूर्ण दिवस है। अनेक लोगों की बलि चढ़ाने के बाद हमने इस दिन अंग्रेजों की लंबी दासता से मुक्ति पाई थी। बच्चे, बूढ़े व महिलाओं ने अपने प्राणों की बाजी लगाकर इस स्वाधीनता-संग्राम में भाग लिया था। यद्यपि उन स्वतंत्रता-सेनानियों में से अनेक लोगों को आज कोई याद नहीं करता है। उनके न कहीं स्मारक बने हैं, न मूर्तियाँ रखी गई हैं और न उनके शौर्य व बलिदान के गीत गाए जाते हैं, न उनकी याद में कविताएँ लिखी जाती हैं। उन्होंने बलिदान दिया, ताकि हम स्वतंत्र भारत में रह सकें। इस दिवस को चिरस्मरणीय बनाने के लिए सरकार ने स्वतंत्रता दिवस के रूप में राष्ट्रीय अवकाश घोषित किया है। इस दिन हम उन हुतात्माओं को याद करते हैं, श्रद्धांजलि देते हुए समारोह आयोजित करते हैं। प्राय: सरकारी कार्यालय व स्कूलों में सम्मेलन, गोष्ठियाँ, व्याख्यान आदि के कार्यक्रम होते हैं। ध्वजारोहण समारोहों में राष्ट्रीय गीत तथा देशभक्ति के गीत गाए जाते हैं।

एक बार स्वतंत्रता दिवस के अवसर पर मैं एक सप्ताह के भ्रमण पर थी— कर्नाटक के एक ग्रामीण क्षेत्र में। 15 अगस्त को शुक्रवार का दिन था। सोचा कि कुछ स्कूलों में जाऊँ, एक स्कूल सात किलोमीटर दूर था। वहाँ जाने के लिए मुझे बस स्टैंड जाना था। बस स्टैंड पर उन विद्यालयों में से एक के प्रधानाध्यापक से मेरी भेंट हो गई। वह मुझे देखकर बहुत प्रसन्न हुआ और बड़ी गर्मजोशी से मेरा सत्कार किया। वह व्यक्ति उन विरले लोगों में से एक था, जिनके चेहरे पर उनके मनोभाव

साफ झलक जाते हैं। हालाँकि कुछ लोग होते हैं, जिनके चेहरे को देखकर आप उनकी मंशा समझ ही नहीं सकते। ऐसे में लगता है कि उनके मन व मस्तिष्क में कोई तालमेल नहीं है। आप अनुमान नहीं लगा सकते कि वे सोच क्या रहे हैं। बड़े शहरों में यह आम बात है। छोटे शहरों में लोग ज्यादा खुलकर बात करते हैं। मुझे लगा कि प्रधानाध्यापक जल्दी में था। मैंने मैडम से पूछा, 'क्या आप बंगलौर जा रही हैं?'

इस प्रश्न के साथ ही उसने खुलासा किया, 'यदि आप शनिवार को काम पर नहीं जातीं तो यह सप्ताहांत काफी लंबा होगा। अत: मैंने सोचा कि यहाँ ठहरने के बजाय बंगलौर जाना चाहिए। किंतु नहीं, मैं बंगलौर नहीं जा रही हूँ। मेरे पास अभी एक सप्ताह का काम यहीं पर है। अत: जाने-आने में केवल समय का दुरुपयोग होगा।' उसके चेहरे पर निराशा का भाव था, जिसका कारण जानने की मेरी इच्छा हुई।

उसने स्पष्ट किया, 'मैंने सोचा कि बंगलौर तक आपका साथ रहेगा, क्योंकि मैं बंगलौर जा रहा हूँ।'

सहसा मुझे याद आया कि आज 15 अगस्त है। मैंने कहा, 'तनिक ठहरो, आज 15 अगस्त है। क्या तुम अपने विद्यालय में कोई समारोह आयोजित नहीं करोगे? यह तो छात्रों व अध्यापकों के लिए बहुत ही महत्त्वपूर्ण दिन होता है।'

वह बिलकुल ही उत्साहित नहीं हुआ। बोला, 'नहीं, यह एक सामान्य क्रिया सी हो गई है—समय की बरबादी। वही परेड, वही देशभक्ति का गीत। बीस वर्ष के मेरे सेवाकाल में मेरा दस बार स्थानांतरण हो चुका है। इससे मैं राष्ट्रीय अवकाश के इन दिनों से ऊब चुका हूँ। हम विद्यालय को बंद नहीं कर सकते। रीति निभानी पड़ती है। मैं समझता हूँ कि दीवाली, दशहरा या क्रिसमस की तरह इस दिन भी पूरा अवकाश होना चाहिए।'

मुझे लगा कि वह बिलकुल भी प्रसन्न नहीं था। इसलिए मैं पूछ बैठी, 'आप बंगलौर क्यों जा रहे हैं?'

'मैं वहाँ जाकर दो दिन ठहरना चाहता हूँ और कुछ पता लगाना चाहता हूँ। मेरी बेटी कंप्यूटर का प्रशिक्षण लेना चाहती है। क्या आप नहीं समझतीं कि कंप्यूटर की शिक्षा प्राप्त करना और उसमें काम करना अच्छा है? यदि बेटी कंप्यूटर विज्ञान में स्नातक होगी तो वर ढूँढ़ने में आसानी होगी।'

शायद वह प्रधानाध्यापक से अधिक एक पिता था। उसने जो कहा वह मुझे नहीं जँचा, क्योंकि मैं अभी भी स्वतंत्रता दिवस के विषय में ही सोच रही थी।

'आपके विद्यालय में समारोह का संचालन कौन करेगा?' मैंने पूछा।

उसने दयनीय मुद्रा में मेरी ओर देखा और कहा, 'समारोह में क्या है? मैंने अपने सहायक अध्यापक को समझा दिया है कि रस्म-अदायगी कैसे करनी है। मैंने बीस वर्ष पूर्व इस अवसर के लिए भाषण तैयार कर दिया था। कुछ नहीं बदला है। अत: उसी को वह पढ़ देगा। मैं तो कभी स्कूल गया ही नहीं। इन मामलों में छात्रों की भी कोई रुचि नहीं है। गाँव के पास ही टेंट में एक फिल्म चल रही है। वे वहाँ जाना चाहेंगे। स्वतंत्रता दिवस से किसी को कोई सरोकार नहीं है।'

मैं अपने विचारों में डूबी रही। तभी बस आ गई। उसमें भीड़ बहुत थी। प्रधानाध्यापक सीट लेने के लिए दौड़ गए। उन्होंने हाथ हिलाकर विदा ली और अंदर घुस गए। बस धूल के बादलों में आगे बढ़ गई। मैं दूसरे सप्ताह बंगलौर लौटी। एक मित्र के घर रात्रि-भोजन पर गई थी। वह भी मेरी तरह अध्यापिका है। हमारी कई बातें एक जैसी हैं। यद्यपि हम उसी शहर में रहती हैं, पर कभी-कभी ही मिल पाती हैं। हम दोनों काम में डूबी रहती हैं। हमने सोच लिया है कि मिलना हो तो सही समय रात के भोजन का है। साथ में बातें करते हुए खाना भी एक साथ हो जाता है।

मैंने उससे पूछा, 'तुम और तुम्हारे स्कूल ने 15 अगस्त कैसे मनाया?'

वह उदास दिखी। बोली, 'बहुत ही बुरा रहा। हम सभी अध्यापिकाएँ प्रात: ही विद्यालय पहुँच चुकी थीं। मुख्य अतिथि के रूप में हमने एक वरिष्ठ सरकारी अधिकारी को आमंत्रित किया था। किंतु बेचारा! उसने एक लंबा सा भाषण तैयार किया था और ठीक समय पर पहुँच गया था, पर…' वह रुक गई। एक सप्ताह पूर्व प्रधानाचार्य से हुई भेंट अभी भी मेरे दिमाग में ताजा थी।

'क्या प्रधानाध्यापिका की तरफ से कोई समस्या खड़ी हुई? वह आई थी क्या?' मैंने पूछा।

'हाँ, हमारी प्रधानाध्यापिका बहुत अच्छी है। वह तीव्र ज्वर में होने पर भी आ गई थी। हमारे छात्र ही नहीं आए। हमारे विद्यालय में एक हजार से अधिक छात्र हैं, किंतु केवल पचास के लगभग ही उस दिन पहुँचे।

'दरअसल माता-पिता अपने बच्चों को लेकर छुट्टियाँ मनाने चले गए। जो बच्चे बंगलौर में रह गए थे, वे भी थिएटरों में देखे गए। वीडियो की दुकानों पर भीड़ देखी गई। मुख्य अतिथि के सम्मुख हमारा प्रदर्शन अच्छा नहीं रहा।'

'क्या उपस्थिति अनिवार्य नहीं की गई थी?' मैंने पूछा।

'हाँ, हमने सूचना भेजी थी कि छात्र विद्यालय में अवश्य आएँ। किंतु क्या फायदा! वे झूठे डॉक्टरी प्रमाणपत्र लेकर आएँगे। कभी-कभी मैं सोचती हूँ कि 15

अगस्त व 26 जनवरी का अवकाश नहीं होना चाहिए। नित्य की भाँति विद्यालय खुले रहें और एक या दो पीरियड समारोह के लिए निश्चित किए जाएँ। आजकल छुट्टी का दिन आम हो गया है कि घूमो-फिरो, खुशियाँ मनाओ। इस बारे में आप क्या सोचती हैं ?'

मैंने कोई उत्तर नहीं दिया। क्या कहती, कुछ समझ में नहीं आया। उसके प्रश्न का कोई उत्तर मेरे पास नहीं था। क्या आपका कुछ सुझाव है ? मैं पाठकों के विचार जानने के लिए उत्सुक हूँ। बहुत से अध्यापक भी इसमें रुचि रखते होंगे।

□

18

पहले जीवन बहुत सादा था

मैं उत्तरी कर्नाटक के एक गाँव में जनमी और पली हूँ। उन दिनों सबकुछ बिलकुल सीधा-सादा और सरल था। यदि आपको अच्छा नहीं लगा तो उसके मुँह पर कह देते थे कि आप क्यों उससे रुष्ट हैं। यदि किसी ने आपकी सहायता की तो तुरत बेझिझक आप उसके प्रति कृतज्ञता प्रकट कर देते थे। भावनाओं के आधार पर लुका-छिपी का खेल नहीं खेला जाता था। हो सकता है कि वह सभ्यता या शिष्ट व्यवहार न रहा हो; किंतु वह निश्चय ही स्पष्ट, सीधा व सच्चा समाज था और सादगीपूर्ण जीवन-शैली थी।

मैं नहीं जानती कि आजकल गाँवों में समितियाँ किस तरह का काम करती हैं। मेरे बालपन में गाँव की समितियाँ बहुत अच्छे व सरल तरीके से काम करती थीं। मुझे याद है कि एक बार हमारी गाय खो गई थी। हमें पता चला कि उसे गोपाल (हमारे गाँव का ही एक व्यक्ति) ने गोशाला में खूँटे से बाँधकर रखा हुआ है। पंचायत के बड़े-बूढ़ों ने तुरत उसे बुलाया और गाय के संबंध में पूछताछ की। गोपाल का एक खेत था, जिसमें वह सब्जियाँ उगाता था। हाट के दिन सब्जियाँ बेचकर पैसे लाना ही उसकी आय का एकमात्र स्रोत था। हमारी गाय उसके खेत में घुसकर सारी सब्जियाँ खा गई थी। स्वाभाविक था कि गोपाल बहुत दु:खी हुआ। अत: उसने हमारी गाय अपने खूँटे से बाँध ली थी। यह जानकर हमें बड़ा अफसोस हुआ। गोपाल को जो भी हानि हुई थी उसे पूरा करने के लिए हमने प्रस्ताव रखा। गोपाल ने बात मान ली और तुरत गाय खोल दी। न कोई कानूनी किताब खोली गई और न ही कोई वकील बुलाया गया। पंचायत ने निर्णय लिया, नुकसान का हिसाब लगाया और समस्या का शांतिपूर्ण हल निकल गया। दोनों पक्षों में कहीं कोई वैमनस्य की भावना नहीं पनपी।

मुझे एक और घटना याद आई। सास द्वारा बहू को पीड़ित करना किसी भी धर्म व संस्कृति या समाज के वर्गों में पुरानी परिपाटी के रूप में चला आ रहा है। चीन में एक पुरानी कहावत है—'क्या बिल्ली व चूहे का मित्र बनना कभी संभव है?' यद्यपि कुछ अपवाद मिलते हैं, किंतु सामान्यतया बात सही नहीं है। पड़ोस की युवा बहू गाँव के तालाब पर पानी भरने आया करती थी। वह करीब बीस वर्ष की रही होगी। दुर्बल व शर्मीली। प्राय: वह तालाब पर अकेली ही होती थी और बैठकर रोती रहती थी। मेरी बूढ़ी दादी ने उसे रोते हुए देखा। उसने समस्या को समझ लिया। तुरत पड़ोसी के घर गई। उस बहू की सास को बाहर बुलाया और कहा, 'अपनी बहू पर सख्ती न करो। याद रखो, तुम्हारी बेटी भी किसी की बहू है। मैंने तुम्हें भी नई-नवेली दुल्हन के रूप में देखा है। ऊपर भी एक न्यायालय है, जहाँ तुम्हें अपने कर्मों का उत्तर देना है।'

मेरी दादी को कभी नहीं लगा कि वह दूसरे के परिवार से क्यों उलझे। उन्हें तो नई व अकेली लड़की पर हो रहा अन्याय सहन नहीं हुआ। इसका परिणाम यह हुआ कि कुछ समय बाद हमारी पड़ोसन ने अपने व्यवहार में सुधार कर लिया। मुख्य बात यह है कि उसने कभी इस शिकायत के लिए मेरी दादी का कहा बुरा नहीं माना। उस पीढ़ी के लोगों की तरह उसे पता था कि अपने से बड़े-बूढ़ों की बातों पर ध्यान देना चाहिए। उन दिनों न्यायपूर्ण व्यवहार एवं बड़ों को सम्मान देना अनिवार्य जैसा माना जाता था।

हाल ही में मेरे पिता का देहांत हुआ था। हमारा कुकिंग गैस का कनेक्शन उनके नाम पर था। मैंने सोचा कि उनकी मृत्यु के बाद उनके नाम का कनेक्शन रखना गैर-कानूनी होगा, इसलिए उनकी मृत्यु के प्रमाण-पत्र की एक प्रति को संलग्न कर एक प्रार्थना-पत्र के साथ अपना राशन कार्ड भी दे दिया कि वे इस गैस कनेक्शन को मेरे नाम कर दें। एक दिन मुझे गैस एजेंसी में बुलाया गया। कहा गया कि आपका प्रार्थना-पत्र अधूरा है। यद्यपि आपके पिता अपनी वसीयत में लिख गए हैं कि उनके नाम का गैस आपके नाम होना चाहिए, किंतु ऐसा कोई कानूनी अभिलेख नहीं है कि आपके अन्य भाई-बहन इस गैस कनेक्शन के लिए अपना अधिकार नहीं जताएँगे। इसलिए इसे आपके नाम पर चढ़ाना गैर-कानूनी होगा। मैंने उनसे कहा कि मेरे भाई-बहन अमेरिका के नागरिक हैं और वहीं रहते हैं। उन्हें इस गैस कनेक्शन में कोई रुचि नहीं है।'

किंतु वह तो एक सरकारी कर्मचारी था और वैसा ही मिजाज रखता था। उसे सामान्य चेतना से क्या लेना-देना। कानून ही सबकुछ था। उसने कहा, 'आपको

अमेरिका से इस कनेक्शन के लिए नोटरी प्रमाण-पत्र लाना चाहिए।'

मैंने पिता की मृत्यु के बाद उनकी वसीयत के अनुसार गैस कनेक्शन को अपने नाम पर करवाने की प्रक्रिया को साधारण समझा था। मैंने उससे कहा, 'कानून से ऊपर कोई नहीं है। इससे क्या होता है कि वे अमेरिकी नागरिक हैं। उन्हें कानून मानना चाहिए।'

उसने कहा, 'मादाम, मैं इसके लिए किसी झमेले में नहीं पड़ना चाहता।'

इस छोटी सी बात के लिए अमेरिका के नोटरी से प्रमाण-पत्र लेना कठिन था। प्रबंधक ने मेरी एक नहीं सुनी। मैं झुँझलाकर गैस ऑफिस से बाहर आई। एक महीने बाद जब मैंने गैस भरवानी चाही तो प्रबंधक अपने कानून की दुहाई देने लगा। बोला, 'आपके पिता जीवित नहीं हैं। अत: आप उनके नाम के सिलेंडर में गैस नहीं भरवा सकतीं।' मुझे लगा कि अगर मैं पिताजी की मृत्यु की सूचना नहीं देती तो सबकुछ ठीक-ठाक चलता रहता।

हममें से अधिकतर लोग सामान्य कानून के अनुसार चलना चाहते हैं; किंतु मेरी समझ में आ गया कि हमारी शासन-प्रणाली में ऐसा कहीं नहीं सोचा गया। हमारी गली में एक महिला सफाई कर्मचारी का काम करती है, जिसे सभी काफी दिनों से जानते हैं। एक दिन मैंने उसे रोते हुए देखा तो मुझे काफी बुरा लगा। कारण जानना चाहा तो पता चला कि उसका पति बहुत शराब पीता है और पीने के बाद उसके साथ मार-पीट करता है। मैं उसके पति को समझाने से अपने आपको रोक नहीं पाई। शायद मेरी दादी का प्रभाव मेरे मन पर था। मेरे पड़ोसियों ने भी उसे रोते देखा था; किंतु उन्होंने इसपर अधिक ध्यान नहीं दिया कि उसके पति से कुछ कहें।

जब मैंने उसके पति से इस बारे में बात की तो उसने कहा, 'मैडम, इससे आपका कोई सरोकार नहीं है कि आप हमारे घर के मामले में दखल दें। यह पति-पत्नी के बीच की बात है। अगर मैंने कोई गलत काम किया है तो मेरी पत्नी न्यायालय का दरवाजा खटखटा सकती है। उसे आपके पास जाने की कोई जरूरत नहीं।'

मुझे नहीं सूझा कि क्या कहूँ। जब उसने कानून की बात कही तो मैं हैरान थी कि हमारे लिए कानून का क्या मतलब है। कानून समाज को शक्ति प्रदान करने के लिए बनते हैं, ताकि आम आदमी को सुरक्षा मिले; किंतु जब कानून मानने में कठिनाइयाँ होंगी तो उनका कोई अर्थ नहीं रह जाता। जब आवश्यकता से अधिक उत्साही अधिकारी उनका अर्थ निकालते हैं तो वे सार्थक नहीं रह जाते। आम आदमी इसके लिए क्या करे? हमें सामान्य समस्याओं से जूझना पड़ता है—गैस कनेक्शन से लेकर शराबी पति तक। क्या कोई विद्वान् अधिवक्ता (वकील) आएदिन की इन समस्याओं का समाधान कर सकता है? □

19

प्रभावशाली राजनेता एवं गुप्त दानदाता

प्राय: प्रभावशाली व्यक्तियों को ही सम्मान मिला करते हैं, फिर वे चाहे इसके योग्य हों या न हों। देखा यह जाता है कि वे कितने शक्तिशाली हैं। सम्मान देनेवाले सदा सम्मान पानेवाले से कुछ-न-कुछ अपेक्षा करते हैं। कभी मैं भी सोचती हूँ कि सम्मानित करने की परंपरा समाप्त होनी चाहिए, क्योंकि हर शॉल या पुष्पहार के लिए किसी-न-किसी प्रकार का आवेदन-पत्र निहित होता है। इंफोसिस संस्थान ने, जिस जगह हम कार्य करते हैं, वहाँ के एक सरकारी अस्पताल में एक भवन के साथ जुड़े नए विस्तार का निर्माण किया। इसका उद्‌घाटन कर्नाटक से दूर एक अस्पताल की परिधि में ही किया गया। मुख्य अतिथि राज्य के स्वास्थ्य मंत्री थे। मैंने समारोह के संयोजक से निवेदन किया कि समारोह सुबह के समय किया जाना चाहिए; क्योंकि यदि किसी कारण से विलंब हो गया तो मुझे रात के समय अकेले सड़क पर निकलना अच्छा नहीं लगेगा। किंतु संयोजक कुछ नहीं कर पाया। सुबह का समारोह अनियमित व सुविधाजनक नहीं था। उद्‌घाटन समारोह सायं सात बजे किया गया। समारोह एक घंटा विलंब से आरंभ हुआ। मंच पर काफी कुरसियाँ लगाई गई थीं। जैसमिन, चंदन व मैरीगोल्ड की पुष्पमालाएँ, तरह-तरह के शॉल तथा रंग-बिरंगे फलों की टोकरियाँ भी मंच पर सजाकर रखी गई थीं। एक बक्से में कीमती रेशमी साड़ियाँ रखी गई थीं। इन सब पर शायद काफी बड़ी रकम खर्च की गई थी। मैं सब चुपचाप देख रही थी। मैं इस प्रकार के कल्याण-कार्य में लगी हुई हूँ, जहाँ पर हम किसी प्रकार के कार्य के बारे में सोच भी नहीं सकती हैं। जब कभी दो शब्द हमारे कार्य की प्रशंसा में बोले जाते हैं तो हमें संतोष मिलता है। प्राय: प्रशंसा में बोले गए शब्द हमें उत्साहित करने के इरादे से कहे जाते हैं। लोग कितने

कृतज्ञ हैं हमारे कार्य के प्रति, जब वे हमें सम्मानित करते हैं। यह उनकी सभ्यता व संस्कृति की महानता का द्योतक है। शीतल हवा बह रही थी। भीड़ बढ़ती जा रही थी। लगभग एक घंटे के बाद जब मंत्री महोदय आए तो लोग उनके पाँव छूने के लिए दौड़ पड़े। कुछ अपने आवेदन-पत्र के साथ दौड़ते नजर आए। थोड़ी ही देर में वहाँ एक दरबार-सा लग गया। समारोह शुरू हुआ। मुझे मंच पर एक किनारे की सीट मिली थी। मंत्री महोदय की योग्यता, प्रवीणता और कार्यकुशलता की प्रशंसा में लंबे-लंबे भाषण हुए। वे एक महान् नेता थे। उनकी सुयोग्य देखरेख में नए अस्पताल-भवन का निर्माण हुआ था। इतने सारे भाषणों में उन दानियों का नाम किसी ने नहीं लिया, जिनके सहयोग से यह भवन बना था। केवल सरकार व मंत्रीजी का ही गुणगान हुआ।

यह एक छोटा सा कस्बा है और हमारे संस्थान को गरीबों की सहायता के अतिरिक्त किसी भी अन्य कार्य में कोई रुचि नहीं थी। सचमुच यह पिछड़ा इलाका है।

मंत्रीजी अस्पताल भवन के उद्घाटन के लिए उठे। उन्होंने कहा कि प्रजातंत्र में उनका अटूट विश्वास है और उन्हें अपने लोगों से अपार प्रेम भी है। उन्होंने अस्पताल के इस नव-विकसित भवन को इसलिए बनवाया कि उन्हें गरीबों के स्वास्थ्य से लगाव था। उनका कहना था कि वे अभी भी पूरी तरह खुश नहीं हैं, क्योंकि अस्पताल में कई और सुविधाएँ होनी चाहिए। वह पीछे को मुड़े, मेरी ओर देखा और बोले, 'मैडम, हम अपेक्षा करते हैं कि पंखे, बिस्तर, कपबोर्ड, चादरें, पेयजल आदि इस पूरे अस्पताल में होने चाहिए। मुझे विश्वास है कि आप लोग यह सब जुटा पाएँगे। मैं आश्वासन देता हूँ कि हमारे लोग इसका पूरा लाभ उठाएँगे।'

मैंने कुछ नहीं कहा। उसके बाद समारोह का मुख्य आकर्षण शुरू हुआ— लोगों को सम्मानित करने का, जिन्होंने अस्पताल के निर्माण में सहायता की थी। उसके बाद राष्ट्रगीत गाया गया और इस प्रकार समारोह का समापन हुआ। मंत्री महोदय अपनी कार की ओर लपके और लोग उनके पीछे भागने लगे। मैं अकेली खड़ी रह गई—ठीक उसी तरह जैसे मैच खत्म होने पर गोल पोस्ट। अब पूरा-का-पूरा मंचीय क्षेत्र सुनसान था। मंच के चारों ओर टूटे, मुरझाए फूल बिखरे पड़े थे। पंडाल को छोड़ चारों ओर घना अँधेरा छा गया था। मैं वहाँ माला व अपना हैंडबैग लेने के लिए खड़ी रही। मेरे सामने प्रकाशमान नया भवन खड़ा था, जिसे हमारे संस्थान ने बनवाया था। मैं इस समारोह की तैयारी में अकेली नहीं थी। वहाँ आर्किटेक्ट थे, कलाकार थे, न्यासी थे और अन्य लोग भी थे। हममें से किसी के सहयोग की कोई चर्चा नहीं की गई। उनके पास इन कर्मचारियों और संस्थान के

लिए बोलने को दो शब्द तक नहीं थे। मैं तो जैसे बिन बुलाई मेहमान थी, जिसे औपचारिकता निभाने के लिए बुलाया गया था। पूरी साँझ मैं निराशा से बोझिल रही। मैं हैरान थी। उन्हें एक महिला के प्रति थोड़ी सी भी शिष्टता निभाने की क्यों नहीं सूझी, वह भी, जो इतनी दूर से वहाँ गई थी एक विख्यात संस्थान के प्रतिनिधि के रूप में। मैंने स्वयं से कहा कि देखो, इन लोगों के स्वास्थ्य मंत्री ने भवन-निर्माण में समय, धन या संसाधन जुटाने के लिए कुछ भी नहीं किया। उसे तो यह भी ज्ञात नहीं कि अस्पताल भवन से संलग्न एक और भवन बन रहा है; किंतु उसने सुनिश्चित किया कि लोग सत्कार करें, सम्मान में गुणगान करें। किसी बड़े नायक की तरह उसे हारों से लादा गया। यह राजनीति है या चारित्रिक भ्रष्टाचार? मुझे स्मरण हो आया कि हमारे कार्यों का उद्देश्य मंत्रियों, राजनेताओं, धनवानों या प्रभावशाली व्यक्तियों को प्रसन्न करना नहीं था, हमारा उद्देश्य था—दीन-हीनों के जीवन में सुधार लाना।

किंतु मेरी निराशा का भाव अधिक देर तक नहीं रहा। तभी फटे-चीथड़े में सिमटी एक बुढ़िया मेरे पास आई और बोली, 'अम्मा, किसी ने बताया कि यह भवन आपकी कंपनी ने बनाया है। हम आपके आभारी हैं। हमारे बीच के कई लोगों को मुख्य अस्पताल में भरती होने का अवसर ही नहीं मिलता। आपने हमारे लिए सार्वजनिक स्थान बनवाया है। विशेष कार्यों का उपयोग तो सुविधा-संपन्न लोग ही कर पाते हैं, हमारे लिए जनतावाले हाल ही बेहतर हैं।' फिर वह एक कदम और आगे आई तथा बोली, 'मेरे पास आपको देने के लिए कुछ नहीं है। मैं फूल बेचनेवाली हूँ। मैं शॉल या साड़ी तो नहीं दे सकती, किंतु मैं जैसमीन फूलों की एक लड़ी भेंट कर सकती हूँ—अपने प्यार व स्नेह के साथ। ईश्वर से मेरी प्रार्थना है कि आप जैसे लोग हमारे देश में पैदा होते रहें।'

उसके द्वारा दी गई जैसमीन की वह लड़ी उस शॉल व फल की टोकरियों से कहीं अधिक मूल्यवान् थी।

□

20

धरती का अभागा

'कोढ़'—इस शब्द मात्र से लोग डर जाते हैं। अंतरराष्ट्रीय विचार में 'कोढ़ी' शब्द के प्रयोग को उसके भयानक विचार मात्र के कारण हतोत्साहित किया गया है।

जब भी कोढ़ी की बात चलती है तो हमारी आँखों के सामने ऐसे भिखारी का चेहरा आ जाता है, जिसके हाथ-पाँव की उँगलियाँ गलने लगी हों। कोढ़-पीड़ित व्यक्ति को प्राय: समाज से बहिष्कृत कर दिया जाता है।

हमें याद रखना चाहिए कि यदि प्रारंभिक अवस्था में इलाज ठीक से कराया जाए तो कोढ़ पूरी तरह ठीक हो सकता है। इससे रोगी के शरीर पर किसी प्रकार का निशान नहीं होगा। सामान्यत: इसका इलाज लंबे समय तक चलता है। इसके लिए सहनशक्ति व परिवार का सहयोग आवश्यक है। इस भयंकर रोग के विषय में अनेक गलत धारणाएँ प्रचलित हैं; जैसे—यह छूत की बीमारी है, वंशानुगत होती है, आदि-आदि। ये सब बातें झूठ हैं। कोढ़ के सभी प्रकार छूत से फैलनेवाले नहीं होते।

अज्ञानता के कारण लोग रोग के शुरू के लक्षणों की अवहेलना कर देते हैं। प्रारंभिक अवस्था में रोग का पता नहीं चल पाता। यद्यपि समाचार-तंत्र विज्ञापनों में रोग के निशानों के बारे में बताते रहते हैं, तब भी अधिकतर लोग इसकी परवाह नहीं करते। हम सदा यही सोचते हैं कि ऐसी बीमारी अन्य लोगों को ही हो सकती है, हमें नहीं। हम यह भूल जाते हैं कि रोग अमीर-गरीब, स्त्री-पुरुष का भेदभाव नहीं रखता। कोढ़ का रोग कई सौ वर्षों से, यहाँ तक कि ईसा के दिनों से ही चला आ रहा है।

जिस संगठन से मैं जुड़ी हूँ, उसके अनेक कार्यक्रमों में से एक है कोढ़ से पीड़ित रोगियों की सेवा करना। इस बारे में अनेक प्रकार के विचार प्रचलित हैं। कुछ

लोगों के विचार से रोगी अपने परिवार के साथ रह सकता है, जबकि दूसरे लोगों का कहना है कि उन्हें पृथक् कॉलोनियों में रहना चाहिए।

मैं एक पिछड़े इलाके में कार्य कर रही थी, जहाँ कोढ़-पीड़ितों के लिए पृथक् कॉलोनी बनी हुई थी। गरमी के दिन थे और तापमान को सहन करना बहुत कठिन हो रहा था। कॉलोनी की स्थिति निराशाजनक थी। अधिकतर निवासी रोग व उसकी पीड़ा से विरक्त हो चले थे।

हमारी परियोजना का उद्देश्य दया दिखाना या धन बाँटना नहीं था। हमने आर्थिक सहायता देकर रोगियों का पुनर्वास करने की योजना बनाई। यदि वे थोड़ा-बहुत काम कर सकें और अपनी जीविका के लिए कुछ कमा सकें तो उसके लिए उन्हें धन से सहायता कर सकते हैं। हमें लगा कि इससे उनमें आत्मविश्वास पैदा होगा, क्योंकि आत्मविश्वास से ही वे समाज का सामना करने में समर्थ हो सकते हैं।

उस कॉलोनी में सभी लोग गरीब व असहाय थे। उन्हें मानसिक एवं भौतिक सहायता की आवश्यकता थी। उनके लिए सहानुभूति के दो शब्द 'चिंता मत करो, हम तुम्हारे साथ हैं' ही काफी महत्त्वपूर्ण हैं। समाज द्वारा स्वीकृति एवं थोड़ी आर्थिक स्वतंत्रता इन लोगों के जीवन में अनुकूल परिवर्तन ला सकती है।

कॉलोनी में अनेक झोंपड़ियाँ थीं, जिनमें एक-एक परिवार रहता था। प्रत्येक परिवार में कम-से-कम एक व्यक्ति इस बीमारी से पीड़ित था। मौसम बहुत कठोर था, किंतु मुझे घर-घर जाना पड़ता था। महिलाएँ मुझे अपनी समस्याएँ समझाती रहीं। शायद इन सबमें सबसे अधिक विचलित करनेवाली समस्या यह थी कि इस बीमारी के कारण उन्हें कहीं घरेलू काम तक नहीं मिलता था। कुछ लोगों ने सबकुछ भाग्य के भरोसे छोड़ दिया था। युवक देर तक सोते रहते और बच्चे जमीन पर खेलने में मस्त रहते।

अधेड़ अवस्था के लोगों की दशा दयनीय थी। इस अवस्था के कारण उपजी कमजोरी पर कोढ़ जैसी बीमारी की मार पड़ी। उसके कारण मिले सामाजिक बहिष्कार से तंग आकर लोग आत्महत्या करने के लिए प्रेरित होने लगे थे।

वहाँ सूखी घास-फूस से ढकी, मिट्टी की दीवारों एवं बाँस के द्वारवाली एक छोटी सी झोंपड़ी थी। उसमें कॉलोनी की सबसे बूढ़ी औरत रहती थी। उसका नाम था वीरम्मा। मैंने उसे आवाज दी, लेकिन वह बाहर नहीं आई। मैंने सोचा कि शायद वह कुछ कम सुनती है। तब मैंने दरवाजे को थोड़ा सा धक्का दिया और अंदर चली गई।

झोंपड़ी के अंदर मुश्किल से ही कुछ रहा होगा। छप्पर के छेदों से हवा व

प्रकाश अंदर आ रहा था। वहाँ पर मिट्‍टी के दो बरतन व एक प्लेट पड़ी थी। तीन पत्थरों से चूल्हा बना था, एक फटी चटाई, फर्श पर दो-तीन प्याज और पानी का बरतन पड़ा था। मुझे झोंपड़ी में तब भी वीरम्मा नहीं दिखाई दी; किंतु उसकी चल रही साँस सुनाई दे रही थी; क्योंकि मैं प्रकाश में से अंदर अँधेरे में आई थी। अत: अंदर की चीजें देखने में कुछ समय लगा।

मैंने एक बार फिर उसे आवाज दी, 'वीरम्मा, मैं तुमसे बात करना चाहती हूँ। कहाँ हो तुम?'

उसका जवाब आया, 'अम्मा, मैं यहाँ हूँ; किंतु तुम मेरे नजदीक न आओ।'

अब मैं कमरे के एक कोने में एक कमजोर औरत का ढाँचा देख रही थी। पके बाल, झुर्रियाँ भरी देह, शरीर में मांस नहीं के बराबर। वह एक कंकाल मात्र थी, जिसपर खाल ओढ़ी हुई थी।

छाती पर हाथ रखे वह कमरे के किनारे बैठी हुई थी। उसकी टाँगें भी मुड़कर छाती से लगी हुई थीं।

'अम्मा!' वह बुदबुदाई, 'मैं जानती हूँ कि तुमने मुझे कई बार पुकारा, किंतु मैं बात करने बाहर न आ सकी। मैं एक महिला हूँ। उम्र कितनी भी बड़ी क्यों न हो, पर बिना कपड़ों के मैं किस तरह बाहर आ सकती हूँ।'

तब मुझे लगा कि वह लगभग निर्वस्त्र थी।

मैंने अपने काम के दौरान गरीबी से पीड़ित क्षेत्रों के अनेक दीन जनों को देखा है, किंतु कहीं भी इस तरह और किसी को नहीं देखा। यह हमारे देश में आजादी के पचास वर्ष बाद की अमानवीय गरीबी का दृश्य था। एक बुढ़िया को तन ढकने लायक भी कपड़ा उपलब्ध नहीं था। फिर भी उसे किसी प्रकार की शिकायत नहीं थी। स्वयं के छह गज की साड़ी पहनने पर मुझे अपराध-बोध हुआ।

कुछ पलों के लिए मुझमें लज्जा का भाव पैदा हुआ। मैं कुछ नहीं बोली। जो देखा, उससे पैसा व वस्तुएँ न देने की अपनी नीति के प्रति मुझे अफसोस हुआ। यह ऐसी स्थिति थी, जिसका निदान एकदम होना चाहिए।

मैंने कॉलोनी की महिलाओं के लिए सौ साड़ियाँ खरीदने हेतु अपने ड्राइवर को भेजा। उनका पुनर्वास हो या नहीं, किंतु एक महिला को अपने तन ढकने के लिए इंतजार न करना पड़े। इस छोटे से उपकार से उसके जीवन में विशेष परिवर्तन तो नहीं आएगा, किंतु असहाय गरीबी को देखकर कुछ करने की इच्छा हममें उत्पन्न होती है, भले ही कम हो। हममें से जिन्हें ईश्वर की कृपा से धन प्राप्त है, उन्हें थोड़े-बहुत धन को गरीबों में बाँटना चाहिए। इससे हम उन्हें वह सामान उपलब्ध

करा सकेंगे, जिनसे वे बिना किसी अपराध के वंचित हैं।

भारत का वास्तविक स्वरूप सदा तकनीकी, फैशन, फिल्म या सुंदरता की स्पर्धा नहीं है। वास्तविक भारत देश के भीतर अँधेरे में पड़ा उपेक्षित क्षेत्र है। असहाय और गरीबी से त्रस्त लोगों तक सरकार का कोई विभाग आज तक नहीं पहुँचा। देश सेवा का असली अर्थ है ऐसे लोगों तक पहुँचना और उनकी सेवा करना। कोढ़ियों की कॉलोनी को देखने के बाद मैंने यह निश्चय कर लिया था कि जहाँ भी जाऊँ, अपने साथ कम-से-कम दस साड़ियाँ अवश्य लेकर जाऊँ।

□

21

चट मँगनी, पट ब्याह

तीन दशक पहले तक कर्नाटक-महाराष्ट्र के सीमावर्ती लोग गरीबी के अभिशाप से पीड़ित थे। किंतु अब उन्हें उन दिनों की याद भी नहीं रही। धन्य हो गन्ने की उपज और उसके लिए निरंतर पानी की आपूर्ति करती कृष्णा, मालप्रभा तथा घटप्रभा नदियाँ। वे लोग वर्ष के दस महीने अनगिनत चीनी मिलों के लिए गन्ने की पैदावार करते हैं।

आज यदि किसी चीज की कमी है तो वह है समय की। इसका एक परिणाम है शादी का नया तरीका, जिसे मुख्यत: जैन समुदाय मानता है और जिसे कहते हैं 'यादी में शादी'।

इसका एक सीधा तरीका है। जैसे ही वर के लिए कोई उपयुक्त कन्या दिखाई दी, दोनों पक्ष के बड़े-बूढ़े मिल बैठे और एक सूची या 'यादी' (हिंदी और मराठी में प्रयुक्त एक रीति) तैयार की। इस सूची में उन सब वस्तुओं के नाम होते हैं, जो नवविवाहित को दिए जाएँगे। दोनों पक्षों के नजदीकी परिवारवालों की उपस्थिति में उसी दिन शादी की जाती है।

लगभग तीस वर्ष पूर्व तक वे ब्याह के अवसर पर स्वादिष्ट भोजन करने तथा लोगों से मिलने के लिए उत्सुक रहते थे। कर्नाटक के एनापुर तथा अतनी इलाके में सत्तर यादी में 'शादी' करवाने में सहयोग देनेवाली प्रेमलता रेड्डी का कहना है, 'आज अधिक धन आ जाने से विचारों में परिवर्तन आ गया है। शादी-ब्याह कराने में काम अधिक बढ़ गया है; किंतु समय किसी के पास नहीं है।'

उनके कथनानुसार, महाराष्ट्र में 'यादी में शादी' एक स्वीकृत पद्धति है। अब यह पद्धति कर्नाटक के सीमावर्ती इलाके में प्रचलित हो रही है। यहाँ लोग एक-

दूसरे को जानते-पहचानते हैं। कुछ ही ऐसे लोग होंगे जो 'यादी' की तय की गई रस्म के अनुसार शादी न करते हों।

पच्चीस वर्षीय चंद्र उनमें से एक हैं। उनका कहना है कि शादी-ब्याह में उपस्थिति समय की बरबादी है। उनका कहना है, 'मैं अपने मित्र को चाहता हूँ और सम्मान देता हूँ; किंतु यदि वह बेलगाम जैसे दूरस्थ स्थान पर जाकर शादी करेगा तो केवल वहाँ पहुँचने और अपना चेहरा दिखाने मात्र के लिए मेरा पूरा एक दिन बरबाद हो जाएगा।' चंद्र स्नातक है और बीस एकड़ के लगभग भूमि पर गन्ना उत्पादन में अपने पिता की मदद करता है। 'उस दिन हो सकता है, मेरे मजदूर खेत में काम कर रहे हों और यदि मैं वहाँ पर न रहा तो काम पूरा न हो पाएगा।' चंद्र स्पष्टीकरण देता है।

जब चंद्र के पिता ने उसकी शादी का विचार किया तो उन्होंने 'यादी में शादी' के अनुसार शादी करनी चाही। अनेक प्रस्तावों पर विचार करने के बाद आर्थिक तथा पारिवारिक पृष्ठभूमि के आधार पर तीन लड़कियाँ चुनीं। एक शुभ दिन पर चंद्र को साथ लेकर उन्हें देखने के लिए चल पड़े। पहली दो चंद्र को नहीं जँचीं, किंतु तीसरी पसंद आ गई।

यद्यपि शाम के चार बज गए थे, फिर भी जल्दी-जल्दी में नजदीक के कस्बे से वधू के लिए फूलों के दो हार, एक थाली, बिछुवा, एक पीली साड़ी-ब्लाउज तथा वर के लिए एक पाजामा-कुरता एवं अँगूठी लाने के लिए एक व्यक्ति को भेजा गया। एक और व्यक्ति सूजी, चावल व चीनी लाने के लिए भेजा गया। भोजन सामग्री पर खर्च उस परिवार की ओर से किया जाता है, जहाँ पर ब्याह हो रहा हो। बाकी का सारा व्यय दोनों परिवारों द्वारा वहन किया जाता है। जब तक नवयुगल तैयार हुआ, घर की महिलाओं ने खाना तैयार किया। पुरुषगण 'यादी' तैयार करने लगे। आजकल छपी हुई सूचियाँ उपलब्ध हैं।

वर-वधू के माता-पिता ने पूरी सूची तैयार की कि वे क्या-क्या वस्तुएँ नव युगल को देंगे। मतभेदों को दूर किया गया और अंतिम सूची पर दोनों पक्षों के बड़े-बूढ़ों ने हस्ताक्षर किए। एक दिन निश्चित किया गया। यह दिन सामान्यतः फसल काटने के बाद ही तय होता है, जब 'यादी' में लिखित सारी वस्तुएँ दी जाती हैं। ब्याह घर के बाहर शांतिपूर्वक संपन्न हुआ। ब्याह में नजदीकी रिश्तेदार व मित्रों को बुलाया गया। न कोई बैंड था और न कोई स्वागत-भोज। उन सभी मेहमानों को एक सामान्य रात्रिभोज दिया गया।

जो इस प्रकार की शादी के पक्षधर हैं, उनका कहना है कि इस प्रकार अनेक

रीति-रिवाजों को दरकिनार किया गया है। न कुंडलियाँ मिलाई जाती हैं, न कोई मुहूर्त निकाला जाता है। ब्याह आधी रात में भी हो सकता है और पुरोहितों ने इसपर कोई आपत्ति नहीं की है तथा समाज ने स्वीकृति दे दी है कि 'यादी में शादी' का अर्थ है किसी को निमंत्रण नहीं भेजा जाएगा। न भेंट-उपहार दिए जाते हैं, न बड़ा भोज। फिर भी इस प्रथा से कुछ हानियाँ भी हैं। दहेज प्रथा किसी-न-किसी रूप में मान्य है। और उसपर मोल-भाव की मनोवृत्ति अभी भी कायम है। मनोवैज्ञानिक दृष्टिकोण से भी 'यादी में शादी' तरीका कन्या के लिए कठिनाइयाँ पैदा कर सकता है, क्योंकि उसे केवल बारह घंटे के अंदर बिना अच्छी तरह जाँचे-परखे अपने घर से उठाकर दूसरी जगह बिठा दिया जाता है।

चनप्पा गौड़ा एक अच्छा कृषक है। उसके तीन भाइयों के विवाह नए तरीके से हुए। शहर से बाहर रहने के कारण एक भाई की शादी में वह नहीं जा सका। उसे शादी के बारे में एक दिन बाद सूचना मिली।

'परिवार का मुखिया होने से क्या उसे बुरा नहीं लगता?'

गौड़ा मुसकराता है, 'नहीं, मेरे चाचा व भाई लोग वहाँ थे और वधू के परिवार को मैं पिछले दस वर्षों से जानता हूँ।' उसने कहा, 'मेरी उपस्थिति से क्या अंतर पड़ता है। मेरे भाई को लड़की पसंद आई और यदि वह प्रसन्न है तो सब ठीक ही है।'

गौड़ा को तीनों शादियों पर लगभग कुल दस हजार रुपए व्यय करने पड़े। दो ब्याह उसके घर पर ही संपन्न हुए।

'एक अवसर पर वधू के माँ-बाप उसे हमारे घर ले आए और हमें लड़की पसंद आ गई।' उसने कहा।

एक अन्य शादी में यद्यपि दोनों पक्षों ने वर-वधू को पसंद किया, किंतु वधू पक्ष ने वर के घर पर ही 'यादी' तैयार करने के लिए जाना चाहा।

'वे शायद हमारे विषय में कुछ अधिक जानकारी लेना चाहते थे। आखिर वे अपनी कन्या हमें दे रहे थे।' गौड़ा बोला।

'और यदि लड़की के माता-पिता 'यादी' के अनुसार वस्तुएँ न दे पाएँ तो क्या होता है?'

'ऐसा बहु-प्रतीक्षित मामलों में नहीं होता है।' गौड़ा बोला, 'सभी माँ-बाप अपनी बेटी को कुछ देना चाहते हैं। कोई धोखा नहीं करता। विशेषकर छोटे कस्बों में, क्योंकि ऐसा होगा तो कोई उन्हें सम्मान नहीं देगा। 'यादी' तैयार हो या न हो, शादी का अर्थ है—दोनों का आपसी विश्वास।'

मैं बंगलौर अपने घर पहुँची तो वहाँ मैंने देखा कि शादी के कार्डों का एक ढेर मेरी टेबल पर पड़ा हुआ था। कोई सुनहरे अक्षरों में, कोई हाथ से पेंट किए हुए, कुछ में फोटोग्राफ्स थे और कुछ सादे। सभी में शादी के निश्चित स्थान चामराजु चौल्ट्री से लेकर छोटे प्रेक्षागृहों तक अंकित थे। ऑर्केस्ट्रा और भड़कीले फिल्मी गीतों की भरमार अपेक्षित थी।

यह एक अलग ही दुनिया है, जहाँ शादी के बाद स्वागत-भोज में लोग व्यावसायिक संबंध स्थापित करने, अपने स्तर के लोगों से मिलकर शिष्टाचार के आदान-प्रदान में भेंट आदि देकर यह जताते हैं कि उनके संबंध भी कई लोगों से हैं। हमें यह करना पड़ता है, क्योंकि हम गन्ना क्षेत्र के नहीं हैं, जहाँ लोग चीजों को जैसे मिलें वैसे स्वीकार करते हैं।

□

22

एक स्मरणीय शादी

इंफोसिस संस्थान की ट्रस्टी होने के नाते मुझे ढेर सारे पत्र मिलते हैं। विभिन्न कारणों से लोगों को हम आर्थिक सहायता प्रदान करते हैं। अत: स्वाभाविक है कि कुछ लोग अपनी जरूरत के लिए हमें पत्र लिखते हैं। यहाँ पर हमें कठिनाई आती है तो बस इन पत्रों को छाँटकर यह मालूम करने में कि कौन जरूरी है और कौन नहीं।

एक सोमवार की बात है। मैं उस दिन प्राप्त पत्रों को खोलती और पढ़ती जा रही थी। तभी मेरे सचिव ने कहा, 'मैडम, यह एक शादी का निमंत्रण है, जिसपर अलग से व्यक्तिगत संदेश लिखा है कि क्या आप शादी में उपस्थित हो सकेंगी?'

कॉलेज में अध्यापिका होने के कारण मुझे विद्यार्थियों की तरफ से बहुत से निमंत्रण-पत्र मिला करते हैं। इसलिए सोचा कि यह कार्ड भी मेरे छात्रों में से ही किसी का होगा, किंतु जब मैंने निमंत्रण-पत्र पढ़ा तो मैं शादी के बंधन में बँधनेवाले दोनों वर-वधू को याद न कर सकी।

मैं हैरान थी कि यह कार्ड किसने भेजा होगा, जिसने अपने हाथ से यह संदेश लिखा है—'मैडम, यदि आप हमारे विवाह के अवसर पर उपस्थित न हुईं तो हम इसे अपना दुर्भाग्य समझेंगे।'

मैं लड़की या लड़के—दोनों को याद नहीं कर पाई, किंतु उत्सुकतावश शादी में जाने का निर्णय कर बैठी। वे बारिश के दिन थे और विवाह-स्थल शहर के दूसरे छोर पर था। एक बार तो मुझे लगा कि 'क्या एक अनजान व्यक्ति की शादी में जाना जरूरी है?'

यह शादी एक आम मध्य वर्गीय परिवार की थी। पंडाल बहुत से फूलों से सजाया गया था। फिल्मी धुन बज रही थी, जिसे कोई नहीं सुन रहा था। बारिश होने

के कारण बच्चे भी बाहर नहीं खेल रहे थे। वे हॉल के अंदर ही लुका-छिपी का खेल खेलने में मस्त थे। महिलाएँ बंगलौरी रेशम और मैसूर क्रेप की साड़ियाँ पहने हुई थीं।

मंच पर खड़े नवविवाहित युगल की ओर मैंने देखा। दोनों में से किसी को भी मैं पहचान नहीं पा रही थी। फिर सोचा कि उनमें से कोई एक या दोनों ही मेरे छात्र रहे होंगे। भीड़ के बीच सबसे अपरिचित खड़ी मैं सोच नहीं सकी कि क्या करूँ।

तभी अधिक आयुवाले एक सज्जन मेरे पास आए। उन्होंने मुझसे विनयपूर्वक पूछा, 'क्या आप नवयुगल को आशीर्वाद देना चाहती हैं ?'

मैं उनके साथ मंच पर गई। मैंने वहाँ अपना परिचय दिया और उन्हें सुखमय जीवन की कामना के साथ बधाई दी। बाद में दूल्हे ने उस व्यक्ति से मेरी खातिरदारी करने को कहा। फिर भी एक प्रश्न मुझे कुरेदता रहा, 'ये लोग कौन हैं और मेरे लिए विशेष नोट क्यों लिखा था ?'

वह व्यक्ति मुझे भोजन-कक्ष की ओर ले गया और उसने मेरे लिए खाने के लिए व्यंजन परोसे। मैंने सोचा कि अब बहुत हो चुका। बिना इन लोगों को जाने-पहचाने मैं कुछ नहीं खाऊँगी।

मुझे असमंजस में देख वह व्यक्ति मुसकराया और बोला, 'मैडम, मैं दूल्हे का पिता हूँ। मेरा बेटा मालती से प्यार कर बैठा और हमने उनकी शादी तय कर दी। सगाई के बाद मालती के शरीर पर सफेद दाग निकलते दिखाई दिए। तब मेरे लड़के ने शादी करने से इनकार कर दिया। हमें बहुत दुःख हुआ। मैंने उससे पूछा कि अगर शादी के बाद यह रोग होता तो तब वह क्या करता ? किंतु उसने हमारी एक न सुनी। लड़कीवाले उसके भविष्य के प्रति चिंतित थे। परिवार में भारी झगड़ा होने लगा। घर के माहौल से बचने के लिए मेरा बेटा पुस्तकालय में अधिक समय बिताने लगा। लगभग एक महीने बाद वह मेरे पास आया और बोला कि वह मालती से शादी के लिए तैयार है। हम चकित रह गए। हम सचमुच बहुत खुश हुए। और आज यह शादी संपन्न हो रही है।'

मेरे प्रश्न का उत्तर मुझे अब भी नहीं मिला। आखिर मैं किस प्रकार इस सबसे संबंधित हूँ ? किंतु जल्दी ही वर के पिता ने समाधान सामने रख दिया, 'मैडम, बाद में हमें पता चला कि उसने आपका लिखा उपन्यास 'महाश्वेता' पढ़ा। मेरे बेटे की स्थिति लगभग वैसी ही थी। लगता है, उसने यह उपन्यास करीब दस बार पढ़ा और कन्या के दुःख को समझा। उसे एक महीना लगा यह निर्णय लेने में। आपके उपन्यास के नायक की तरह बाद में पछताने के लिए वह अपनी जिम्मेदारी से

भागेगा नहीं। आपके उपन्यास ने उसकी सोच को बदल डाला।'

अब मैं सारा खेल समझ गई।

तभी वर के पिता एक पैकेट लेकर आए और उस भेंट को स्वीकार करने की जिद करने लगे। मैं झिझक रही थी, लेकिन उन्होंने पैकेट मेरे हाथों में थमाते हुए कहा, 'मालती ने यह साड़ी आपके लिए खरीदी है। वह आपसे बाद में बात करेगी।'

वर्षा की गति बढ़ गई थी और पानी हॉल में भरने लगा था। बूँदें मेरे मुँह पर गिर रही थीं। मेरी रेशमी साड़ी भीगने लगी; किंतु कोई बात नहीं, मुझे सारी बात इतनी अच्छी लगी कि मैं खुश हो गई। मैंने कभी सपने में भी नहीं सोचा था कि मेरी जैसी सामान्य महिला किसी के जीवन को बदल भी सकती है।

अब जब भी मैं वह साड़ी पहनती हूँ, मुझे मालती का प्रसन्नचित्त मुखड़ा और 'महाश्वेता' का आवरण पृष्ठ याद आ जाता है। मेरे लिए यह सबसे कीमती साड़ी है।

□

23

संवेदनाहीन सूचक

फरवरी आमतौर पर गृह-प्रवेश, जनेऊ संस्कार, तुरत-फुरतवाली शादी का—विशेषकर अमेरिका से थोड़े दिनों के लिए आए सॉफ्टवेयर इंजीनियरों की शादी का—महीना माना जाता है। यह विद्यार्थियों के लिए परीक्षा की तैयारी का समय होता है।

मेरी मित्र सूमा ने एक मकान खरीदा था और वह चाहती थी कि गृह प्रवेश के शुभायोजन पर उसकी घनिष्ठ मित्र अवश्य रहें। हमारे लिए एक समय पर एक साथ एकत्र होने का यह अवसर एक लंबे समय के बाद आया था।

सुबह जल्दी में मैं जब पहुँची तो परंपरानुसार पूजा आदि हो रही थी। अन्य सहेलियाँ अभी नहीं पहुँची थीं। सहेलियों की प्रतीक्षा में मैं एक स्थान पर बैठकर पूजा देखने लगी। यद्यपि घर बहुत बड़ा था, पूजा एक छोटे हॉल में हो रही थी, जिसमें बैठने के लिए केवल दो कालीन बिछे थे। सूमा पूजा में व्यस्त थी। उसने एक सुंदर रेशमी साड़ी पहन रखी थी। उसके बालों में गुँथे फूल उसकी सुंदरता को और भी बढ़ा रहे थे।

जैसा कि प्राय: देखा जाता है, मेहमानों को पूजा से कोई सरोकार नहीं होता। वहाँ भी सब विभिन्न विषयों पर, जैसे मिस इंडिया, माधुरी दीक्षित, सबसे अच्छा ब्यूटी पार्लर, जेवरातों में नए डिजाइन इत्यादि पर चर्चा कर रहे थे। सास-ससुर के बारे में बातचीत करने में सर्वाधिक ध्यान व रुचि पाई गई, जिसमें बहुत से लोगों ने भाग लिया। यद्यपि मैं वार्त्तालाप सुन रही थी, पर मेरे दिमाग में कहीं एक अलग ही विचार उठ रहा था। गुजरात में आए भूकंप को लगभग सप्ताह भर ही बीता होगा। अभी भी टी.वी. पर सभी चैनल उसके संबंध में सूचनाएँ प्रसारित कर रहे थे। मैं उन

पीड़ितों को जानती न थी, केवल उनके दु:ख-दर्द के आभास मात्र से मेरे शरीर में जैसे सिहरन उठ रही थी, आँखों में आँसू भर आए थे। यह सब मेरे मन-मस्तिष्क में निरंतर घूम रहा था। यद्यपि मैं चर्चा में भाग नहीं ले रही थी, लेकिन सब सुन जरूर रही थी।

'सूमा को देखा, कितनी भाग्यशाली है! एक सुंदर सा घर थोड़े ही दामों में मिल गया।' महिला के स्वर में ईर्ष्या का पुट था।

'कितना दिया उसने?'

'मुश्किल से पचास लाख। यह नीलाम हुआ है। जिसका मकान था वह मुझे जानता है।'

'नीलाम क्यों हुआ?'

'उसकी एक फैक्टरी थी। बाजार की मंदी की मार उसपर पड़ी और उसे फैक्टरी बंद करनी पड़ी। अब मकान भी बेचना पड़ गया।'

'कितना सुंदर मकान है! पूरा फर्श संगमरमर का, हर कमरे से जुड़ा स्नानघर, जिसमें टब लगे हुए हैं। इस कीमत पर तो यह मुफ्त में मिला लग रहा है।'

'वैसे यह बताएँ, आपकी लड़की की शादी की तैयारियाँ कैसी चल रही हैं?'

'मैंने सोचा, साड़ियाँ खरीदने के लिए कांचीपुरम् जाना ठीक रहेगा। सस्ता भी पड़ता है और पसंद के रंग छाँटने की सुविधा भी।'

'जेवरातों के बारे में क्या सोचा?'

'यह कोई समस्या नहीं। चिकपेट में एक व्यक्ति से पहचान है। वह हमारा जौहरी है। मैंने उसे सौ कुंकुम भरणी और सौ चाँदी के छोटे कटोरे बनाने के लिए कहा है। भरणी दूर के रिश्तेदारों को देंगे और कटोरे निकट संबंधियों को।'

'भोजन-व्यवस्था के बारे में क्या सोचा है?'

'क्या मैं मूर्ख हूँ जो भोजन की व्यवस्था के विषय में न सोचूँ? मैंने अपने पति व बच्चों से इस संबंध में वार्त्ता कर ली है। हमने निर्णय लिया कि पानी-पुरी, भेल व चाट एक ओर और दक्षिण भारतीय स्नैक्स दूसरी ओर लगेंगे। शीतल पेय और मिठाइयाँ भी होंगी। हम सब गुजराती मिठाइयाँ पसंद करते हैं; किंतु हमारा रसोइया गुजरात गया हुआ है। उसने कहा कि गुजरात त्रासदी में उसने अपने परिवार को खो दिया है। मैं नहीं चाहूँगी कि वह शादी में आए, क्योंकि यह अपशकुन होगा।'

'आपने भूकंप-पीड़ितों के लिए कितना योगदान दिया है?'

'हाँ, मेरे दफ्तर के लोग पैसा इकट्ठा कर रहे थे, परंतु मैंने उन्हें कहा कि मैंने कहीं और पैसे दे दिए हैं, और मैंने उसमें भाग नहीं लिया। हमारे देश में आए दिन

कुछ-न-कुछ समस्या होती रहती है। समस्याओं का कोई अंत नहीं है। इसलिए क्यों दें? यों भी हमारा कोई संबंधी उस इलाके में नहीं है।'

मैं हैरान थी कि ये तथाकथित उच्च-मध्यम वर्गीय लोग गुजरात के लिए क्या कर रहे हैं! क्या वह हमारे देश का एक भाग नहीं है? मैं स्वीकार करती हूँ कि मृत्यु से जीवन बड़ा है। कोई हमेशा के लिए शोक-संतप्त नहीं रह सकता, किंतु क्या हमारे जीवन में चाँदी के कुंकुम भरणी, कांचीपुरम् की साड़ियाँ और शादी के पकवान ही सबकुछ हैं? हमारे बच्चे हमें देखकर ही कुछ सीखते हैं। अगर हम ऐसा व्यवहार करेंगे तो भावी पीढ़ी भी इसी तरह संवेदना-शून्य हो जाएगी।

मुझे कुमार सिद्धार्थ की कहानी याद आ गई। उसने कुछ ऐसे लोग देखे, जो उससे जुड़े नहीं थे, जैसेकि एक बीमार, एक वृद्ध और एक शव। उसने सारे भोग-विलास त्याग दिए और संन्यासी हो गया। उसकी सामाजिक संवेदना का सूचकांक क्या रहा होगा, इसको माना नहीं जा सकता!

हम देखें। हमें गर्व है कि उस संन्यासी, जो भगवान् बुद्ध था, ने हमारे देश में धर्म, सत्य और अहिंसा का उपदेश दिया; किंतु हम उनसे कितना सीख पाए?

□

24

अपने अध्यापक को सप्रेम

आशा और मैं एम.जी. रोड पर बाजार में खरीदारी कर रही थीं। तभी हमने एक वृद्ध को अपनी ओर आते देखा। भूरे बाल एवं चेहरे पर झुर्रियों के होते हुए भी वह स्वस्थ लग रहा था। वह करीब साठ वर्ष का वृद्ध था। आशा की ओर देखकर वह मुसकराया। वह पहचान नहीं सकी। एक क्षण के लिए वह हमारे सामने रुका और फिर आगे बढ़ गया।

उसके जाने पर मैंने आशा से पूछा, 'क्या तुम नहीं जानतीं कि वह कौन है? वह तुम्हें देखकर मुसकराया था।'

'हाँ, मैं उन्हें जानती हूँ। वह मेरे गणित के अध्यापक थे। उन्होंने गणित हमें अच्छी तरह नहीं पढ़ाया, जिससे गणित में हमारी रुचि ही खत्म हो गई। वह भयंकर थे—पास न फटकने देनेवाले कठोर व्यक्ति। उन्होंने मुश्किल से ही कुछ पढ़ाया होगा।' आशा के स्वर में निराशा व गुस्सा के भाव थे। उसने शायद इसे बढ़ा-चढ़ाकर कहा होगा।

यह सच है कि कॉलेजों की अपेक्षा विद्यालयों में आपकी मौलिकता ढाली जाती है। स्नातक व स्नातकोत्तर स्तर पर पढ़ाना बहुत सरल होता है; किंतु विद्यालय स्तर बहुत कठिन होता है। अध्यापकों के पास छात्रों के लिए असीम प्यार होना चाहिए। केवल ज्ञान से ही किसी अध्यापक को नहीं परखा जा सकता है।

मैंने अपने अध्यापकों के बारे में सोचा। मैं हैरान थी कि यदि मेरे कोई अध्यापक सड़क पर मुझे मिलते तो मैं उनसे कैसे मिलती। वह क्या करते और मुझे किस तरह संबोधित करते? शायद वह कहते, 'एम.जी. रोड पर समय क्यों बरबाद कर रही हो? दफ्तर जाओ या घर पर कुछ काम करो। बिना तैयारी के मत पढ़ाया करो।'

बिना विचारे मैं कहती, 'हाँ, सर।' और झिझककर पूछती, 'आप कहाँ रहते

हैं? क्या बाद में किसी समय मैं आपसे मिल सकती हूँ?'

वे मेरे कंधे थपथपाते—ठीक उसी स्नेह और प्यार से जैसे छात्रा-जीवन में किया करते थे।

मेरे अध्यापक श्री राघवेंद्र वर्णेकर हर प्रकार से एक असाधारण पुरुष थे। वह मेरे ही शहर हुबली के थे। वह बहुत सादगीपूर्ण जीवन व्यतीत करनेवाले और किसी तरह का सम्मान या पुरस्कार नहीं चाहते थे। अपने व्यवसाय में स्नातक न होते हुए भी उन्होंने बहुत ही योग्यता अर्जित की। वह गणित को इतनी अच्छी तरह पढ़ाते थे कि हमें वह कभी कठिन विषय लगा ही नहीं।

वह गणित को 'विज्ञान की रानी' कहते थे। वह कहते, 'चलें रानी से मिलने।' वह हमें गणित के अनोखे संसार में ले जाते तो हमें समय का ध्यान ही नहीं रहता। ज्योमेट्री में अनेक समस्याएँ थीं और अलजेब्रा में सैकड़ों। वह हमें बहुत कुशलतापूर्वक तथा सूक्ष्मता से समझाते और कहते, 'मैं यहाँ उन छात्रों के लिए हूँ, जो गणित में ठीक नहीं हैं। अच्छा और बुरा तो मस्तिष्क के विचार हैं। यदि आप परिश्रमी हैं और ईमानदारी से किसी विषय को समझना चाहते हैं तो फिर आप क्वीन का सामना कर सकते हैं।' वह विद्यार्थियों को इस तरह आकर्षित करते जैसे सपेरा अपनी धुन से साँप को।

अपने अंतिम दिनों में वह अस्वस्थ थे। एक बार मैं उनसे मिलने एक छोटा सा तोहफा लेकर गई थी। अपनी आर्थिक कठिनाइयों के बावजूद उन्होंने वह भेंट स्वीकार नहीं की।

उन्होंने मुझसे कहा, 'अध्यापक का कर्तव्य छात्र को आत्मविश्वास के साथ जिंदगी का सामना करने के लिए तैयार करना होता है। अध्यापक को सबसे अधिक खुशी तब होती है जब छात्र ज्ञान में अच्छा और बेहतर होता है। मेरे छात्र प्रसिद्ध हों, नाम कमाएँ यही मेरा सबसे बड़ा सम्मान है।'

इस सरल दर्शन को सुनने से मुझे आश्चर्य हुआ। यदि वह किसी बड़े शहर के बड़े विद्यालय में पढ़ा रहे होते तो उन्होंने ट्यूशन के जरिए या अपना स्कूल चलाकर बहुत सा धन कमाया होता। किंतु उन्होंने ऐसा कुछ नहीं किया। उन्हें अपने सिद्धांतों पर विश्वास था। वह जलती मोमबत्ती की याद दिलाते हैं—स्वयं जलकर दूसरे को प्रकाश देना।

आज जब मैं मंच पर खड़ी होकर आत्मविश्वास के साथ कुछ कहती हूँ या जीवन में आनेवाली समस्याओं से जूझती हूँ तो मैं अपने अध्यापक को याद करती हूँ। उन्होंने मुझे वह पाठ पढ़ाया, जो न पैसे से खरीदा जा सकता है, न कठिनाइयों से हलका होता है और जिसे न कोई विश्वविद्यालय दे सकता है। □

25

पैसे दो, नहीं तो आत्महत्या कर लूँगी

इंफोसिस संस्थान में हमें लगभग दस हजार पत्र प्रतिवर्ष मिलते हैं। उन्हें छाँटना, पढ़ना और उत्तर देना मेरे सचिवों के लिए अत्यंत कठिन कार्य है। कुछ पत्र हमारा मार्गदर्शन करते हैं तो कुछ हँसीवाले होते हैं और कुछ जिज्ञासा लिये।

एक दिन मुझे एक पत्र मिला। पाँच पृष्ठों का वह पत्र एक महिला ने भेजा था। पहले दो पृष्ठों में स्टॉक एक्सचेंज के गोरखधंधे का चित्रण था। उसने बताया था कि कैसे उसने गलत स्टॉक लेकर सारी पूँजी गँवाई थी। असली संदेश पत्र के अंतिम कुछ वाक्यों में था। उसने मुझसे उस सारे कर्ज की अदायगी के लिए पूछा था, जिसमें वह अपनी मूर्खता के कारण फँसी थी। 'यह कोई बड़ी रकम नहीं है। केवल पाँच करोड़ है।'—उसने लिखा था।

मैं नहीं समझ सकी कि वह महिला कौन थी। इस तरह पत्र लिखने के उसके साहस पर मैं आश्चर्यचकित थी। किंतु मैंने कोई उत्तर नहीं दिया।

एक सप्ताह बाद उसका दूसरा पत्र मिला। फिर पाँच पृष्ठ लंबा; किंतु इस बार उसमें उसकी घरेलू कठिनाइयों का उल्लेख था। और यह भी कि उसकी मदद करना कितना महत्त्वपूर्ण कार्य है। उसने यह भी लिखा था कि यदि मैंने उसे धन नहीं दिया तो वह आत्महत्या कर लेगी। और इसके लिए वह मुझे दोषी करार देगी।

मैं ऐसे पत्र का क्या उत्तर देती? मैंने उसे कुछ नहीं लिखा। पर दो सप्ताह बाद उसका तीसरा पत्र आया। उसने लिखा था कि मैं पत्थर दिल हूँ। मानव के प्रति मेरा कोई प्यार या स्नेह नहीं है। वह हैरान थी कि मेरी जैसी महिला इस तरह के मानवीय पक्ष से कैसे मुख मोड़ सकती है!

ऐसे पत्रों से मुझे आघात लगता था। मैं ऐसी हरकतों को पसंद नहीं करती।

अगर कोई तुम्हें पैसे नहीं दे सकता तो क्षणिक भेंट में वह व्यक्ति आपका शत्रु हो जाएगा, अन्यथा वह व्यक्ति महान् है। प्राय: रिश्तेदार भी इसी तरह का व्यवहार करते थे। वे कहते, 'रिश्तेदारों का क्या मतलब, जब अपने लोगों को पैसे नहीं देते? अन्य लोगों की सहायता कैसे करती हो?'

'सहायता' शब्द का वास्तविक अर्थ बहुत कम लोग जानते हैं। हालाँकि यह जरूरी है कि हमें अपने लोगों—अर्थात् अपने परिवार व समाज के लोगों—की सहायता करनी चाहिए; किंतु अच्छे-खासे खाते-पीते व्यक्ति को धन देना सहायता नहीं है। दूसरे मकान को खरीदने, कीमती गहने या फिर विदेशों में घूमने जाने के लिए धन देना भी 'सहायता' नहीं है। यदि कोई अधिक धनवान बनने के लोभ के कारण स्टॉक मार्केट में पैसा गँवा दे तो क्या उसकी सहायता करनी चाहिए?

सहायता देते समय यह ध्यान रखना आवश्यक होता है कि जो लोग 'सहायता' माँगते हैं उनके पास कुछ गुण तो होने चाहिए। आपको दान लेने तभी जाना चाहिए जब अन्य सभी स्रोत सूख गए हों। और यदि चिकित्सा-सहायता या शिक्षा हेतु धन चाहिए तो हमेशा ध्यान रखें कि वह आपका धन नहीं है। दानदाता ने अपने व परिवार के सुख-सुविधा को त्याग दिया हो, दिन-रात एक कर कमाया हो, जबकि अन्य लोग सो रहे हों, तब भी तय करने का यह अधिकार दाता को ही है कि वह किसकी सहायता करे और किसकी नहीं। दाता का हाथ दान लेनेवाले से हमेशा ऊपर ही रहता है।

यदि कोई शॉल ओढ़ाकर मेरा सम्मान करता है तो स्वाभाविक है कि उसके साथ कोई आवेदन-पत्र भी होगा। यदि कोई व्यक्ति मेरी प्रशंसा करता है तो अधिकांशत: अंत में कोई माँग-पत्र भी होगा। मैंने निर्णय लिया है कि मैं किसी प्रकार की माँग न होने पर ही सहायता करूँगी और न करने पर वे पिस जाएँगे। मैं उनके लिए किसी जाति, धर्म, समाज की परवाह किए बिना सहायता करूँगी, बशर्ते कि मेरे पास धन हो।

मैं बदले में कुछ अपेक्षा नहीं करती। फूलों का एक गुलदस्ता भी नहीं। उनकी आँखों में झलकती चमक एवं खुशी को ही मैं सबसे बड़ा उपहार मानती हूँ।

उक्त महिला द्वारा आत्महत्या की धमकी देते देखकर मैंने अपने सचिव से कहा कि इस पत्र को बिना मुझे दिखाए ही रद्दी की टोकरी में डाल दे।

□

26

भावी पीढ़ी में सबकुछ गलत नहीं

मैं जब भी बड़े-बुजुर्गों से बात करती हूँ, तब भावी पीढ़ी के संबंध में उनके मुख से सिर्फ एक ही शिकायत सुनने को मिलती है। वह यह कि आज के बच्चे हमारे विचारों का सम्मान नहीं करते; वे बहुत निष्ठुर हैं; वे ज्यादा नहीं पढ़ते।

पिछले दिनों मैं मिस्र गई थी। मैं वहाँ के सबसे पुराने पिरामिड को देखना चाहती थी। वह जिया में नहीं, कारियो से चौबीस कि.मी. दूर सक्कारा में है। इस पाँच सोपानवाले पिरामिड का निर्माण फाराओहजोशेयर के लिए किया गया था। इसका निर्माण उस समय के होशियार व्यक्ति इमेनहोथप ने किया था।

यात्रा के दौरान मेरे साथ एक मार्गप्रदर्शक भी था। उसे इजिप्टोलॉजी का पूरा ज्ञान था। वह मुझे पिरामिड पर लिखे लेखों के बारे में बता रहा था। कुछ लेखों की तरफ दिखाते हुए उसने उनका अनुवाद किया। उसने बताया, 'अगली पीढ़ी के बच्चे फिजूलखर्च होंगे। वे जिंदगी के प्रति लापरवाह होंगे। हम वाकई नहीं जानते हैं कि उनका भविष्य क्या होगा। सिर्फ सन गॉड रा ही उन्हें बचा सकता है।'

जब यह मेरे समक्ष पढ़ा जा रहा था, तब अचानक मुझे अपने देश के बुजुर्गों की वे शिकायतें याद आ गईं। मुझे लगा कि हर पीढ़ी को अपनी आनेवाली पीढ़ी से यही शिकायत रहती है। यह शिकायत पिछले पाँच हजार सालों से पूरे विश्व में पीढ़ी-दर-पीढ़ी चली आ रही है।

हमारी पीढ़ी की तुलना में आज के बच्चों में अक्ल तो बहुत है, लेकिन सहनशीलता हमारे मुकाबले में बहुत कम है। अगले दिन मैं अपने बेटे से बात कर रही थी। मैंने यों ही उससे पूछा, 'इस सदी की तीन महत्त्वपूर्ण क्रांतियों या विचारों के बारे में बताओ।'

उसने मेरी ओर कुछ देर देखा और बताया, 'आप तो घर में भी अध्यापिका जैसी लग रही हैं। मेरे हिसाब से इस सदी की महत्त्वपूर्ण क्रांति या विचार हैं—अहिंसा के सिद्धांत, हिंसा का असर और संचार का प्रभाव।'

मैं उसके जवाब से हैरान थी।

मेरी हैरानी को भाँपते हुए उसने कहा, 'मैं आपको विस्तार से बताता हूँ। जब भारत कई सदियों तक गुलाम रहा तब हमें अपने फैसले लेने का अधिकार नहीं था। उस समय एक दुबले-पतले व्यक्ति ने हिंसा के बिना एक नया आंदोलन शुरू किया। न कोई हथियार, न पैसा, सिर्फ शासक को एक संदेश—'हम तुम्हारा साथ नहीं देंगे। जो करना है, करो, उसने इसी नई सोच के जरिए भारत को आजादी दिलाई। वह शांति के लिए नोबेल पुरस्कार के पात्र थे। वह थे मोहनदास करमचंद गांधी, जिन्हें हम भारत के राष्ट्रपिता के रूप में जानते हैं। उनके क्रांतिकारी विचारों ने मार्टिन लूथर, किंग जूनियर, नेल्सन मंडेला, आंगसान सूकी आदि नेताओं को अपने लोगों के लिए आजादी पाने हेतु प्रेरित किया।

'दूसरी विचारधारा भी उसी दौर की है, लेकिन वह इसके ठीक विपरीत दिशा में गतिमान थी। वह व्यक्ति नफरत में विश्वास रखता था। उसने सोचा कि वह हथियारों और हिंसा से लोगों पर राज कर सकता है। उसने लोगों को कीड़े-मकोड़ों की तरह रौंदा। उसने कभी प्यार और दया का अर्थ नहीं समझा। वह अपने तरीके से शांति नहीं ला सका और दूसरे विश्वयुद्ध का कारण बना। उसके और उसकी नीतियों का खामियाजा करोड़ों लोगों को भुगतना पड़ा। वह था एडॉल्फ हिटलर।'

मैंने सोचा कि मेरे बेटे की बात में दम है, लेकिन मुझे लगा कि कंप्यूटर इस सदी का सबसे महत्त्वपूर्ण आविष्कार है। परंतु युवा वर्ग इससे सहमत नहीं है।

'संचार-व्यवस्था के कारण आज दुनिया सिकुड़ गई है। दुनिया में घटित किसी भी घटना की जानकारी मात्र कुछ सेकेंड में हमें मिल जाती है। टी.वी. और इंटरनेट इसके हिस्से हैं। इसने संवाद की कीमत को समाप्त कर दिया है। जो अवरोध थे, वे दूर हो रहे हैं। आप इसका प्रभाव व्यावसायिक और निजी—दोनों जिंदगियों में देख सकती हैं। किंतु इसका यह मतलब कतई नहीं हुआ कि हम अपनी पुरानी संस्कृति को खो रहे हैं। हाँ, हम यह कह सकते हैं कि हम अन्य जगह की संस्कृतियों को पहचान रहे हैं।'

मैं अपने नन्हे बेटे की इन बातों से हैरान थी। जिसे मैंने पेंसिल पकड़ना सिखाया था वह आज हिंसा, शांति, सूचना-संचार आदि विषयों पर किसी वयस्क की तरह बात कर रहा था।

मुझे विश्वास है कि कई बार अन्य अभिभावक इस विषय में ऐसा ही सोचते होंगे। उन्होंने इस बात का अनुभव किया होगा कि उनके बच्चे उनसे ज्यादा समझदार हो गए हैं। वेदों में कहा गया है—'ज्ञानी आदरणीय है, फिर चाहे वह किसी भी उम्र, लिंग या वर्ग का हो।'

मेरा बेटा विदेशों में पढ़ाना चाहता है। मैं प्राय: यही सोचती हूँ कि क्या वह अकेले सबकुछ सँभाल लेगा ? इस बातचीत के बाद मुझे यह एहसास हुआ कि पक्षी के पंख अब मजबूत हो गए हैं। समय आ गया है कि वह अपने आप उड़े और दुनिया को देखे।

□

27

सकारात्मक सोचें, खुश रहें

मेरी माँ के यहाँ एक रसोई बनानेवाली थी—गिरिजा। वह गरीब परिवार से थी। वह अपने निजी जीवन के विषय में कभी कोई बात नहीं बताती थी। बस, हमेशा खुश रहती थी। साफ-सुथरी कॉटन की साड़ी और बालों में गजरा लगाए वह सुव्यवस्थित और संतुष्ट लगती थी। रसोई में काम करते समय वह अकसर गीत गुनगुनाती। हमारे अनुरोध को वह मुसकराकर पूरा करती। मैंने उसे कभी दुःखी या कुढ़ते हुए नहीं देखा था।

उसके बारे में हमें सिर्फ एक बात मालूम थी कि उसके पति ने उसे और बच्चों को छोड़ दिया था। वह ज्यादा पढ़ी-लिखी नहीं थी। गाँव में काम करने के साधन बहुत कम थे, इसलिए उसने रसोइया बनना स्वीकार किया।

वसंत हमारा पारिवारिक मित्र था। वह एक बहुराष्ट्रीय कंपनी में काम करता था। हमारे घर उसका आना-जाना अकसर लगा रहता था। वह हमेशा किसी-न-किसी चीज की शिकायत करता रहता था। वह जब भी आता, पूरे घर का वातावरण उदासीन हो जाता।

'मेरा बेटा बारहवीं कक्षा में ठीक से पढ़ नहीं रहा है।' एक बार उसने यह शिकायत की।

मैं जानती थी कि उसका बेटा बहुत होशियार और मेहनती था। फिर वह उसकी शिकायत क्यों कर रहा था?

'मैं चाहता हूँ कि मेरा बेटा आई.आई.टी. में प्रवेश ले।'

आज की प्रतियोगितापूर्ण दुनिया में लाखों बच्चे आई.आई.टी. में प्रवेश पाने के लिए प्रयासरत हैं। अगर कोई छात्र प्रवेश परीक्षा में किसी भी कारण से पाँच अंक भी

कम पाता है तो उसका क्रम बुरी तरह प्रभावित हो सकता है। हम अपने बच्चों को अच्छी तरह पढ़ने को तो कह सकते हैं, लेकिन उनपर दूसरों से आगे बढ़ने का दबाव हमें नहीं डालना चाहिए।

अगली बार वसंत हमें मिला। इस बार वह किसी अन्य कारण से दु:खी था।

उसने बताया, 'मैंने पाँच साल पहले जमीन का एक टुकड़ा लिया था। अब मैं उस प्लॉट को बेचना चाहता हूँ तो उसकी कीमत बहुत कम मिल रही है।' वह बुदबुदाया, 'बाजार में मंदी चल रही है। मैंने भूमि व्यवसाय (रियल इस्टेट) में पैसा लगाया था, लेकिन यह विफल रहा।'

यह स्थिति तो देश भर में थी। बाजार मंदी के दौर से गुजर रहा था। जितने भी लोगों ने इस बाजार में पैसा लगाया था, उन सभी को नुकसान हुआ था। वह कोई अपवाद नहीं था, लेकिन उसने इतना हल्ला मचा रखा था जैसे इस मंदी से वह अकेला प्रभावित हुआ हो।

कुछ दिन बाद वसंत फिर आया। वह बहुत थका हुआ लग रहा था।

'बंगलौर अब पहले जैसा नहीं रहा।' शिकायत भरे लहजे में वह बोला, 'बीस साल पहले यहाँ गरमी का मौसम इतना खूबसूरत होता था। लगता था, जैसे हम किसी पहाड़ी क्षेत्र में हों। आज हमें एयर कंडीशनर की जरूरत होती है या फिर पहाड़ी इलाके में जाने की जरूरत होती है।'

गरमी तो पूरे विश्व में पड़ रही है, बंगलौर कोई विशेष स्थान नहीं था। बावजूद इसके वह शिकायत कर रहा था।

एक दिन जब मैं और गिरिजा घर में अकेले थे, मैंने यों ही उससे पूछा, 'गिरिजा, तुम्हारा पति कहाँ है? क्या तुम उससे मिलती हो?'

उसने मेरी ओर देखा और कहा, 'वह यहीं किसी दूसरी औरत के साथ रहता है और आपके पड़ोसी के यहाँ ड्राइवर है।'

मैं चौंक गई। वह रोज अपने पति को देखती है और वह भी किसी दूसरी औरत के साथ।

'क्या तुम्हें उसपर गुस्सा नहीं आता?' मैंने उससे पूछा।

'शुरू में मुझे गुस्सा आता था, लेकिन अब सोचती हूँ कि मैं खुशकिस्मत हूँ, क्योंकि मेरा एक ही बेटा है। वह होशियार और आज्ञाकारी है। उसके पिता ने हमें घर से निकाला था, इसलिए वह मेरी बहुत चिंता करता है। अगर मैं अकेली होती या मेरे कई बच्चे होते या फिर यह बेटा ही गैर-जिम्मेदार होता तो मुझे दिक्कतें आतीं। ईश्वर की मुझपर कृपा है कि मेरे साथ ऐसी समस्याएँ नहीं हैं।'

‘क्या तुम्हें अपने भविष्य की चिंता नहीं होती?’

‘मैं क्यों चिंता करूँ? क्या चिंता मेरी समस्या सुलझा सकती है? आपकी माँ ने हमें रहने के लिए कमरा दिया है। मैं ईमानदारी से काम करती हूँ। मेरे काम से आप सभी खुश हैं। अगर मुझे कुछ चाहिए तो मैं आपसे कह सकती हूँ। भौतिक चीजों की जरूरत कभी पूरी नहीं होतीं। मेरा बेटा बड़ा होकर अपने पिता जैसा नहीं बनेगा, क्योंकि उसने मुझे कष्ट सहते देखा है। मैंने स्कूल में तो ज्यादा नहीं पढ़ा, लेकिन जिंदगी ने मुझे एक बात जरूर सिखा दी है—हमेशा जिंदगी की तरफ सकारात्मक दृष्टिकोण से देखें। इससे आप भी अच्छा महसूस करेंगे और आपके आस-पास के लोग भी।’

अचानक मुझे वसंत याद आया। जो चीज उसके पास नहीं है, उसके बारे में सोच-सोचकर उसने अपने जीवन को नरक बना दिया था, जबकि गिरिजा जैसी अनपढ़ महिला ने हर मुश्किल का सकारात्मक पहलू देखना सीखा और इसीलिए वह जीवन को खुशी से जी रही है।

हाल ही में मैं बिजनेस मैनेजमेंट के कोर्स में भाग लेने हार्वर्ड मैनेजमेंट स्कूल गई। वहाँ हमें सबसे महत्त्वपूर्ण बात यही बताई गई कि ‘अगर आप खुश रहना चाहते हैं तो यह आप खुद सीखें।’

यही वह नियम था, जो गिरिजा ने सीखा। उसने किसी मैनेजमेंट कोर्स में भाग नहीं लिया था।

□

28

ज्योति से ज्योति जलाते चलो

मैं अपने पिताजी के साथ कर्नाटक के उस क्षेत्र में सफर कर रही थी, जो महाराष्ट्र की सीमा पर पड़ता है। मेरे पिताजी एक सेवानिवृत्त प्रोफेसर और डॉक्टर हैं। वह अकसर काम में मेरी मदद करते। मेरी यात्राओं के दौरान वह मेरे सबसे अच्छे मित्र होते।

हम एक गाँव में थे, जहाँ देवी का एक बहुत प्रसिद्ध मंदिर था। पूरे देश में महिलाओं के लिए शुक्रवार सप्ताह का सबसे शुभ दिन होता है। देवी के मंदिर में बहुत सी महिलाएँ चढ़ावे और फूलों के साथ पूजा के लिए आई हुई थीं। वे सब कतार में खड़ी थीं। मैं उस कतार में नहीं थी।

मैं इस क्षेत्र की दीन-हीन स्थिति की जानकारी लेने के लिए वहाँ गई थी। इसलिए लोगों से बातचीत करने के लिए मैं एक तरफ बैठ गई। वहाँ फलवालों, चूड़ीवालों और अन्य विक्रेताओं की दुकानें थीं। मैंने सड़क पर रहनेवाले इन लोगों से बहुत कुछ सीखा। इन्होंने जाति, पैसा, राजनीति, अंधविश्वास आदि की कटु सच्चाई का सामना कई बार किया है। उनके विचारों और सुझावों ने मुझे गरीबी पर आयोजित होनेवाली गोष्ठियों और पी-एच.डी. के शोध से ज्यादा शिक्षित किया। यह सुनने में शायद पक्षपातपूर्ण लगे, लेकिन यह मेरा निजी मत है।

एक बार मैं एक सेवानिवृत्त वेश्या से सोलह वर्षीया एक सुंदर लड़की के साथ मिली। लड़की के लंबे बाल, प्यारा चेहरा, खूबसूरत आँखें और साफ रंग था। मासूमियत ने उसके चेहरे की चमक और बढ़ा दी थी। उसने हरी साड़ी, चूड़ियाँ और बालों में चमेली के बहुत से फूल लगाए हुए थे। उस बुढ़िया ने खुद को उस लड़की की आंटी बताया। हालाँकि मैं आंटी से बात कर रही थी, लेकिन मेरी

निगाहें उस लड़की पर टिकी थीं। बातचीत के दौरान मुझे पता चला कि वह लड़की हाल ही में देवदासी बनी है। देवदासी वे महिलाएँ होती हैं, जो मंदिर को समर्पित होती हैं। महिला को 'देवदासी' बनाने पर प्रतिबंध है; लेकिन हमारे देश में कई चीजें अवैध रूप से चलती हैं। मैंने उस बूढ़ी औरत की ओर देखा। वह भी देवदासी थी। उसके शरीर से बहुत गंध आ रही थी। तंबाकू खाते रहने के कारण उसके दाँतों पर काले धब्बे पड़े हुए थे। उसकी तोंद बड़ी और आँखें लाल थीं। उसने रेशम की साड़ी, सोने की चूड़ियाँ और माला पहन रखी थी। किंतु इतना सब भी उसे सुंदर नहीं बना सका।

यह लड़की अब इस बुढ़िया के लिए सोने की खान बनने वाली है। मैं यह कल्पना कर रही थी कि आज से तीस-चालीस साल बाद शायद यह लड़की भी अपनी आंटी की तरह बन जाएगी। वह भी किसी मासूम लड़की को फँसाएगी और उसे देवदासी बनाकर अपनी कमाई का साधन बनाएगी। कैसी विडंबना है कि वह लड़की इस बात से बेखबर थी कि वह किस दिशा की ओर बढ़ रही है।

अनजाने ही मेरी आँखें भर आईं और मैं अनियंत्रित हो सिसकने लगी। मेरे आस-पास खड़े लोग आश्चर्य के साथ मुझे घूरने लगे कि आखिर मेरे साथ क्या गलत हो गया। वे शायद यह सोच रहे थे कि मेरा कुछ सामान खो गया है। जिंदगी में पहली बार शब्द मेरी भावनाओं को व्यक्त करने में विफल रहे।

लेकिन मेरे पिता एकदम समझ गए कि मुझे कौन सी बात परेशान कर रही है। वह बोले, 'आँसू बरसों पुरानी समस्याओं को सुलझा नहीं सकते। हम सिर्फ उन्हें कम करने की कोशिश कर सकते हैं। तुम हर व्यक्ति की जिंदगी नहीं बदल सकतीं। अपनी जिंदगी में अगर तुम ऐसे दस लोगों की जिंदगी को भी पुनःस्थापित करो तो मैं खुद को गौरवान्वित पिता महसूस करूँगा। गौरवान्वित इसलिए कि मैंने ऐसी बेटी को जन्म दिया, जो दस बेसहारा महिलाओं का जीवन बदल सकती है।'

हर किसी को अपनी क्षमता और ताकत का ज्ञान होना चाहिए। अपनी ताकत से ज्यादा मुश्किल होता है अपनी कमजोरियों को पहचानना।

□

29

समझदार महिला

वह बारिश का दिन था और उस दिन हमारे एक राष्ट्रीय नेता की मृत्यु हो गई थी। उनके सम्मान में उस दिन स्कूल व कॉलेज बंद थे। मुझे आज तक यह समझ में नहीं आया कि जब किसी नेता की मौत होती है तो शैक्षणिक संस्थान क्यों बंद किए जाते हैं। कोई अधिक करीबी हो तो आँसू बहाकर अपनी संवेदनाएँ व्यक्त कर सकता है। शैक्षिक संस्थाएँ बंद करने का मतलब हुआ बच्चों को अनजानी गलियों में छोड़ना। वे फिल्म देखते हैं या बाजार जाते हैं या फिर कैंटीन में घंटों अपना समय बिताते हैं। साल के अंत में पाठ्यक्रम पूरा नहीं हो पाता है। ऐसे में पाठ्यक्रम पूरा कराने का दबाव शिक्षकों पर डाला जाता है। आखिरकार असर बच्चों पर पड़ता है।

नलिनी बंगलौर के एक कॉलेज में प्रोफेसर है। उसने इतिहास में डॉक्टरेट की डिग्री प्राप्त की है। वह एक अच्छी शिक्षक और बेहतरीन पत्नी है। मैं उससे काफी समय से मिल नहीं पाई थी, इसलिए मैंने एक दिन उससे मिलने का निश्चय किया। उसका इकलौता बेटा स्कूल से लौटा था। वह उसके लिए कुछ खास व्यंजन पका रही थी। उसका बेटा बारहवीं कक्षा की परीक्षा की तैयारी कर रहा था और उसका पति सतीश काम के सिलसिले में बाहर गया हुआ था। सतीश एक बहुराष्ट्रीय कंपनी में इंजीनियर था। इसलिए हमारे पास बात करने के लिए काफी समय था।

'नलिनी, बहुत दिनों से तुमसे भेंट नहीं हो पाई। बताओ, जिंदगी में क्या नया चल रहा है?'

'कुछ नहीं। समीर बारहवीं में पढ़ रहा है, इसलिए व्यस्त हूँ।'

'छोड़ो नलिनी! तुम तो परीक्षा नहीं दे रही हो। तुम सिर्फ घर पर उसकी मदद कर सकती हो, लेकिन इसका मतलब यह नहीं कि खुद को दुनिया से बिलकुल

अलग ही कर लो।'

किंतु नलिनी पर इसका प्रभाव नहीं पड़ रहा था। वह परेशान और चिंतित थी।

'नलिनी, क्या कोई समस्या है? क्या तुम्हारे घर का निर्माण-कार्य पूरा हो चुका है?'

'सतीश उसका काम देख रहा है।'

'तुम नई गाड़ी खरीदने की बात सोच रही थीं। क्या हुआ?'

'हाँ, सतीश कार की बजाय स्कूटर खरीदना चाहते हैं।'

मुझे एहसास हुआ कि सभी फैसले सतीश के ही थे।

'नलिनी, क्या तुम्हारी राय की कोई कीमत नहीं है?'

'सतीश हर बात में मुझसे बेहतर है। वह बाहर की दुनिया को जानता है। उसके कई जानकार हैं। इसलिए उसके फैसले हमेशा सही होंगे।'

मैं उसके जवाब से हैरान थी। आमतौर पर पढ़ी-लिखी, कामकाजी महिलाएँ ज्यादा आत्मविश्वासी, स्वतंत्र और अपने फैसले स्वयं लेना पसंद करती हैं।

अगले दिन मैं बस से गाँव जा रही थी। उस दिन इत्तफाक से बस ज्यादा भरी हुई नहीं थी। एक ग्रामीण महिला येलअम्मा भी मेरे साथ बस में चढ़ी थी। मैं उसे जानती थी। जब भी मैं उसके गाँव जाती थी, वह मेरे लिए ताजा सब्जियाँ लाती। उसने मुझसे कभी सब्जियों के पैसे नहीं लिये।

येलअम्मा पैंतीस वर्षीया तंदुरुस्त और हँसमुख महिला थी। उसके तेल लगे बाल चोटी में गुँथे हुए थे। उसके गले में मंगलसूत्र था। उसने कानों में सोने की भारी बालियाँ, नाक में बड़ी सी नथुनी और हाथों में दर्जन भर हरे रंग की चूड़ियाँ पहन रखी थीं। न कोई मेकअप और न बनावट। मनमोहक मुसकराहट ने उसके गेहुँए रंग को और चमका दिया था।

येलअम्मा और उसके पति का गाँव में छोटा सा बगीचा था। यही उनकी सबसे बड़ी पूँजी थी। अपनी जीविका के लिए वे मौसमी सब्जियाँ उगाते और बेचते।

वह बोली, 'अम्मा, आज मुझे अपने बगीचे में जल्दी पहुँचना है।'

मैंने पूछा, 'तुम इतनी जल्दी में क्यों हो? क्या तुम्हारा पति बगीचे में नहीं है?'

'हाँ, है, लेकिन फिर भी मेरा जाना जरूरी है। आज मुझे कई महत्त्वपूर्ण फैसले लेने हैं। मुझे उन बीजों को बोना है, जो अगले तीन महीने के लिए बेहतरीन हों।'

मैंने कहा, 'यह काम तो तुम्हारा पति रुद्रप्पा भी कर सकता है।'

‘नहीं, मुझे अपने फैसले खुद लेने हैं। रुद्रप्पा भी काफी अच्छा और अनुभवी है, लेकिन मुझे भी अपने विचार व्यक्त करने चाहिए; क्योंकि बारिश के दिनों में सभी तरह के बीज नहीं बोए जा सकते।’

मुझे उसका आत्मविश्वास अच्छा लगा।

‘शुरू में जब भी मैं अपनी राय देती, वे सब मुझपर हँसते थे। बाद में मुझे एहसास हुआ कि जब तक मैं हठधर्मी नहीं हो जाऊँगी, वे मुझे अपने फैसले लेने का मौका नहीं देंगे। बिना फैसला लिये मुझे अनुभव प्राप्त नहीं होगा। इसलिए मैंने बगीचे के एक कोने में सब्जी के बीज रोपने शुरू किए। इस जगह के बारे में न मेरे पति को पता था और न मेरी सास को। मैंने काम किया। पहले कुछ समय तक मुझे सफलता नहीं मिली। लेकिन मैंने हिम्मत नहीं हारी। तब मैंने सीखा कि कौन सी सब्जी किस मौसम में उगती है। आज वे मेरे विचारों का सम्मान करते हैं और मुझसे फैसला करने को कहते हैं। इस साल मैं गाजर और बंदगोभी उगाना चाहती हूँ। मुझे विश्वास है कि फसल अच्छी होगी और हमें उसकी अच्छी कीमत मिलेगी।’

शिक्षित और प्रशिक्षित न होने के बावजूद येलअम्मा नलिनी से कितनी अलग थी।

□

30

आई.टी. का विभाजन

जब कोई मित्र अस्वस्थ हो तो उसे जाकर देखना एक अच्छी बात होती है। यह उसके लिए कुछ देर के लिए बदलाव तो होगा ही, इससे उसे खुशी होगी और उसकी हालत में सुधार भी होगा। ऐसे मौके पर फल-फूल ले जाना भी अच्छा होता है। मेरी सहेली चित्रा तीन सप्ताह से बीमार थी; परंतु मुझे उसकी बीमारी की खबर बहुत बाद में लगी। एक दिन मैंने दफ्तर के बाद उससे मिलने की बात सोची। दोपहर के काफी बाद का समय था। मैं कुछ फल-फूल खरीदना चाहती थी। मैं एक ऐसी दुकान को जानती थी, जो उसके घर के रास्ते में पड़ती थी। सोचा कि वहीं से चीजें खरीद ली जाएँगी। गरमी की दुपहरी में मैं पसीने से तर-बतर थी। साड़ी का बुरा हाल था। क्योंकि मैं अपनी सहेली के पास जा रही थी, इसलिए फूल मुझे ही पसंद करने थे। मैंने बाजार में देखा कि आइसक्रीमवाले के यहाँ खूब भीड़ जमा थी। प्रसन्न और उत्साही बच्चों के साथ उनकी माताओं को चिंतित-सा देखा। छुट्टी का दिन होने के कारण बच्चे स्वच्छंदतापूर्वक उछल-कूद मचा रहे थे और अपनी माताओं की आज्ञाओं की अवहेलना जैसी कर रहे थे। मुझे याद आए वे दिन, जब मेरे बच्चे भी उसी तरह का व्यवहार करते थे। बचपन के वे दिन लद गए, किंतु उनकी यादें मन को गुदगुदा जाती हैं। अब मैं फूलों की दुकान पर खड़ी थी, जहाँ कुछ फल भी उपलब्ध थे। चमकीले, रंगीले, खुशबूदार फूल इतनी अच्छी तरह से सजाए गए थे कि उनसे नजरें हटाना कठिन था। खुशबूदार सफेद रजनीगंधा, चमकीले लाल गुलाब, अधखिली ग्लेजियोली और कई अन्य फूल। लगा कि अभी-अभी बगीचे से लाए गए हों, इस प्रकार उनके तने काटकर पानी में रखे गए थे। दूसरी ओर अच्छे तरीके से सजाए गए फल—आम, अंगूर, अहमदाबाद के अमरूद और नागपुर के

संतरे। वे सब इतने लुभावने थे कि समझ नहीं पा रही थी कि क्या लूँ और क्या न लूँ। मैंने दुकानदार से पूछा कि गुलाबी रंग के गुलाब कैसे दे रहे हो। वे अधखिले तथा बहुत ही खूबसूरत लग रहे थे। उसने सुना, पर उत्तर नहीं दिया। मैंने दुबारा पूछा। तब उसने टालते हुए जवाब दिया, 'एक फूल साढ़े तीन रुपए का है। चूँकि गुच्छे में बीस फूल हैं, इसलिए सत्तर रुपए का पूरा गुच्छा है।' मैं चकित रह गई। मैं अनजान सी लग रही थी और बाजार के रेट से अनभिज्ञ। मैंने सोचा कि बहुत महँगाई हो गई है। इसलिए आम के भी भाव पूछ लें तो अच्छा होगा। मैंने रत्नागिरी के अलफांसों की ओर इशारा किया और एक दर्जन का भाव पूछा। झुँझलाया हुआ फलवाला बोला, 'एक सौ पचास रुपए दर्जन।' तब वह यह सोचकर तमिल में बुदबुदाया कि तमिल मुझे समझ में ही नहीं आएगी। अपने साथी से बोला, 'इन लोगों से खरीदा तो कुछ जाता नहीं। बस, चले आते हैं बाजार में। ये केवल सीढ़ी से लेनेवाले होते हैं। इन्हें उत्तर देते-देते हम थक जाते हैं। जिन्हें लेना होता है, वे कीमत ही नहीं पूछते।'

तब तक रमेश ने अपनी खरीदारी कर ली थी। वह फूलों की दुकान पर पहुँचा। चुस्त व हर समय सलीकेदार कपड़ों में वह एक कंपनी लोगो की टी शर्ट और दफ्तर का पहचान-पत्र गले में लटकाए हुए था। उसने गुलाब व आम के दाम पूछे। उसकी ओर या शायद उसके टी शर्ट की ओर देखकर उसने उत्तर दिया, 'सौ रुपए का फूलों का गुच्छा, पाँच रुपए प्रति फूल के हिसाब से। सही कीमत एक सौ पचास रुपए हैं, मगर आपको सौ रुपए में दे दूँगा। आम देखें, दो सौ रुपए लगेंगे।'

रमेश ने कुछ नहीं कहा, मगर मैं चुप न रह सकी। मैंने कहा, 'इतनी कीमत कैसे माँगते हो? दो मिनट पहले तो तुमने मुझे इन चीजों के दाम सत्तर और एक सौ पचास रुपए बताए थे। अब तुमने कीमत बढ़ा दी है। ऐसा कैसे हो सकता है?'

दुकानदार गुस्सा हो गया, 'जब तुम खरीद नहीं सकती हो तो चुप रहो। यह आदमी एक बड़ी कंपनी में काम कर रहा है। देखती नहीं हो इसकी कंपनी टी शर्ट। यह सॉफ्टवेयर कंपनी का कर्मचारी है। आप जैसे ग्राहक तो हमारे लिए सिरदर्द पैदा करते हैं।'

रमेश कुछ कहने वाला ही था कि मैंने उसे रोक दिया। मेरे लिए यह सोचने का विषय था। मैंने संपत्ति के दलाल, शादी करानेवाले, मूर्ति-विक्रेता और नौकरी देनेवाले आदि के बारे में तो सुना था; किंतु यह तो उससे भी अधिक बड़ी बात थी।

'क्या यह सच है कि सॉफ्टवेयर में काम करनेवाले लोग सामान और लोगों से अधिक कीमत देकर खरीदते हैं?' मैंने पूछा।

‘जैसे ही कोई सॉफ्टवेयर कंपनी में नौकरी पाता है, उसके लिए दहेज के दो लाख रुपए बढ़ जाते हैं। आखिर वे कमाते भी तो उतना ही हैं। तो क्या हुआ, तभी कीमत पचास रुपए बढ़ा देता हूँ।’ उसने उत्तर दिया।

वापस कार में आकर मैंने आई.टी. और नॉन आई.टी. कर्मचारियों के दैनिक जीवन संबंधी नियमावली में इसका उल्लेख कर दिया।

□

31

जहाँ चाह वहाँ...

हाल ही में मुझे एक प्रेक्षागृह के उद्‌घाटन के लिए आमंत्रित किया गया था। यद्यपि कार्यक्रम उतना बड़ा नहीं था, किंतु सुनियोजित था। उद्‌घाटन के पश्चात् मुझे वह स्थान पूरी तरह दिखाया गया। मुझे आश्चर्य हुआ कि उसमें एक इंच जगह भी खाली नहीं थी। पूरी दीवारें ग्रेनाइट पत्थरों से सजाई गई थीं और हर पत्थर पर दानियों के नाम अंकित थे। छाया चित्रों की पूरी शृंखलाएँ दीवार पर प्रकाशित की गई थीं। मुझे वह सब कुछ अजीब सा लगा। संगठनकर्ताओं ने मेरी भावनाएँ समझी होंगी। इसलिए कहा, 'मैडम, हमने दानियों से इस काम के लिए सहायता माँगी थी तो बहुत कम लोग आगे आए। तब हमने सोचा कि विज्ञापन दें कि एक हजार रुपए से अधिक देनेवाले सज्जनों के नाम ग्रेनाइट पत्थर पर अंकित कर दीवार पर लगाए जाएँगे और पाँच हजार रुपए से अधिक देने वालों के छायाचित्र भी दीवार पर सजाए जाएँगे।'

'और यदि कोई दस हजार रुपए से अधिक देगा तो?' मैंने जिज्ञासा प्रकट की।

'उनके नाम अलग से संगमरमर पर खुदवाए जाएँगे और प्रवेशद्वार पर लगाए जाएँगे।' उसने उत्तर दिया, 'जैसा सोचा था, हमने काफी रुपए इस योजना के लिए एकत्रित किए। कुछ अजीब किस्म के दानी भी मिले, जिन्होंने एक हजार रुपए चार बार दिए, ताकि चार जगहों पर उनके नाम अंकित हों। हाँ, यह स्मरणार्थ महत्त्वपूर्ण बात है कि जिस व्यक्ति ने अपनी मेहनत की कमाई दान दी है।'

मेरे मस्तिष्क में एक महान् व्यक्ति का चित्र उभरा, जो अपने समय से काफी आगे था—मरिअप्पा, बंगलौर का एक धनी व्यापारी। उसने सन् 1914 में कुछ सामाजिक कार्य करना चाहा। यद्यपि वह पढ़ा-लिखा नहीं था, वह गरीब छात्रों की

बहुत सहायता करता था। उन्हें अपने घर पर भोजन कराता था और विद्यालय में उनकी फीस भरता था। उसकी मृत्यु 12 मार्च, 1914 को हुई थी। मृत्यु से केवल आठ दिन पूर्व उसने अपनी वसीयत लिखी थी। उसमें अपनी पत्नी के लिए उसने साठ रुपए मासिक पेंशन लिख दी। उनकी कोई संतान नहीं थी। उसने शहर के चार मंदिरों में तेल व पूजा के लिए प्रबंध किया था। उसके बाद उसने निश्चय किया और पैंतालीस जरूरतमंद, पंद्रह नागरथ लिंगायत, पंद्रह ब्राह्मण व पंद्रह अन्य जाति के छात्रों के लिए नि:शुल्क छात्रावासों की व्यवस्था बंगलौर में की थी। मरिअप्पा को संभवत: अपनी अद्भुत वसीयत के लिए विभिन्न प्रकार का विरोध झेलना पड़ा होगा। उसके जीवन के विषय में ज्यादा कुछ मालूम नहीं है।

शायद महान् मानवशास्त्री अंतर्मुखी और लज्जाशील होते होंगे, जो अपने विषय में अधिक जानकारी नहीं देना चाहते, अपना प्रचार नहीं कराना चाहते। उनके विचारानुसार, दान के संबंध में दाहिने हाथ की बात बाएँ हाथ को भी मालूम नहीं होनी चाहिए। एक सुंदर कहावत है—'मनुष्य धन कमाता है, किंतु यदि उसे सही रास्ते पर दान नहीं करता तो गलत रास्ते निकल जाएगा।' मरिअप्पा की संपत्ति को निपटाने में लगभग सात वर्ष लगे, जिसमें 1.45 लाख राशि मिली, जो उन दिनों एक बहुत बड़ी रकम थी। आधे पैसे जमीन लेने और छात्रावास बनाने में खर्च हुए तथा शेष संचित निधि के रूप में मैसूर बैंक में जमा किए गए। हाल ही में मैं वी.के. मरिअप्पा की छात्रावास की तीसवीं वर्षगाँठ तथा संस्थापक की एक सौ बीसवीं वर्षगाँठ पर वहाँ गई। इस महान् मानवशास्त्री ने अनेक प्रसिद्ध व्यक्तियों को इसी छात्रावास में तैयार किया, जो अपने-अपने क्षेत्रों में प्रसिद्ध हुए। शायद इस छात्रावास की सुविधा के अभाव में उन्हें अपनी शिक्षा पूरी करने में कई कठिनाइयों से जूझना पड़ता। कृतज्ञता-ज्ञापन हमारी संस्कृति का एक सुंदर लक्षण है, जिसे किसी विश्वविद्यालय में नहीं पढ़ाया जाता या किसी पुस्तक में लिखा नहीं मिलता। उसे बच्चों में छोटी अवस्था से ही उसके बड़ों व अध्यापकों द्वारा डाला जाना चाहिए। क्या मरिअप्पा का कार्य ऐसा नहीं है ? आज हमारे देश में ऐसे अनेक व्यक्तियों की आवश्यकता है।

□

32

आत्मविश्वास का अभाव

चारु मेरी उन छात्राओं में एक थी, जो पढ़ाई में बहुत अच्छी थी। उसे बैंक में नौकरी मिल गई। इसी दौरान उसने एक इंजीनियर से शादी की और दोनों सुखपूर्वक अपना जीवन बिताने लगे। मैं उससे कभी-कभी मिलती। शुरू में तो वह बहुत खुश और प्रफुल्लित दिखी; लेकिन जैसे-जैसे दिन बीतते गए, ऐसा लगा कि वह कोई भारी बोझ ढो रही हो।

एक सुबह चारु मेरे दफ्तर में आई। उसे देखकर मुझे आश्चर्य हुआ, क्योंकि वह मुझसे मिलने कभी सुबह नहीं आई। मुझे देखते ही वह रोने लगी। मुझे विश्वास हो गया कि उसके साथ जरूर कुछ गलत हुआ है।

उसने मुझसे कहा, 'मैडम, मैंने सोचा था कि मैंने प्रेम विवाह किया है, इसलिए मैं अपने पति के साथ खुश रहूँगी; लेकिन ऐसा हुआ नहीं।'

कुछ दिन तो चारु को बहुत प्यार और सम्मान मिला, लेकिन बाद में उसके पति और सास ने उसे परेशान करना शुरू कर दिया। नौकरी के साथ-साथ उसपर घरेलू कामों का भी बोझ डाला गया। उसे अपनी सारी तनख्वाह अपने पति को देनी पड़ती। जब भी उसे पैसों की जरूरत होती, चाहे वे दस रुपए ही क्यों न हों, उसे अपने पति के आगे हाथ फैलाने पड़ते।

चारु ने आगे कहा, 'चूँकि हमारी शादी मेरी सास की इच्छा के विरुद्ध हुई थी, इसलिए मैं जो भी करती, वह उसमें गलती निकालतीं। मेरे पति सुरेश भी हमेशा माँ का बेटा बने रहते हैं, मेरे पति नहीं। वह जैसा कहते, मैं वैसा करके उनका दिल जीतने की कोशिश करती; लेकिन वह हमेशा नाराज ही रहते।'

हमारे देश में लाखों ऐसी चारु होंगी, जो पढ़ी-लिखी और अच्छी नौकरी

करती होंगी। उनकी शादी हुई नहीं कि वे पूरी जिंदगी किसी-न-किसी समस्या से जूझती रहती हैं।

अगर शिक्षा प्रदान करने से महिला को अधिकार प्राप्त हो जाते हैं तो फिर क्यों इतनी सारी महिलाएँ आज भी दु:खी हैं ? अगर आर्थिक स्वतंत्रता ही सही मायने में 'स्वतंत्रता' कहलाती है तो फिर वे इतना उत्पीड़न क्यों सह रही हैं ? यह सवाल अकसर मुझे उलझन में डाल देता है। आखिर क्या है, जो महिला को आत्मविश्वासी बनाता है ?

ये सभी महिलाएँ हर तरह से सक्षम हैं। अगर ऐसी महिलाएँ कष्ट सहती और रोती हैं तो उन ग्रामीण कन्याओं का क्या होगा, जो अनपढ़ हैं और आर्थिक रूप से भी पुरुष पर निर्भर हैं। वे अपने जीवन के किसी भी पहलू पर बात नहीं कर सकतीं—चाहे वह कपड़े खरीदने का मामला हो या पति चुनने का। उनके उत्पीड़न की सीमा क्या हो सकती है ?

एक शिक्षक के रूप में मुझे लगता है कि किताबी ज्ञान के अलावा बच्चों को जीवन के आधारभूत नियमों की जानकारी भी अवश्य होनी चाहिए। कई बार मेरी छात्राएँ शादी, पैसे और कैरियर के बारे में बात करती हैं। मैं हमेशा उन्हें आत्मनिर्भर बनने के लिए प्रेरित करती हूँ। यह जरूरी है, खासतौर पर हमारे देश की लड़कियों के लिए कि वे स्वावलंबी बनें। आखिरकार शादी करके बच्चे पैदा करना ही उनका अंतिम लक्ष्य नहीं होता। इसमें कोई शक नहीं कि शिक्षा आपको एक अच्छी नौकरी दे सकती है; लेकिन इससे भी ज्यादा जरूरी है कि आप जीवन की सच्चाइयों का सामना करना सीखें और समाज को समझें।

चारु को भी अपनी समस्याओं के विषय में अपने पति और सास से खुलकर बात करनी चाहिए थी, उसे अपने अधिकारों के लिए लड़ना चाहिए था; लेकिन वह हमेशा दब्बू बनी रही और उन्हें खुश करने में लगी रही।

अगर आप सभी को खुश करने की कोशिश करेंगे तो किसी को खुश नहीं कर पाएँगे। दूसरों की खुशी के लिए अपनी जिंदगी जीना नामुमकिन है। किसी भी अटूट रिश्ते में अपने सारे पत्ते खुले रखने में ही समझदारी है। कहने का मतलब यह है कि दूसरे को यह पता होना चाहिए कि आप खुद को कितना बदल सकते हैं और कितना नहीं।

हाल ही में मुझे दिल्ली में आयोजित एक समारोह में आमंत्रित किया गया था। समारोह का विषय था—'महिलाओं के अधिकार'। इस अवसर पर कुछ पुरस्कार भी दिए जाने थे। मुख्य वक्ताओं में सुप्रसिद्ध महिला पुलिस अधिकारी किरण बेदी

भी एक थीं।

मेरे मन में किरण बेदी के प्रति विशेष सम्मान है, क्योंकि वह नारी की आंतरिक ताकत की प्रतीक हैं। यह आत्मविश्वास उनके चेहरे पर भी झलकता है। वह कभी अपना भाषण तैयार नहीं करतीं। जो भी कहती हैं, सीधे दिल से कहती हैं। उन्होंने पूरे जोश के साथ हमें एक किस्सा सुनाया।

एम.बी.ए. कर रही एक छात्रा अपने सहयोगी से प्यार कर बैठी। वह उससे शादी करने के लिए अपने घर से भाग गई। गले में मंगलसूत्र के अलावा उसकी शादी का कोई सबूत नहीं था। न कोई रजिस्ट्रेशन, न कोई फोटो। कुछ दिन साथ रहने के बाद लड़के ने उसे छोड़ दिया। तब वह मदद के लिए इधर-उधर भागती रही।

लड़की पर लापरवाह होने और लड़के को खोजने जैसे सवाल किरण के लिए गौण थे। उसका मुख्य सवाल था कि आखिर उस लड़की ने किस तरह की शिक्षा प्राप्त की? स्कूल-कॉलेजों में जितने भी साल उसने बिताए, क्या वह सब निरर्थक रहा? एक लड़की, जो शिक्षित है, खुद अपनी जीविका चला सकती है, आज मदद के लिए दर-दर भटक रही है। किरण ने कहा कि इस बात को दरकिनार नहीं किया जा सकता।

शिक्षा का मतलब सिर्फ अच्छे अंक प्राप्त करना या सर्टिफिकेट पाना नहीं है। जीवन एक परीक्षा है, जिसका पाठ्यक्रम किसी को नहीं मालूम और न इसका कोई प्रश्नपत्र निश्चित है। न ही इनकी कोई मॉडल उत्तर पुस्तिकाएँ हैं। यहाँ कई तरह के प्रश्न हैं, जो किसी भी दिशा से आ सकते हैं; लेकिन आप भाग नहीं सकते। शिक्षा और आर्थिक स्वतंत्रता मुश्किलों का सामना करने के लिए मात्र साधन हैं। हर व्यक्ति को चाहिए कि वह जीवन भर आत्मविश्वास जगाए रखे।

आप स्वयं ही अपने परम मित्र हैं और स्वयं ही अपने शत्रु। सही है या नहीं?

□

33

ईर्ष्या की कीमत

जीवन अद्‌भुत है। यह कई तरह के लोगों का मिश्रण है। मैंने कुछ ऐसे लोग भी देखे हैं, जो हमेशा दूसरों के बारे में नकारात्मक सोचते हैं और बुरा कहते हैं। ऐसा नहीं है कि मैं उन लोगों के खिलाफ हूँ जो नकारात्मक प्रतिक्रिया देते हैं; लेकिन इस तरह की प्रतिक्रिया को रचनात्मक होना चाहिए, जो दूसरे को सुधारने में मदद करे। दुर्भाग्यवश लोग भावशून्य होकर ऐसी आलोचना करते हैं, जो कड़वी लगती है।

हाल ही में एक समाजसेवक को 'पद्‌मश्री' अवार्ड मिला। वह दूसरों की सेवा निस्स्वार्थ एवं समर्पित भाव से करते हैं। वाकई वह इस पुरस्कार के हकदार हैं; लेकिन उनके विषय में जो प्रतिक्रिया मेरी सहेली पार्वती ने की, वह दुर्भाग्यपूर्ण था।

'अरे! वह तो अमीर आदमी है। उसने जरूर यह पुरस्कार पाने के लिए रुपए खर्च किए होंगे। इसके अलावा वह अपने पैसों से क्या कर सकता है? वह कुछ पैसे दान करता है और उसे 'पद्‌मश्री' से नवाजा जाता है। अगर मेरे पास भी उतना धन होता तो मैं बहुत पहले ही 'पद्‌मश्री' पा चुकी होती। इसमें कोई बड़ी बात नहीं है। क्या कोई याद कर सकता है कि पिछले साल 'पद्‌मश्री' किसे मिला था? हर साल सैकड़ों लोगों को यह मिलता है। इस साल उसे मिल गया।' पार्वती बहुत कठोर होकर यह सब कह रही थी।

मैं पार्वती को कई सालों से जानती हूँ। वह हमेशा दूसरों की कामयाबी से दु:खी होती है। उसे लगता है कि अन्य लोग इसके काबिल नहीं हैं। वह सिर्फ अपने बारे में सोचती है। वह इतनी भावशून्य है कि उसे इस बात से कोई फर्क नहीं पड़ता कि दूसरे उसके बारे में क्या सोचते हैं।

मेरी दूसरी सहेली का बेटा मनीष स्नातक की परीक्षा में प्रथम आया। स्वाभाविक

है कि इस कामयाबी पर उसकी माँ उत्साहित होगी। उसने एक पार्टी दी।

पार्टी में निराश पार्वती मुझे एक किनारे पर ले गई और कहा, 'मेरी बेटी माला की तुलना में मनीष कोई बेहतर छात्र नहीं है। जरूर पेपर में नंबर देते समय गलती हुई होगी। बतौर अध्यापक आप इस बारे में क्या सोचती हैं ?'

'आप गलत हैं। मनीष और माला दोनों अच्छे हैं। गणना में भी कोई गलती नहीं हुई है। उसने जरूर ज्यादा मेहनत की होगी, इसलिए उसे ज्यादा अच्छे अंक प्राप्त हुए हैं।'

पार्वती को लगा कि मैंने उसका पक्ष नहीं लिया।

जब भी कोई व्यक्ति कुछ हासिल करता, पार्वती की पहली प्रतिक्रिया नकारात्मक ही होती। कारण था जलन। हाल ही में वह मुझे एक बाजार में मिली।

'तुम्हारा लेखक कौन है ?' उसने पूछा।

उसके सवाल से मुझे धक्का लगा। 'भला मेरे लिए कोई और क्यों लिखेगा ? मैं खुद लिख सकती हूँ।'

'नहीं, तुम्हें तो मुश्किल से समय मिलता है, इसलिए मैंने सोचा कि तुमने कोई लेखक किराए पर लिया हो, जैसे बावर्ची किराए पर रखा है।'

मुझे उसपर बहुत गुस्सा आया। वह ऐसी बात कैसे कर सकती है ? कोई भी आदमी ऐसा कैसे सोच सकता है ? इस बात की फिक्र किए बिना कि मुझे उसकी बातें बुरी लग रही हैं, वह जाते-जाते भी कह गई, 'अकसर लोग ऐसा करते हैं, इसलिए मैंने तुमसे पूछ लिया।'

पार्वती उदाहरण है ऐसे लोगों की, जो शिक्षित होते हुए भी दूसरों पर कटाक्ष ही करते हैं। उनकी सारी समझदारी औरों की आलोचना करने में बीत जाती है। वह हमेशा सोचते हैं कि हर जगह धाँधली ही हो रही है। हम जिंदगी में कई ख्वाब देखते हैं, लेकिन जरूरी नहीं कि हमारे सारे ख्वाब पूरे होंगे। सफलता सिर्फ मेहनत ही नहीं, कई चीजों पर निर्भर करती है। आपको जरूरत होती है सही मौके, सही दोस्त और सही समय की। हो सकता है कि कुछ हिस्सा किस्मत का भी हो।

व्यक्ति को अपने काम पर विश्वास करना चाहिए। इसके लिए उसे कड़ी मेहनत करनी चाहिए। कई बार ऐसा होता है कि आदमी जितनी मेहनत करता है, उतना उसे नहीं मिलता, लेकिन इसका मतलब यह नहीं हुआ कि वह सफल लोगों से कम है। अगर मैं अपने ख्वाब को समझने में असमर्थ हूँ और कोई दूसरा इसे समझकर पूरा कर लेता है तो अपने लिए उदास होने से बेहतर है कि मैं दूसरे के लिए खुशी महसूस करूँ।

सबसे बेहतर संस्कृति वही है, जहाँ हम एक-दूसरे की सफलता पर खुश होते हैं। हमें सकारात्मक सोच ही रखनी चाहिए। ईर्ष्या-भाव रखने की बजाय हमें दूसरे की सफलताओं की प्रशंसा करनी चाहिए।

आज पार्वती को कोई पसंद नहीं करता। उसका कोई दोस्त है। उसे लगता है कि अच्छी बातें सिर्फ उसके साथ हों। सिर्फ वही दुनिया में सबकुछ अच्छा पाने की हकदार है। उसका संसार सिर्फ अपने परिवार तक ही सीमित है। बाकी उसके लिए कुछ मायने नहीं रखता।

ऐसे लोग जीवन में क्या पाते हैं ? न अच्छी दोस्ती, न प्यार, न अपनापन। क्या इस तरह की ईर्ष्या के साथ जीवन जीना सार्थक है ?

ईर्ष्या-भाव ने ही हमारे देश के इतिहास को मिटा दिया है। कई शासकों ने ईर्ष्यावश ही अपने दुश्मनों को दरबार में बुलाकर मार डाला है। बाद में उनका साम्राज्य नष्ट हो गया। विदेशियों ने हमारी इस द्वेष-भावना का फायदा उठाया। हम सिर्फ इतिहास पढ़ते हैं, लेकिन उससे कभी कुछ सीखते नहीं। यही कारण है कि इतिहास खुद को दोहराता है।

□

34

महिलाओं का सच

जब भारत में महिलाओं को मतदान का अधिकार दिया गया, तब लोगों ने इसे समानता और स्वतंत्रता की निशानी समझा; लेकिन वास्तव में उनकी सामाजिक स्थिति इतनी अच्छी नहीं है। यही कारण है कि हम कई विवाहितों के जलने, कन्या शिशु की हत्या और महिलाओं पर होनेवाले अन्य अत्याचार बढ़ते देख रहे हैं। हमारे महाकाव्यों में भी महिलाओं का सम्मान हुआ है। कहा जाता है, 'जहाँ स्त्रियों का सम्मान होता है वहीं देवता वास करते हैं।'

लेकिन वास्तविक जीवन में यह बिलकुल अलग है।

हाल ही में मैं महिलाओं के मुद्दे पर आयोजित एक सेमिनार में गई थी। बातचीत के दौरान वहाँ कई मनोरंजक बातें कही गईं। यह उन देशों की सूची थी, जहाँ महिलाओं को सामाजिक, आर्थिक और राजनीतिक स्वतंत्रता प्राप्त थी। जिस देश की महिलाएँ सबसे अधिक स्वतंत्र थीं, उनका नाम सूची में ऊपर था। वहीं जो देश इस क्षेत्र में पिछड़े हुए थे, उनका नाम नीचे था। मैंने अनुमान लगाया कि भारत का नाम मध्य में होगा, लेकिन दुर्भाग्य, भारत का नाम अंत में था। यह मेरे लिए किसी कटु आश्चर्य से कम नहीं था।

पहले तीन देशों का नाम जानने के लिए मैं उत्सुक थी। मुझे उम्मीद थी कि इंग्लैंड या अमेरिका का नाम सबसे ऊपर होगा, लेकिन मैं फिर गलत थी। पहले तीन देश थे—स्वीडन, नॉर्वे और डेनमार्क। सेमिनार में उपस्थित ज्यादातर लोग यह जानकर अचंभित रह गए। हम सभी आश्चर्यचकित थे कि यूरोप के कोने में बसे ये छोटे देश अपने यहाँ की महिलाओं का सबसे ज्यादा सम्मान करते हैं।

स्वीडन के राजसी परिवार में यह व्यवस्था है कि परिवार का पहला बच्चा,

चाहे वह किसी भी लिंग का हो, ही उत्तराधिकारी होता है। यह आज भी सच है। नॉर्वे भी जल्द यह व्यवस्था अपनाएगा। इन देशों में महिलाओं के साथ कोई पक्षपात नहीं कर सकता। वहाँ पक्षपात एक अपराध है।

एक बार स्टॉकहॉम की यात्रा के दौरान मुझे रात होटल पहुँचने में देर हो गई। चूँकि मैं होटल से दूर थी, इसलिए टैक्सी लेनी थी। टैक्सी से होटल तक का किराया था चालीस क्रोन; लेकिन आधी रात होने के कारण मुझे लगा कि वह दुगुना किराया लेगा। इसलिए मैंने उसे सौ क्रोन दिया और बाकी पैसों की वापसी का इंतजार करने लगी। किंतु आश्चर्य! उसने मुझे अस्सी क्रोन वापस किए।

मैंने उससे इसका कारण पूछा तो वह बोला, 'चूँकि देर रात सफर करनेवाली आप महिला हैं, इसलिए हम आधा किराया ही लेंगे।'

मैं उससे प्रभावित हुए बिना नहीं रही। अपने देश में तो मैं रात होने के बाद यात्रा करने की सोच भी नहीं सकती। अगर यात्रा करनी भी पड़ती तो वह कई गुना किराया ले लेते।

हम मंत्र पर लगातार बातें करते रहे। हम देवियों की पूजा करते हैं। हम इस बात पर गर्व महसूस करते हैं कि हमारे संविधान में महिलाओं और पुरुषों को समान अधिकार प्राप्त हैं। भगवान् शिव का अर्द्धनारीश्वर रूप भी इसी समानता को दरशाता है। हमारे वेदों और इतिहास में भी असाधारण महिलाओं का उल्लेख है; लेकिन क्या वाकई हमारे यहाँ महिलाएँ खुद को सुरक्षित महसूस करती हैं? क्या वे वाकई स्वतंत्र हैं? क्या उन्हें समाज में समान अधिकार प्राप्त हैं? हो सकता है कि कुछ को यह सम्मान मिलता हो।

महिलाओं की पहचान अकसर परिवार के पुरुषों से उनके संबंधों से होती है, जैसे—बेटी, पत्नी या माँ के रूप में। ज्यादातर भारतीय महिलाओं को निजी मामलों में भी बोलने का अधिकार नहीं होता। उनके काम को न कोई पुरस्कृत करता है और न लोग उनकी कार्यक्षमता की तारीफ करते हैं। उन्हें पुरुष-प्रधान समाज में ही जीना पड़ता है। यह विडंबना ही तो है कि अकसर महिलाएँ ही महिलाओं की दुश्मन होती हैं; लेकिन यह गर्व की बात है कि भारतीय महिलाओं ने ऐसे माहौल में जीना सीख लिया है—वह भी खुशी से।

इसके ठीक विपरीत तीन स्केनडिनेवियन देशों में महिलाओं का ज्यादा सम्मान होता है। हम सिर्फ बातें करते हैं, जबकि उन्होंने इसे अपने जीवन में उतारा है। 'जहाँ महिलाएँ खुश रहती हैं वहीं देवी का वास होता है।'—यह कहावत ऐसे ही स्थानों पर सही साबित होता है। □

35

सम्मानपूर्वक जीवन

हर चमकती चीज सोना नहीं होती, सबकुछ जो सफेद है वह दूध नहीं होता, केसरिया रंग का चोला पहननेवाला हर व्यक्ति साधु-संत नहीं होता—हमारे पूर्वजों की ये बातें आज भी प्रासंगिक हैं, खासतौर पर अंतिम।

हम कई लोगों को केसरिया रंग के कपड़े पहने देखते हैं, लेकिन सभी सही मायने में संन्यासी नहीं होते। संन्यासी वह होता है, जो अपने शिष्यों को सही राह दिखाता है।

हाल ही में निस्सहाय महिलाओं के एक आश्रम के उद्घाटन समारोह में मैं मैसूर गई थी। वहाँ ज्यादातर वे महिलाएँ रहती थीं, जिन्होंने ससुराल पक्ष या शराबी पति की प्रताड़ना झेली थी। सामाजिक और आर्थिक परिस्थितियों के कारण माता-पिता भी अपनी इन अभागी पुत्रियों की देखभाल करने में असमर्थ थे। यहाँ कई ऐसी लड़कियाँ भी थीं, जिन्होंने प्यार में धोखा खाया था। वे अपने प्रेमी के साथ घर से भाग आई थीं। प्रेमी ने हनीमून मनाकर उन्हें त्याग दिया था। ऐसी लड़कियाँ अपने माता-पिता के पास वापस जाने की हिम्मत भी नहीं कर पाती हैं।

ऐसी महिलाओं और लड़कियों का मनोवैज्ञानिक रूप से मजबूत होना जरूरी है, जिससे वे मुश्किलों का सामना साहस से करते हुए अपना जीवन जिएँ। हो सकता है कि अपनी जीविका भी चला सकें। कई लड़कियाँ तो इतनी बदनसीब होती हैं कि जाने-अनजाने वे वेश्यावृत्ति या गैर-कानूनी धंधों में लिप्त हो जाती हैं।

'सफलता के कई जनक होते हैं, लेकिन विफलता का एक भी नहीं'—यह कहावत सच है। हमें सिर्फ दुःखी महिलाएँ और उनके बच्चे दिखते हैं, जबकि उनकी परेशानियों का मुख्य कारण छुपा रहता है। यही वजह है कि पीड़िता को ही

पूर्णतया दोषी नहीं माना जा सकता। अधिकतर हालात ऐसे होते हैं, जो उन्हें मजदूरी की ओर धकेलते हैं। फिर भी हमें उनकी मदद करनी चाहिए। आखिरकार इनसान गलतियों का पुतला है।

जो लोग ऐसी महिलाओं के लिए कार्य करते हैं, उनका सम्मान करना या उन्हें पुरस्कृत करना अच्छा काम है; लेकिन ज्यादा जरूरी है ऐसे लोगों की मदद करना, जो सही रास्तों से भटक गए हैं। क्या हमारे पास ऐसा कोई तंत्र है ? मुश्किल से एक या दो संस्थाएँ ऐसी होंगी, जो ऐसे लोगों को आश्रय प्रदान करती हैं और उन्हें पुनः स्थापित करने का प्रयास करती हैं। ऐसी संस्थाओं में महिलाओं को आजीविका कमाने के तरीके सिखाए जाते हैं, जिससे वे सम्मानपूर्वक अपना जीवन जी सकें।

मैसूर में जो पहला आदमी इस तरह की संस्था खोले जाने के विचार के साथ आया, वह न तो राजनीतिक व्यक्ति था और न उसे प्रसिद्धि की चाह थी। वह थे सुत्तूर मठ के अध्यक्ष। उन्होंने करुणा के सही अर्थ को समझा। इसलिए उन्होंने दलित और निस्सहाय लोगों की मदद करने की जरूरत को समझा। वे अपने मठ की देखभाल और धार्मिक कर्तव्यों का निर्वाह करते हुए शांतिपूर्वक जीवन व्यतीत कर सकते थे, लेकिन उन्होंने कुछ अलग सोचा। उन्होंने अपने मठ की डेढ़ एकड़ जमीन (जिसकी कीमत लगभग एक करोड़ रुपए होगी) दान में दी। उन्होंने एक नेता के सच्चे स्वभाव और अनुकरणीय व्यवहार का परिचय दिया। मुख्य रूप से ध्यान देने योग्य बात यह है कि उन्होंने यह सब बिना किसी स्वार्थ के किया। हम जैसे आम इनसान को उनकी ओर पथ-प्रदर्शक के रूप में देखना चाहिए। पूर्वजों के शब्द 'आचार्य देवो भव' इस बात के प्रतीक हैं कि सम्मान के पदानुक्रम के आचार्य (गुरु) तीसरे से ही ईश्वर की प्राप्ति संभव है। सुत्तूर मठ के स्वामीजी के कार्यों ने इन शब्दों को कितना सार्थक कर दिखाया है।

□

36

स्तंभ लेखन

जब भी मैं स्तंभ लिखती हूँ तो मैं उसमें अपना इ-मेल पता अवश्य देती हूँ, ताकि पाठक उस लेख पर अपनी प्रतिक्रियाएँ मुझे भेज सकें। एक वाक्य अवश्य मैं जोड़ देती हूँ कि वे अपने विचार लेख तक ही सीमित रखें, अन्य किसी विषय पर नहीं। फिर भी मुझे बहुत इ-मेल मिलती हैं, जिसमें स्तंभ संबंधी विषय के अतिरिक्त लिखा होता है। कुछ टिप्पणियाँ अवश्य ही स्तंभ विशेष की प्रशंसा या व्यंग्यात्मक भावना लिये हुए होती हैं।

स्तंभ के 'अंतिम शब्द' मेरी व्यक्तिगत राय होती है और इसीलिए बहुत ही विषयगत होते हैं। उसमें मैं पाठक तक अपने मन की बात पहुँचाती हूँ। दहेज के कारण हुई यातनापूर्ण मृत्यु का बखान, भ्रष्टाचार के कारण या नैतिकता, ईमानदारी इत्यादि विषयों पर विवरणात्मक लेख लिखना बहुत सरल होता है। उपदेशात्मक व्याख्यान तो कोई भी कर सकता है।

किंतु अधिकतर पाठक मुझसे कुछ व्यक्तिगत अनुभव या मेरे आस-पड़ोस, जान-पहचानवाले दायरे में जो घटित हुआ हो उसपर व्यक्तिगत प्रतिक्रिया जानना चाहते हैं। एक अध्यापिका होने के नाते मैं समझती हूँ कि उदाहरण देकर या विश्लेषण के साथ तथ्यों को प्रस्तुत करने से लेख अधिक अच्छी तरह समझ में आता है, इसीलिए मैं जब भी लिखती हूँ तो अपने उस क्षेत्र संबंधी अनुभव भी साथ ही जोड़ती हूँ। हो सकता है, वह घटना मेरे ही घर में या मेरे परिचितों के साथ घटी हो; किंतु इससे यह उजागर करने का प्रयत्न नहीं होता कि मेरे बच्चे ने या मेरी मित्र ने क्या कहा। मैं तो केवल नित्य घटनेवाली उन्हीं घटनाओं के विषय में लिखती हूँ, जिन्हें पढ़कर पाठक अनुभव करें कि वे स्वयं उससे प्रभावित हैं। किंतु मुझे कई ऐसे

पाठक भी मिले हैं जो उसे समझ नहीं पाते या गलत समझते हैं। वे आलोचना एवं आघात पहुँचानेवाले विचार लिखकर इ-मेल भेजने में अपना समय नष्ट करते हैं।

जब मैंने 'अगली पीढ़ी के साथ सभी गलत नहीं हैं' लेख, जिसमें मैंने अपने बेटे के साथ हुई बातचीत लिखी थी, लिखा तो मुझे एक पत्र मिला। उस लेख से न मैं अपने पुत्र को गौरवान्वित करना चाहती थी, न स्वयं को। यह तो दो पीढ़ियों के बीच संवाद था—बेटा दूसरी पीढ़ी का और मैं पहली पीढ़ी का प्रतिनिधित्व कर रहे थे। मैं इस लेख को सामान्य तौर पर भी लिख सकती थी, जो मास्टर 'ए' तथा मास्टर 'बी' के बीच हुआ हो या फिर पीढ़ियों के बीच अंतर को लेकर सामान्य लेख लिखकर।

एक बार मैंने सामाजिक संवेदनाविहीन सोच पर लिखा था। मैं यह दरशाना चाहती थी कि हम किस कदर स्वयं की दुनिया में मगन हैं कि अपने आस-पास घटनेवाली घटनाओं से बिलकुल अप्रभावित होते हैं। हम कुछ जानने-समझने की आवश्यकता ही अनुभव नहीं करते। हमें अपने परिवार की चिंता अवश्य करनी चाहिए। इससे मुझे कतई इनकार नहीं है। परिवार बहुत महत्त्वपूर्ण होता है और किसी को परिवार की अवहेलना कर मानवीय गुणवान् नहीं होना चाहिए। मेरा सिर्फ यह कहना है कि दूसरों के विषय में भी सोचना चाहिए। मेरा मंतव्य उन्हें आर्थिक सहायता देने या पैसा देने में नहीं है। मैंने अपने अनुभव के आधार पर एक उदाहरण दिया था। किंतु मेरे कुछ पाठकों ने बुद्ध की प्रशंसा में लिखे मेरे लेख की कड़ी आलोचना की। मैंने अपने लेख में बुद्ध को एक संवेदनशील व्यक्ति द्वारा आत्मोत्सर्ग तथा महान् त्याग या बलिदान देनेवाला दरशाया था। हर व्यक्ति बुद्ध नहीं हो सकता; किंतु हम कुछ-न-कुछ सीख इन महान् व्यक्तियों से ले सकते हैं।

जब मेरे लेख का सकारात्मक भाव के साथ समापन होता है तो वे पाठकों में लोकप्रिय होते हैं; किंतु जब भी वे नकारात्मक दृष्टिकोण लिये होते हैं तो मुझे पत्र मिलते हैं कि 'आपसे ऐसी आशा नहीं की जा सकती थी' या 'आपको सदा अच्छी बातों को ही लिखना चाहिए'। यथार्थ जीवन में हर व्यक्ति सर्वगुण-संपन्न नहीं होता। कोई भी व्यक्ति जीवन के हर क्षेत्र में सफल नहीं होता। किसी की प्रणाली में नकारात्मक भाव का अभाव नहीं होता है। वास्तव में जीवन ऋण और धन, पाना और खोना, सुख व दुःख, ऊँच व नीच दोनों का सम्मिश्रण है। लेखक का कर्तव्य होता है कि वह यह स्पष्ट रूप से दरशाए कि नकारात्मक स्वर भी जीवन का एक अंग है, इसीलिए उसे स्वीकार करना चाहिए; किंतु अपनी सोच सदा सकारात्मक होनी चाहिए।

एक ही घटना को दो विभिन्न व्यक्ति दो भिन्न स्तर से देख सकते हैं। अपने लेख में मैं सदैव पूरी निष्ठा के साथ सार्वजनिक हित संबंधी विषयों पर ही अपने विचार रखती हूँ। मेरा उद्‌देश्य व्यक्तिगत हित या किसी वस्तु के विषय में बढ़ा-चढ़ाकर लिखने का नहीं होता। मैं तो घटना का स्वाभाविक रूप में वर्णन कर पाठक को उसके ऊपर अपने दृष्टिकोण को रख जीवन में घटनेवाले घटनाक्रम पर विचार करने के लिए छोड़ देती हूँ। पाठक से निष्पक्ष विचार प्राप्त कर अपने विचारों को रखने में मुझे पर्याप्त सहायता मिलती है, जिससे मैं अपने लेखों में सुधार करती रहती हूँ।

लेखन से धन नहीं कमाती। विख्यात होने के लिए भी मैं नहीं लिखती। मेरी उत्कंठा तो अपने अनुभवों को लोगों के साथ भागीदार बनाना होता है, जिससे जीवन में घटित होनेवाली अनेक समस्याओं को समझने में सहायता मिले। अकसर लोग ईर्ष्या व द्वेष के कारण भावना में बहकर कार्य कर देते हैं। इसका यह अर्थ नहीं कि वे दुष्ट हैं। यह भी मानवीय लक्षण है।

इसी कारण मेरा विश्वास है कि पाठक ही मेरे प्रेरणास्रोत हैं।

□

37

नोबेल पुरस्कार

हाल ही में मैंने शताब्दी के महान् विचार पर एक लेख लिखा—'अहिंसा की भावना, हमारे ही नेता महात्मा गांधी द्वारा विचारित' अहिंसा के आदर्श को माननेवाले तीन व्यक्तियों को नोबेल पुरस्कार दिया गया। वे हैं—मार्टिन लूथर किंग कनिष्ठ, नेल्सन मंडेला तथा म्याँमार की आंग सान सू की। मार्टिन लूथर किंग ने नॉर्वे के ऑस्लो नगर में नोबेल पुरस्कार प्राप्त करते समय महात्मा गांधी की प्रशंसा करते हुए घोषणा की कि वे हिंसावादी अमेरिका में अहिंसा का रास्ता अपनाएँगे। विडंबना है कि स्वयं महात्मा गांधी को कभी नोबेल शांति पुरस्कार से सम्मानित नहीं किया गया।

जब मैंने यह लेख लिखा तो एक पाठक ने व्यंग्यात्मक रूप से लिखा—'यह अच्छा हुआ कि महात्मा गांधी को नोबेल शांति पुरस्कार नहीं मिला, क्योंकि वह विस्फोटक राजा द्वारा स्थापित किया गया था।'

अल्फ्रेड नोबेल के विषय में यह कैसी गलत धारणा है। संभवत: वही सबसे पहला मानवशास्त्री था, जिसने सारे विश्व को अपने गाँव की तरह माना था। वह एक शताब्दी पूर्व का सच्चा अंतरराष्ट्रीय व्यक्ति था।

सन् 1896 में जब उसने अपनी वसीयत लिखी तब शायद उसने सोचा भी नहीं होगा कि मानवशास्त्र में वह एक नए विचार का सूत्रपात करने जा रहा है। इस पुरस्कार को पानेवाले अंतरराष्ट्रीय नागरिक हैं। संयोगवश पिछले एक सौ वर्षों में सात सौ नोबेल पुरस्कार प्रदान किए गए हैं। यद्यपि वसीयत सन् 1896 में लिखी गई थी, किंतु पहला पुरस्कार सन् 1901 में प्रदान किया गया था। इस शताब्दी में स्वीडन के बहुत कम लोगों को नोबेल पुरस्कार मिला है। नोबेल ने अपने जीवन

काल में कोई पुरस्कार नहीं दिया। किंतु जिन लोगों को यह पुरस्कार दिया गया वे सभी विश्व भर में आदर के पात्र हैं।

एक पाठक के प्रश्न ने मुझे यह लेख लिखने के लिए प्रेरित किया—'नोबेल के विषय में क्या महानता है ?'

नोबेल ने अपनी सारी संपत्ति, जो उन दिनों लगभग तीस लाख डॉलर की थी, दान में क्यों दे दी ? वह उस संपत्ति को अपने रिश्तेदारों या किसी धार्मिक संस्था या देशवासियों को दे सकता था। उसे साहित्य, शांति, भौतिकी, रासायनिक तथा ओषधि के लिए पुरस्कार स्थापना की क्या सूझी ? वह विस्फोटकों से भारी धन कमा सकता था; किंतु उससे यह नहीं माना जाना चाहिए कि वह युद्धप्रिय था।

रसोईघर में चाकू बहुत आवश्यक उपकरण है। किंतु वही चाकू अत्यंत घातक हो सकता है, जब उसे प्राणघातक रूप में प्रयोग किया जाए। यह इस बात पर निर्भर करता है कि शस्त्र किसके पास है। पश्चिमी यूरोप एवं अमेरिका नोबेल के कृतज्ञ हैं कि वह विस्फोटक पदार्थों का आविष्कारक था। विस्फोटकों के द्वारा ही पहाड़ों को काटकर रेलवे लाइनें बिछाई गईं। अब यदि कोई विस्फोटक का युद्ध के लिए प्रयोग करता है तो उसमें नोबेल का क्या दोष है!

लगता है, नोबेल प्रचार या ख्याति अर्जित करना नहीं चाहता था। नोबेल संग्रहालय में उसके बहुत ही कम चित्र हैं। उसे महान् उपलब्धियाँ प्राप्त हुईं। उसने जो भी किया, भलीभाँति किया, चाहे व्यवसाय हो या मानवशास्त्र संबंधी कार्य।

नोबेल एक व्यक्ति के रूप में शर्मीला व शांतिप्रिय था। यह उसकी वसीयत से स्पष्ट है। उसने साफ लिखा है—'मानव हित-साधना के लिए जो कुछ किया जा सके उसे सम्मान मिलना चाहिए और पुरस्कृत होना चाहिए, जिससे अपने उद्देश्यों की प्राप्ति में कर्ता को आर्थिक परेशानियाँ न हों।'

यह एक विचारणीय विषय है कि अभी तक कुछेक महिलाओं को ही नोबेल पुरस्कार से सम्मानित किया गया है, वह भी खासकर विज्ञान के क्षेत्र में। कारण कि बहुत कम देशों में महिला शिक्षा को प्रोत्साहन मिला है। अधिकतर अमेरिकी व यूरोपीय लोगों को ही नोबेल पुरस्कार मिले हैं। इसका कारण यह है कि विज्ञान में खोज करने के लिए आवश्यक ढाँचा इन्हीं देशों में उपलब्ध है।

यह आवश्यक नहीं कि प्रत्येक निर्धारित क्षेत्र में हर वर्ष पुरस्कार प्रदान ही किया जाए। यदि नोबेल समिति को कोई उपयुक्त व्यक्ति नहीं जँचता तो उस क्षेत्र विशेष के लिए पुरस्कार नहीं दिया जाता। जीन पॉल सार्ट्रे, एक प्रमुख फ्रांसीसी लेखक, ने नोबेल पुरस्कार लेने से इनकार कर दिया। मैडम क्यूरी को दो बार यह

पुरस्कार दिया गया। उसकी बेटी इरीन को यह पुरस्कार रासायनिक क्षेत्र में उपलब्धि के लिए दिया गया तथा दूसरी पुत्री इवा, जो यूनेस्को का प्रतिनिधित्व करती थी, को भी यह पुरस्कार दिया गया है। संभवतः यही एक ऐतिहासिक तथ्य है कि पूरे परिवार को यह पुरस्कार प्राप्त हुआ है।

नोबेल ने 'मानवता की सहायता' का बीज बोया है। तब सन् 1910 के आरंभिक दिनों में रॉकफेलर ने और बाद में फोर्ड ने अपने संस्थान स्थापित किए।

आज विश्व भर में विभिन्न क्षेत्रों में अनेक पुरस्कार दिए जा रहे हैं; किंतु नोबेल अपने कार्यों के लिए हिमालय के समान शक्ति-संपन्न है और मानवता के लिए प्रेम व शांति का प्रतीक है।

□

38

अविवाहिता माँ

कुछ वर्ष पूर्व मैं छात्रों की परामर्शदातृ थी। उस समय मैं किशोर वर्ग की समस्याओं के रू-बरू हुई, खास तौर पर लड़कियों की। आम तौर पर लड़कियाँ शर्मीली होती हैं और अभिभावक उनसे पूरी तरह आज्ञाकारी होने की उम्मीद करते हैं।

मेरी एक छात्रा कुसुम शादी से पूर्व गर्भवती हो गई थी। लड़का उसी के साथ पढ़ता था, लेकिन वह उससे शादी करने की हिम्मत नहीं जुटा पाया। जब कुसुम के अभिभावकों को इस बात का पता चला तो वे बहुत नाराज हुए। जब वे मुझसे मिले, तब पहली बात उन्होंने मुझसे यही कही, 'लोग क्या सोचेंगे? हम समाज का सामना कैसे करेंगे?'

लड़के के माता-पिता इस शादी के लिए तैयार नहीं थे। आखिरकार लड़की ने आत्महत्या कर ली।

मैंने खुद को उदास और असमर्थ महसूस किया। पहली बार मुझे समाज में 'कुँआरी माँ' की समस्याओं का एहसास हुआ। बड़ी-बड़ी बातें करना बहुत आसान है, लेकिन सामाजिक जीवन में लड़की और उसके परिवार पर बहुत दबाव होता है।

हाल ही में मैं नॉर्वे गई थी। वहाँ की मेरी एक सहेली मारथा मुझे अपने घर खाने पर ले गई। उनका साधारण सा मध्यम वर्गीय परिवार था। मारथा शिक्षक माता-पिता की इकलौती संतान थी। वह भी उच्च विद्यालय में शिक्षक थी।

वह गरमी का दिन था और रात के आठ बजे थे। सूरज ऐसे चमक रहा था मानो दोपहर के दो बज रहे हों। इसलिए नॉर्वे 'अर्द्धरात्रि सूर्य की भूमि' कहलाता है। उनका घर सामान्य था, मगर चमक रहा था। घर में सभी को अंग्रेजी आती थी,

इसलिए बातचीत में कोई दिक्कत नहीं आई।

टेबल पर शाकाहारी भोजन सजाया गया। तभी पाँच वर्षीय एक छोटा सा लड़का दौड़ता हुआ आया और मारथा के गले लग गया। वह बहुत शैतान था, फिर भी बहुत मासूम और प्यारा। ऊँची सी कुरसी पर वह मेरे बगल में बैठ गया। कुछ समय बाद मारथा की रिश्ते की बहन मेरी भी भोज में हमारे साथ शामिल हुई। हम सब बातचीत करने लगे।

मेरी राजनीतिशास्त्र में स्नातकोत्तर थी। अब मैं मेरी से नॉर्वे की राजनीतिक परिस्थितियों की बात कर रही थी। तभी वह छोटा लड़का मेरी की स्कर्ट खींचते हुए बोला, 'माँ, मुझे और ब्रेड चाहिए।'

मुझे यह सुनकर आश्चर्य हुआ। मेरी चौबीस वर्षीया युवती थी। इतने बड़े बच्चे की माँ लगने के लिए वह बहुत छोटी लग रही थी। बातचीत के दौरान मैंने मेरी से पूछा कि उसका पति कहाँ काम करता है।

'मैं विवाहित नहीं हूँ, लेकिन जॉन मेरा बेटा है। मैं अनब्याही माँ हूँ।' बिना किसी अपराध-बोध या शर्म के उसने जवाब दिया।

खाने के बाद मारथा मुझे छोड़ने के लिए बाहर आई। मैं उसके इस प्रलोभन का विरोध नहीं कर सकी।

मैंने उससे पूछा, 'अगर तुम्हें बुरा न लगे तो एक बात बताओ। क्या मेरी खुश है? उसके अभिभावक कैसा महसूस करते हैं? लड़के के पिता कहाँ हैं? मैं यह सब अपनी एक छात्रा की वजह से जानना चाहती हूँ।'

मैंने उसे कुसुम के बारे में बताया। मारथा यह सब जानकर बहुत दुःखी हुई। उसने बताया, 'मेरी और डेनियल ग्रीष्मकालीन कैंप में मिले थे। वे दोनों तब अठारह साल के थे। डेनियल अकसर हमारे घर भी आता। दोनों एक-दूसरे से प्यार करने लगे और भूलवश मेरी गर्भवती हो गई। हमें स्कूल में सेक्स शिक्षा दी जाती है, लेकिन फिर भी गलतियाँ हो जाती हैं। जब मेरी गर्भवती हुई, तब डेनियल भी पढ़ रहा था। इसलिए वह उससे शादी नहीं करना चाहता था। इसके अलावा उन्होंने महसूस किया कि उनके स्वभाव बिलकुल अलग हैं। अगर उनकी शादी होती, तब भी उनका तलाक होता ही। उन्होंने अलग होने का निर्णय लिया। मेरी ने सोचा कि वह बच्चे को जन्म दे सकती है। वह गर्भपात नहीं कराना चाहती थी। इसलिए उसने बच्चे को जन्म दिया। उसने एक साल तक बच्चे की देखभाल की और अब वापस कॉलेज चली गई है। शायद अगले साल वह अपने नए प्रेमी से शादी कर ले।'

मेरे लिए हजारों सवाल थे पूछने के लिए। मेरी के माता-पिता की क्या प्रतिक्रिया थी ? क्या जॉन अपने पिता को जानता है ? डेनियल कहाँ है ? और कितने ही सवाल।

मारथा शायद मेरी बेसब्री को महसूस कर रही थी। उसने बताया, 'मेरे अंकल और आंटी बिलकुल चिंतित नहीं हुए, क्योंकि यह मेरी का फैसला था। वैसे भी, हमारे देश में कई औरतें अनब्याही माँ हैं। जॉन से मिलने डेनियल साल में दो बार आता है। वह भी नए साल में अपनी नई प्रेमिका के साथ शादी कर लेगा। जॉन इस बारे में जानता है। मेरी डेनियल से नाराज नहीं है।'

मैं इसपर विश्वास नहीं कर सकी। यहाँ बिना शादी किए एक औरत का बेटा था और वह इस बात का खुलासा बिना किसी हिचकिचाहट के कर रही थी। परिवार ने भी उसे अपना लिया था। मैं अपनी छात्रा कुसुम और उसकी मौत के बारे में सोचने लगी। समान परिस्थितियाँ, शायद समान उम्र भी, लेकिन दृश्य बिलकुल अलग। मेरी खुश और आश्वस्त दिख रही थी, जबकि कुसुम ने मौत को गले लगाया।

□

39

आवश्यकता है वर-वधू की

समय और ज्वार-भाटा किसी का इंतजार नहीं करते। यह वाकई सच है। तीन दशक पूर्व हम अपने दोस्तों की शादी में शामिल होते थे। अब हम उनके बच्चों की शादी में हिस्सा ले रहे हैं।

मैं वाणी की शादी में गई थी। उसकी माँ वनिता मेरी सहेली है। मुझे आज भी वनिता की शादी याद है। उसकी शादी अखबार में दिए इश्तहार के जरिए पक्की हुई थी। तेईस साल पहले उसके पिता ने 'द हिंदू' अखबार के वैवाहिक कॉलम में इश्तहार दिया था।

उन दिनों शादी के विज्ञापन देना नया प्रचलन था। आमतौर पर जोड़े निजी संबंधों के जरिए ही बनते थे। अखबार में विज्ञापन देना आखिरी विकल्प होता था। वनिता कद में लंबी थी। उससे लंबा लड़का अपनी जान-पहचान में ढूँढ़ना आसान नहीं था। इसलिए उसके पिता को विज्ञापन का सहारा लेना पड़ा। मुझे आज भी वह विज्ञापन याद है—'रिश्ता आमंत्रित है। लंबी चौबीस वर्षीय, परंपरागत परिवार, अथरेया गोत्र, अश्विनी नक्षत्र प्रथम चरण जन्म, बी.कॉम., बैंक कर्मचारी की कन्या के लिए। गृहकार्य में दक्ष, संयुक्त परिवार के लिए बेहतरीन, शादी के बाद नौकरी करने या घर में रहने को तैयार। कढ़ाई-बुनाई में दक्ष। जरूरत है उनतीस से चौंतीस साल तक के लंबे लड़के की। लड़का अपने ही समुदाय का हो। जन्मपत्री के साथ संपर्क करें। लड़का स्नातक हो। बैंक / सरकारी नौकरी / पब्लिक फर्म में कार्यरत लड़के को प्रमुखता। अच्छी शादी का वादा। लिखें बाक्स नं…'

वनिता को पब्लिक सेक्टर में कार्यरत इंजीनियर लड़का मिला। वह संयुक्त परिवार में रहता था और उन्हीं के समुदाय का था। लड़के के पिता ने सोने की बीस

मुद्राएँ, रेशम की पाँच साड़ियाँ, लड़के के लिए सूट, शादी में आने-जाने के लिए बस का खर्च और तीन दिवसीय शादी के अच्छे इंतजाम की माँग की थी। हालाँकि यह वनिता के घरवालों के लिए मुश्किल था, लेकिन उन्होंने सब स्वीकार कर लिया। शादी की तैयारियाँ बड़ी और समय लेनेवाली थीं। चूँकि वह हमारे ग्रुप की पहली लड़की थी, जिसकी शादी हो रही थी, इसलिए हम सब भी तैयारियों में जुटे थे। हमने साड़ियाँ और गहने खरीदने में उसका सहयोग किया। घर के बड़े-बुजुर्ग भोजन और तरह-तरह की मिठाइयों की तैयारी में व्यस्त थे।

अब कई सालों बाद वनिता की बेटी की शादी की पार्टी में दोनों वर-वधू को बातें करते मैं देख रही थी। लग रहा था कि कई वर्षों से एक-दूसरे को जानते हों। कैटेरर तरह-तरह के व्यंजन परोसने में व्यस्त थे। थकान भरी, लेकिन फिर भी काफी खुश थी वनिता। वह मेरे बगल में आकर बैठ गई।

मैं फिर वर्षों पहले वनिता की शादी याद करने लगी। चूँकि मुझे उसकी शादी की हर बात पता थी, इसलिए मैंने उससे उसकी बेटी की शादी के विषय में पूछा, क्योंकि इस शादी का सारा इंतजाम बहुत जल्दी में हुआ था। वनिता ने मुसकराते हुए कहा, 'यह भी मेरी शादी जैसी ही है। वहीं 'द हिंदू' के रविवारीय अंक के वैवाहिक कॉलम में विज्ञापन दिया था। बस 'विज्ञापन अलग था।'

वह मई का गरमी भरा दिन था। अपनी रेशमी साड़ी के पल्लू से पसीना पोंछते हुए उसने अपना पर्स खोला। उसने उस विज्ञापन का टुकड़ा मुझे दिखाया। उसने कहा, 'मैं यह वाणी के वैवाहिक एलबम में लगाऊँगी।'

मैंने वह विज्ञापन पढ़ा—'रिश्ता आमंत्रित है बाईस वर्षीय, सॉफ्टवेयर इंजीनियर, पतली, गौर वर्ण, आधुनिक परिवार की लड़की के लिए, जो विदेश में रहने की इच्छुक है। लड़की कॉन्वेंट से पढ़ी है और एकल परिवार चाहती है। कराटे में ब्लैक बेल्ट प्राप्त। पाश्चात्य संगीत और घूमने की शौकीन। बाईस से पच्चीस वर्षीय तक के खूबसूरत, स्थापित, सॉफ्टवेयर / बहुराष्ट्रीय कंपनी में कार्यरत लड़के सीधे संपर्क कर सकते हैं। जन्मपत्री की जरूरत नहीं। जाति का बंधन नहीं।' फिर वनिता ने बताया कि कैसे एक हफ्ते में उसकी बेटी का विवाह पक्का हो गया। कोई दिक्कत या तनाव नहीं था। वाणी को करीब सौ खत मिले, जिनमें से पाँच लड़कों का चयन किया। वह पाँचों लड़कों से अलग-अलग मिली। दो लड़कों को वह समझ नहीं पाई और दो उसे नहीं समझ पाए। इस तरह यहाँ बात तय हुई। यह लड़का अमेरिका में सॉफ्टवेयर इंजीनियर के पद पर कार्यरत है। वाणी का पासपोर्ट तभी तैयार करा लिया था, जब वह बी.कॉम. तृतीय वर्ष में थी। वह केमिकल इंजीनियर है। वह

सॉफ्टवेयर इंजीनियर के काम की महत्ता को जानती थी। इसलिए उसने पूरा प्रशिक्षण प्राप्त किया। तब उसे एक सॉफ्टवेयर कंपनी में काम मिला। वह जानती थी कि उसे शीघ्र ही शादी करनी है, इसलिए उसने ड्राइविंग, स्वीमिंग, ऐरोबिक्स, न्यूट्रिशियन और खान-पान—सब सीख लिया था।

चूँकि वाणी विदेश जा रही है, इसलिए मैंने पूछा, 'क्या वह खाना पकाना जानती है?'

'इसकी जरूरत नहीं है; लेकिन वह पस्ता, सूप, नूडल्स और पिज्जा बनाना जानती है। वैसे भी, पूरा बाजार तैयार मसालों से भरा है। वह इन सब चीजों के साथ किचन सँभाल सकती है।'

'क्या तुमने ढेर सारे गहने और साड़ियाँ खरीदी हैं?'

'नहीं। आजकल लड़केवाले गहनों और दहेज की माँग नहीं करते। इसके बदले चाहते हैं कि हम लड़की के अमेरिका जाने का खर्चा उठा लें। मेरी बेटी भी ज्यादा साड़ियाँ नहीं खरीदना चाहती थी। वह मुश्किल से ही साड़ी पहनती है। इसलिए उसने अपनी पसंद की दो साड़ियाँ, छह सलवार-कमीज और दस पाश्चात्य कपड़े खरीदे। हमने हलके गहने ही बनाए।'

मैं आश्चर्यचकित थी कि समय कितना बदल गया है।

□

40

उत्सुक प्रत्याशी

हाल ही में मैं एक छोटी सी कंपनी में सॉफ्टवेयर इंजीनियर की भरती के लिए चयन समिति में शामिल थी। बाहर कई युवक-युवतियाँ बेसब्री से अपनी बारी का इंतजार कर रहे थे। वे सभी इक्कीस से चौबीस वर्ष की आयु के थे। उनमें से ज्यादातर का शायद पहला साक्षात्कार था, इसलिए वे उत्सुक से ज्यादा बेचैन दिख रहे थे। वे सभी कंप्यूटर साइंस में स्नातक थे, इसलिए मुझे विश्वास था कि उन्हें अच्छी तकनीकी जानकारी मिली होगी।

इस बार एक युवक की बारी थी। वह सभ्य था। कमरे में प्रवेश करते ही उसने अपने सर्टिफिकेट्स सामने कर दिए। ऊपर का सर्टिफिकेट उसके जावा, जी.डब्ल्यू. बेसिक, सी++ आदि के ज्ञान का प्रमाण था।

मैंने यों ही उससे पूछ लिया कि नई कंप्यूटर भाषा सीखने में उसे कितना समय लगेगा?

उसका जवाब था, 'छह महीने से अधिक नहीं।'

अचानक मुझे पच्चीस साल पुरानी एक बात याद आ गई। मैं उसी उम्र के एक लड़के से मिली थी। स्थिति भी यही थी और उससे मेरा सवाल भी यही था; लेकिन तब जो जवाब मुझे मिला था, वह बिलकुल अलग था।

उस समय युवक ने विश्वास के साथ कहा था, 'मैं कंप्यूटर और उसकी भाषा के विषय में कुछ नहीं जानता। आप मुझे चार महीने का समय दें, मैं कंप्यूटर को समझने का प्रयास करूँगा। उसके बाद मैं आपको बताऊँगा कि उसकी भाषाओं को सीखने में मुझे कितना समय लगेगा।'

मैं उसके विश्वास और स्पष्टवादिता से अवाक् रह गई थी। पूरा दृश्य आज

मुझे स्पष्ट रूप से याद है।

यह मुंबई की बात है। मैं एक साक्षात्कार कर्ता-मंडल में शामिल थी। साक्षात्कार के लिए एक सिविल इंजीनियर भी आया था, जबकि यह साक्षात्कार सॉफ्टवेयर इंजीनियर पद के लिए था। कई लोगों ने अच्छा साक्षात्कार दिया था। वह अंतिम प्रतिभागी था। कमरे में प्रवेश के दौरान वह सुनिश्चित और स्पष्टवादी लग रहा था। उससे कुछ सवाल पूछे गए, जिनके जवाब उसने मिनटों में दे दिए। वे सवाल कंप्यूटर से संबंधित नहीं थे। उसने स्पष्ट कहा कि वह कंप्यूटर की कोई जानकारी नहीं रखता है, लेकिन वह सीखने के लिए तैयार है। अगर वह सीख जाता है तो नौकरी की उम्मीद करता है।

उसे नौकरी मिल गई। उसने लगातार काम किया और फिर मुझसे मिला। उसने कहा, 'मुझे कोई भी भाषा बताइए। मैं उसे दस दिनों में बेहतरीन ढंग से सीख लूँगा। भाषा तो मात्र एक साधन है। प्रोग्रामिंग का सार श्रेष्ठ तर्क है। अच्छा तर्क जरूरी है और मैं इसमें मास्टर हूँ।'

कुछ समय बाद वह कंप्यूटर की कई भाषाओं पर अपनी पकड़ कायम कर चुका था। मेरी जानकारी में वह कुछ अच्छे प्रोग्रामर्स में था।

हालाँकि वह जूनियर था, लेकिन कई सीनियर व्यक्ति उसकी राय लेते। उनमें मैं भी शामिल थी। वह कंप्यूटर की बजाय कागज पर ही ज्यादा काम करता। इसके बाद जब भी वह प्रोग्रामिंग शुरू करता, उसमें कोई गलती नहीं होती।

आज भी जब कोई मुझसे कंप्यूटर की बात करता है तो अनायास ही उस युवक की कुछ सीखने की ललक और चीजों को स्वीकार करने की स्पष्टवादिता मुझे याद आ जाती है। मैं यही दुआ करती हूँ कि हमारे शिक्षण संस्थान उस जैसे कई छात्रों का निर्माण करें।

□

41

माफ कीजिए, लाइन व्यस्त है

राकेश और मैं स्कूल से कॉलेज तक साथ पढ़े थे। इसलिए वह हमारे और मैं उसके परिवार के सदस्य की तरह ही थे। फिर जैसे-जैसे हम बड़े हुए, हम अलग हो गए। हमारे व्यवसाय अलग थे। हम दोनों अपनी-अपनी दुनिया में व्यस्त हो गए। एक ही शहर में रहने के बावजूद हम मुश्किल से ही मिलते। यह अलग बात है कि हम अकसर मिलना चाहते थे।

राकेश के जन्मदिन पर मुझे उसका खयाल आया। मैं उसे अपनी शुभकामनाएँ देना चाहती थी, लेकिन उसके फोन की लाइन सुबह से ही व्यस्त थी। हो सकता है, उसे जन्मदिन पर सभी मुबारकबाद दे रहे हों। मैंने दोपहर में उसे मुबारकबाद देने का निर्णय लिया। उस समय भी किस्मत ने मेरा साथ नहीं दिया। उसके फोन की लाइन अब भी व्यस्त थी। अब मुझे लगा कि जरूर उसका फोन खराब है।

यहाँ तक कि देर रात तक भी मुझे उसका नंबर नहीं मिला। तब मैं इस नतीजे पर पहुँची कि उसका फोन वाकई खराब है।

एक महीने बाद मैं राकेश से एक पार्टी में मिली। उसने व्यंग्यात्मक भाव से टिप्पणी की कि मैं इतनी व्यस्त थी कि अपने दोस्त को जन्मदिन की मुबारकबाद देने का भी समय नहीं निकाल पाई। उसका नाराज होना स्वाभाविक था।

मैंने अपने बचाव में उससे कहा कि मैंने उसे फोन किया था, लेकिन उसके फोन की लाइन लगातार व्यस्त जा रही थी। उसे बहुत धक्का लगा। वह बोला, 'इन दिनों फोन पर कोई भरोसा नहीं रह गया है। हमेशा कुछ-न-कुछ काम चलता रहता है, जिस कारण लाइन काम नहीं करती है।'

राकेश की समझदार और शांत पत्नी तारा ने हमारी बात पर प्रतिक्रिया व्यक्त

की, 'दूरसंचार विभाग को दोष मत दो। गलती हमारी ही है।'

मैं उसकी बात पर हैरान रह गई। 'क्या घर में कोई परेशानी है?'

'हमारी दोनों बेटियाँ वयस्क हैं। जब भी हमें कहीं फोन करना होता है, वे दोनों लाइन व्यस्त रखती हैं।'

मैं उसकी बात पर विश्वास नहीं कर सकी। मैंने कहा, 'लेकिन पूरे दिन तो व्यस्त नहीं रखती होंगी!'

'जी हाँ, दिन भर। उनके कमरों में समानांतर लाइन हैं। भौतिक संपन्नता ने हमारी आम जिंदगी को बरबाद कर दिया है।'

मैं देख रही थी कि वह खफा थी।

उसने आगे कहा, 'हम सभी के एक या दो बच्चे होते हैं और हम उन्हें बहुत लाड़-प्यार भी करते हैं। दोनों बेटियों के अलग-अलग कमरे हैं। यहाँ दो फोन हैं। और ये लड़कियाँ फोन का इस्तेमाल ऐसे करती हैं जैसे हम पानी का।'

'तुम्हारा टेलीफोन बिल कितना आता है?' मेरे गणितज्ञ दिमाग में यह विचार उभरा।

'बिल की चिंता किसे है! बच्चे जानते हैं कि कंपनी बिल का खर्चा देती है। यह उनके लिए कोई चिंता का विषय नहीं है। मेरी चिंता का कारण है उनका अपने दोस्तों से लगातार बातें करना। वे अपने गणित के सवाल फोन पर हल करती हैं। वे फोन पर भी चुटकुले सुनाती हैं और किताबें पढ़ती हैं।'

राकेश ने घर में होनेवाली घटनाओं से अनजान होते हुए कहा, 'क्या ऐसा है? मैंने तो आज तक इसके बारे में नहीं सुना।'

तारा आगे बोली, 'वैसे तो बहुत तेज आवाज में बोलती हैं, लेकिन जब फोन पर बात करती हैं तो उनकी आवाज भौंरे की तरह लगती है। दूसरे को उनकी बातें सुनने के लिए मेहनत करनी पड़ती है।'

मैंने उन्हें सलाह दी, 'कैसा रहेगा, अगर आप फोन पर ताला लगा दें?'

'इससे कोई फायदा नहीं। उनके दोस्त घर पर फोन कर लेंगे। इस तरह भी लाइन पहले की तरह ही व्यस्त रहेगी।'

'वे रात को क्या करती हैं?'

'बाकी समय कंप्यूटर पर बातें करने में बीत जाता है। वे इंटरनेट पर लगा देते हैं और बस, हो गया। आप कुछ भी कहें, उन्हें कुछ समझ में नहीं आता।

'किसी भी चीज की अति खराब होती है।' तारा चुप नहीं हुई। 'फोन का इस्तेमाल संपर्क बनाए रखने के लिए होता है; लेकिन जब हम इसका इस्तेमाल नहीं

कर पाते हैं, खासतौर पर जब बहुत जरूरी हो, तब बहुत गुस्सा आता है। आजकल के बच्चे सुविधाओं का गलत इस्तेमाल करते हैं। वे नहीं जानते हैं कि उन्हें अपनी जरूरतों पर कैसे काबू रखना है।' तारा ने दुःखी होकर गहरी साँस छोड़ी।

मुझे विश्वास है कि हमारे बीच कई तारा होंगी। दिन जरूर बदल गए हैं, लेकिन तारा ने जो कहा, वह सार्थक है। हमारी अगली पीढ़ी इस बात को कभी नहीं समझेगी कि बड़े-बुजुर्ग जो कहते हैं, अपने अनुभवों के आधार पर कहते हैं। संभवतः ये बच्चे अच्छी सलाह की कीमत तब समझेंगे, जब वे एक दिन खुद माता-पिता बनेंगे और उनके बच्चे उनकी बात नहीं मानेंगे।

□

42

दूसरों के प्रति ईमानदार रहें

एक बार मेरी आंटी एक समारोह का संचालन करने के लिए मुझे लेडी क्लब में ले गईं। कभी-कभी, जब मुझे यह नहीं पता होता कि श्रोताओं को कौन सा विषय पसंद आएगा, मैं खुद को बहुत असहज महसूस करती हूँ।

आयोजकों में संवादहीनता के कारण कार्यक्रम शुरू होने में थोड़ी देर हुई। इसलिए मुझे एक आराम-कक्ष में इंतजार करने के लिए बैठा दिया गया। वहाँ बैठकर मैं लोगों को सिर्फ निहार ही सकती थी। मुझे अकसर लगता है कि इनसान के व्यक्तित्व को पढ़ना किताब पढ़ने से ज्यादा रोचक होता है।

महिलाओं का यह क्लब बंगलौर के एक संपन्न इलाके में है। क्लब की ज्यादातर सदस्याएँ उच्च-मध्य वर्गीय परिवार की थीं। महिलाएँ सिल्क साड़ी की सेल, शहर में अगली अंग्रेजी फिल्म आदि विषयों पर बात करने में व्यस्त थीं।

मेरी आंटी अपनी सहेली शांता के साथ बात करने में मशगूल थीं। उनकी आवाज कुछ तेज थी, इसलिए दूर बैठे होने पर भी मैं उनकी बातें साफ सुन पा रही थी।

उच्चतम न्यायालय के न्यायाधीश की तरह मेरी आंटी ने अपना निर्णय सुनाते हुए कहा, 'हमारी बहुएँ यह बहुत गलत करती हैं।' उन्हें पूरा विश्वास था कि उनका निर्णय बिलकुल सही है। फिर भी उन्होंने मेरा मत जानने के लिए मुझे इस बातचीत में घसीट लिया।

'सच कहना, क्या उसका ऐसा व्यवहार करना सही है?'

'वह कौन है?'

'शांता की बहू रश्मि। वह आराम-पसंद जिंदगी चाहती है। स्कूल की छुट्टियों के दौरान वह दूरस्थ स्थानों पर घूमना पसंद करती है।'

मुझे उलझा हुआ देख आंटी मुझे समस्या का इतिहास बताने लगीं। 'रश्मि की

ससुराल, यानी शांता का परिवार, समृद्ध है। उन्होंने कड़ी मेहनत कर यह धन कमाया है। रश्मि एक मध्यम वर्गीय परिवार से आई है। वह उस पैसे का लाभ उठा रही है, जो उसने कभी कमाया ही नहीं। वह हर महीने नए कपड़े खरीदना पसंद करती है। जैसे ही उसका पति घर पहुँचता है, वह उसके साथ घूमने या फिल्म देखने जाना चाहती है। सुबह भी देर से उठती है।' यह कभी न खत्म होनेवाली सूची थी।

अचानक मुझे राधिका की याद आ गई। राधिका मेरी इसी आंटी की बेटी है।

राधिका की शादी भी संपन्न व्यावसायिक परिवार में हुई थी। राधिका एक अध्यापिका थी और मेहनत करने की आदी भी थी। शादी के बाद एक बार वह मेरे घर आई थी। मैंने जो देखा, उसपर विश्वास करना नामुमकिन था। वह गुब्बारे की तरह फूल गई थी। वह महँगी साड़ी पहने थी और गहनों से सजी हुई थी।

राधिका ने अपनी दिनचर्या मुझे बताई, 'मैं सुबह करीब नौ बजे उठती हूँ।'

'इतनी देर से क्यों?'

'हमारे घर में कई नौकर हैं। वे सभी काम कर लेते हैं, फिर मैं क्यों जल्दी उठूँ? शादी से पहले मैं बहुत काम कर चुकी हूँ। महेश बहुत व्यस्त रहते हैं। इसलिए मैं उनके दफ्तर से आने का इंतजार करती हूँ। जैसे ही वे दफ्तर से आते हैं, मैं उनके साथ फिल्म देखने या बाहर घूमने जाना चाहती हूँ। मैंने ज्यादा दुनिया नहीं देखी है। फिर साल भर दो बच्चों को सँभालना बहुत थकान भरा होता है। मैंने महेश को बता दिया है कि हम हर साल छुट्टियों में घूमने विदेश जाएँगे। फिर चाहे वह जगह श्रीलंका हो या नेपाल।' राधिका के बारे में सोचते हुए मैंने अपनी आंटी की शिकायत में दखल देते हुए पूछा, 'राधिका कैसी है?'

'वह अच्छी है। बेचारी बच्ची! उसकी सास तंग करती है। वह हर बात पर टिप्पणी करती है। वह खुशकिस्मत है कि उसे राधिका जैसी बहू मिली। अगर उसकी सास को रश्मि जैसी बहू मिलती तो वह मेरी बेटी की कद्र करती।'

मुझे यह सुनकर बहुत दुःख हुआ। पढ़ी-लिखी ये वयस्क महिलाएँ छोटे बच्चों की तरह बरताव कर रही थीं। जो काम बेटी करे, वह सही है; लेकिन अगर यही काम बहू करती है तो सबकुछ गलत हो जाता है। यह मानदंड सिर्फ इसलिए बदल जाता है कि पहली आपकी बेटी है और दूसरी किसी और की।

अब तक मैं यह सोच रही थी कि इन लोगों के समक्ष किस विषय पर बात करूँ, लेकिन अब मुझे पता था कि मुझे क्या कहना है। मैंने सोचा, 'दूसरों के प्रति ईमानदार रहें' विषय पर मुझे बात करनी चाहिए। हो सकता है कि इससे व्यक्ति अपने जीवन में कुछ ज्यादा नहीं पा सके, लेकिन दूसरों के प्रति ईमानदार रहना भी एक गुण है। हमें इस बात का एहसास होना चाहिए। □

43

बिसलरी के बंधन

26 जनवरी को गुजरात के कच्छ में आया भयंकर भूकंप विख्यात है। धरती माता ने बिना किसी पूर्वसूचना के अपना मुँह खोला और अनेक लोगों को तथा उनकी संपत्ति को निगल लिया। धनाढ्य व्यक्ति एक ही रात में गलियों में रंक बनकर आ गए, किंतु कच्छी लोगों का साहस प्रशंसनीय है। उन्होंने इस सर्वनाश का सामना बहादुरी से किया और अपने जीवन को सामान्य बनाने के लिए जूझते रहे। सहायता कार्यों में जनसंपर्क के लिए सूचना-तंत्र बधाई का पात्र है। विनाशकारी घटना के कुछ ही घंटों के भीतर समाचार-पत्रों व टी.वी. चैनलों पर प्रकृति के इस तांडव की जानकारी दुनिया भर में दे दी गई। अभागे लोगों के लिए भारत के साथ दुनिया भर के लोगों की सहायता सामग्री जुटने लगी। टी.वी. कार्यकर्ता, जनसूचना संबंधी लोग और ढेर सारे अराजकीय संगठनों तथा सरकारी कर्मचारियों के झुंड कच्छ पहुँचे। लोगों ने जीवन को जैसे छोड़ा था, वहीं से आगे बढ़े। धीरे-धीरे स्थिति सामान्य होने लगी। प्रचार-तंत्र के थमने के कुछ माह बाद मैं उन इलाकों को देखने गई, ताकि जीवन की वास्तविकता को नजदीक से देखा जा सके। अंततः भावनावेश समाप्त हो गया था और यथार्थता को प्राथमिकता देनी पड़ी। अहमदाबाद व भुज जानेवाले मुख्य मार्ग से कुछ दूर बसे कच्छ के अनेक गाँव भूकंप से बुरी तरह प्रभावित हुए थे। मैं कच्छ के बहुत भीतर इन अनजान इलाकों में घूम रही थी। तभी मेरी जीप के टायर की हवा निकल गई। उसे ठीक करने या बदलने में समय लगना था। ड्राइवर उसे ठीक करने चला गया। गुजरात और खासकर कच्छ में महिलाओं की सुरक्षा का विशेष ध्यान रखा जाता है। मैं अकेली व उदास थी। मैंने निकट ही कुछ तंबू लगे देखे। वे अस्थायी नीली प्लास्टिक चादरों से ढके थे। वे वहाँ रहनेवाले

लोगों के लिए आवास, विद्यालय तथा प्राथमिक चिकित्सा केंद्र थे। बाद में पता चला कि इन टेंटों में होटल भी थे। लोग अपने-अपने धंधों में व्यस्त थे। मानसूनी समय होने के कारण लोग खेती-बाड़ी में व्यस्त थे। बड़ा अजीब था कि कई वर्षों से कच्छ में वर्षा नहीं हुई थी, किंतु इस वर्ष अच्छी वर्षा हुई थी। संभवत: प्रकृति का अपना न्याय-विधान है। छोटे बच्चे धूल में प्रसन्नतापूर्वक खेल रहे थे। मैंने निकट के तंबू में झाँका। करीब चौदह वर्ष की एक बाला अनाज साफ कर रही थी और खाना बनाने की तैयारी में थी।

जब उसने मुझे देखा तो मुसकराते हुए उठी और बोली, 'कृपया अंदर आइए और बैठिए।'

क्योंकि मैं उनके रहन-सहन को देखना चाहती थी, इसलिए मैं तंबू में घुस गई। उसने एक चारपाई पर बैठने को कहा। तंबू के अंदर अच्छी सफाई थी। एक पुरानी साड़ी का झीना सा परदा था। उसके साथ बात करते हुए मालूम हुआ कि उनका परिवार कच्छ का नहीं था। लड़की पानी का गिलास लेकर आई। यद्यपि यह मानसून का मौसम था, मगर सूर्य प्रखर था। मैं पानी पीने से सकुचा रही थी। दिमाग में कई विचार कौंधे। यदि पानी कीटाणु-रहित नहीं दिया गया हो तो छुआछूत की बीमारी, जैसे—दस्त, पीलिया आदि लेने का खतरा है; किंतु यदि पानी पीने से मना कर दूँ तो उस लड़की की भावनाओं को ठेस पहुँचेगी। इसलिए मैंने गिलास उठाया, किंतु पानी नहीं पिया। लड़की की एक छोटी बहन लगभग बारह वर्ष की थी। एक छोटा लड़का घर के बने पालने में सो रहा था। बाहर खुले आसमान के नीचे अस्थायी रसोईघर था, जिसमें सब्जी पक रही थी। बड़ा लड़का गेहूँ के आटे के गोले बना रहा था।

उत्सुकतावश मैंने उससे पूछा, 'आपकी बोलचाल से ऐसा लग रहा है कि आप गुजराती नहीं हैं। कहाँ से हैं आप?'

मुसकराते हुए छोटी बहन बोली, 'हम गुजरात से नहीं हैं, मुंबई से हैं।'

'क्या आप यहाँ अपने रिश्तेदारों से मिलने आई हैं?'

'नहीं, यहाँ हमारे कोई रिश्तेदार नहीं है। वह हमारा घर है और हम अपने माता-पिता के साथ आए हैं।' इस उत्तर को सुनकर मुझे हैरानी हुई थी, क्योंकि विपदा के बाद प्राय: लोग ऐसे स्थानों को खाली कर देते हैं, किंतु ये लोग यहाँ आए हैं।

'आपके पिता यहाँ क्या कर रहे हैं?'

दोनों लड़कियाँ मुझसे बात करने के लिए उत्सुक थीं। बड़ी बोली, 'यहाँ भूकंप आया है। किनारेवाली दुकान में यह समाचार हर घंटे दिखाया जा रहा था। मेरे

पिता ने कहा कि चलो, हम वहाँ चलें—और हम यहाँ आ गए।'

'आप लोगों को टिकट के लिए पैसे किसने दिए?'

'किसी ने नहीं। हम बिना टिकट के यहाँ आए हैं। पूरी गाड़ी लोगों से भरी हुई थी। हमारे जैसे बहुत सारे लोग थे, जो आए हैं। पूरे स्टेशन पर भारी भीड़ थी, कोई टिकट चेक करनेवाला नहीं था। हम किसी को नहीं जानते थे, किंतु बहुत सारी बसें स्टेशन से भुज के बीच चल रही थीं। बहुत सारे विदेशी स्वयंसेवक थे। बसें ठसाठस भरी हुई थीं। हम भी एक बस में बैठ गए और यहाँ पहुँचकर मुख्य मार्ग पर उतर गए। मुख्य मार्ग से भीतरी गाँवों की ओर बहुत सारी जीपें जा रही थीं। मुख्य मार्ग पर विभिन्न प्रकार की सहायता सामग्री से भरे ट्रकों का काफिला खड़ा था। वे सड़क के दोनों ओर सहायता सामग्री को जगह-जगह उतार रहे थे। जिन लोगों के पास कुछ नहीं था, वे उसमें से उठा लेते थे। हमने भी कुछ चीजें उठाईं। खाने की सामग्री, सेब, बिस्कुट के पैकेट, कंबल और अन्य चीजें। मेरे पिता ने हम सबसे कहा तो हमने बहुत सारी चीजें उठा लीं। इतना अधिक सामान हमने मुंबई में कहीं नहीं देखा था। हर चीज काफी संख्या में थी।'

बच्चे अनजान होते हैं। वे सदा सच बोलते हैं—बालिग होने पर उनमें झूठ पनपने लगता है। आदमी झूठ बोलता है डींग हाँकने के लिए; वह दिखाने के लिए, जो वह है नहीं; किंतु बच्चे बहुत आत्मविश्वासवाले होते हैं। वे कभी यह दिखाने की कोशिश नहीं करते, जो वे नहीं हैं। स्वाभाविक है कि मुंबई के भिखारियों की लड़कियों ने पूरे परिदृश्य को बिगाड़कर रख दिया था, मानो वह स्मरणीय घटना हो। बड़ी लड़की ने उससे भी अधिक बातें कहीं, 'वहाँ पर लोग रो रहे थे—कुछ दर्द से, कुछ ने बच्चे या माँ-बाप खो दिए थे। बड़ा खराब व उदास माहौल था; किंतु सहायता करनेवाले भी काफी संख्या में थे। डॉक्टर रात-दिन काम पर लगे हुए थे, स्वामी लोग भी साधारण सेवकों की भाँति लोगों को दवा बाँटने के काम में जुटे हुए थे। सेना के जवान मकान बनाने के लिए खुदाई कर रहे थे। रात-दिन या अमीर-गरीब का अंतर नहीं रह गया था। हमारी दशा कुछ अच्छी थी। हमारा न कोई आदमी खोया था, न सामान, क्योंकि हमारे पास कुछ था ही नहीं। जिनके पास कुछ रहता है, उन्हें ही खोने का डर होता है; किंतु जिन लोगों के पास खोने के लिए कुछ है ही नहीं, उन्हें कोई भय नहीं। मेरे माँ-बाप ने लोगों की सहायता की। किसी ने कहा कि अंदर गाँवों में सहायता करनेवाला कोई नहीं है। इसलिए हम भी एक जीप में बैठ गए और गाँव पहुँच गए। कुछ संगठन बाँस, कैंप बनाने का सामान, जैसे—टेंट, छत की चीजें उन लोगों को मुफ्त बाँटी जा रही थीं, जिनके घर उजड़ गए थे।

हमारा कुछ नहीं था, इसलिए हमें भी सारा सामान मिल गया। कभी हमें दुगुनी चीजें भी मिली थीं, क्योंकि मेरी माँ एक पंक्ति में खड़ी थी और पिता दूसरी पंक्ति में। हमने रोज पेट भरकर खाया और जो लोग पंक्ति में खड़े होने में असमर्थ थे, उन्हें भी खिलाया। हमें मालूम है कि भूख कैसी होती है। मेरे पिता को मुंबई में दमा हो गया था। साँस लेना मुश्किल हो जाता था। इसलिए कई दिनों तक हमें खाना भी नहीं मिल पाता था। किसी ने कहा कि यह प्रदूषण के कारण है। यह सब हो सकता है, क्योंकि यहाँ आने के बाद वह सामान्य हैं, क्योंकि यहाँ प्रदूषण नहीं है। जो भी हो, हमने अपना घर बना लिया है। इसलिए यहाँ रहने का निर्णय लिया।'

'तुम्हारे पिता यहाँ पर क्या काम करते हैं? क्या यहाँ भी भीख माँगते हैं?'

'नहीं, हमारे पास अपना सबकुछ है। पिता पास के खेत में मजदूरी करता है, एक सौ रुपए रोज कमाता है। माँ भी वही काम करती है। इसलिए आय दुगुनी हो गई है। हम आराम से रह रहे हैं। भूकंप तो हमारे लिए वरदान सिद्ध हुआ।'

उसने अपनी बहन से चाय-बिस्कुट लाने के लिए कहा। यद्यपि उसने मुझसे नहीं पूछा कि कौन सी चाय पीऊँगी; परंतु उसने पूछा, 'कौन सा बिस्कुट लेंगी आप?'

'क्या तुम्हारे पास तरह-तरह के बिस्कुट हैं?' मैंने आश्चर्य से पूछा। तरह-तरह के बिस्कुट, बिसलेरी मिनरल वाटर के पैकेट, बरतन, स्टील के बक्से आदि चीजों को देखकर मैं विस्मित हो गई।

'भूकंप के दिन से ही हममें से अधिकतर लोग केवल बिसलरी पानी ही पी रहे हैं। लगता है, किसी विदेशी कंपनी ने पूरा जहाज ही बिसलरी भरकर भेजा है। मैंने आपको जो पिलाया, वह मिनरल वाटर ही था।'

मैंने संतुष्टि के साथ वह पानी पिया।

□

44

कुछ तो होता ही है

रविवार की एक सुबह नई तरह का अजीब सा एक व्यक्ति मेरे पास आया। मेरे बचपन का मित्र, उन दिनों हमारा पड़ोसी था। हम जिससे पैंतीस वर्षों में कहीं नहीं मिले थे, वह सहसा बिना पूर्व सूचना के अपने लड़के के साथ पहुँच गया। पैंतीस वर्ष की अवधि काफी होती है और तब से अब तक बहुत कुछ हो गया। वह बीस वर्ष पहले का खूबसूरत युवक अब थका हुआ, गंजा और बढ़ी हुई तोंदवाला हो गया था। आत्मविश्वास के साथ बातूनी व्यक्ति अब कम बोलनेवाला, उत्सुक एवं संकोची हो गया था। मैं नहीं जानती थी कि मैं उसे कैसी लगी हूँ। उससे मिलकर मुझे बहुत खुशी हुई। बचपन में हमारे बड़े कारनामे थे। उन दिनों की चिंता-रहित यादें ताजा हो आईं। आश्चर्य नहीं कि चित्रा-जगजीत द्वारा गाई गजल 'वो कागज की कश्ती, वो बारिश का पानी…' हमारी आँखों में आँसू ले आती है। मेरे मित्र ने अपने पुत्र से मेरा परिचय करवाया। बाईस वर्ष का वह युवक इलेक्ट्रिकल इंजीनियरिंग का स्नातक डिग्रीधारी था। अनमेल स्वभाव का वह युवक हमारी बातों में रुचि नहीं रखता था। मैंने यों ही उस युवक से पूछा कि वह क्या करता है?

वह फौरन बोला, 'मैं सॉफ्टवेयर कंपनी में लगकर अमेरिका जाना चाहता हूँ। वहाँ पाँच साल रहकर यहाँ वापस अपना व्यवसाय जमाऊँगा और बड़ा आदमी बनूँगा। मैं जानता हूँ कि दस हजार में एक बहुत बड़ी संपत्ति खड़ी कर सकता हूँ। क्या यह सरल नहीं है, आंटी?' मुझे नहीं सूझा कि क्या उत्तर दूँ; क्योंकि कंपनी शुरू करने का मतलब है संघर्ष करना, मेहनत करना।

'आजकल कहाँ काम कर रहे हो?'

'मैं काम नहीं कर रहा हूँ। किसी सॉफ्टवेयर कंपनी में काम के लिए प्रतीक्षारत हूँ।'

‘क्या तुम्हारे पास प्रोग्रामिंग या अन्य किसी प्रकार का अनुभव है?’

‘नहीं, मेरे पास कुछ नहीं है; किंतु मुझे विश्वास है कि मैं जल्दी ही सीख सकता हूँ। अभी मैं अन्य कोई कार्य नहीं लेना चाहता हूँ। अगर मैंने सॉफ्टवेयर से अलग कोई काम स्वीकार कर लेता तो मुश्किल से पाँच-छह हजार रुपए मिलते और काम के स्थान पर रहना पड़ता। इतना पैसा बहुत नहीं है। इसलिए कुछ काम नहीं किया है।’

अब मैं समझी उस युवक के चेहरे पर उभरी उत्सुकता का अर्थ। यहाँ वह सेवानिवृत्त होने जा रहा है और उसका युवा लड़का बिना रोजगार के तथा बड़े-बड़े स्वप्न देखनेवाला। स्वप्न देखना अच्छा है, किंतु स्वप्न को साकार करना बहुत महत्त्वपूर्ण होता है। मुझे टिस्को के चेयरमैन मिस्टर जे.जे. ईरानी के शब्द याद आए कि क्रियाहीन दृष्टि स्वप्न के समान होती है और दृष्टिहीन क्रिया केवल समय व्यतीत करने के समान होती है। दृष्टि व क्रिया दोनों मिलकर ही दुनिया को बदल सकते हैं। अध्यापिका होने के कारण मैं सलाह ही दे सकती हूँ। इसलिए उसे अच्छा लगे या नहीं और उसने चाहा या नहीं, मैंने उसे अपने मन की बात बताई। जब वह अपने पिता के साथ गया तो उसका चेहरा उतरा हुआ था।

हमारे देश में अनेक प्राकृतिक स्रोत हैं और परंपरागत मामले में भी भारत ऐसा अकेला देश है, जहाँ सांस्कृतिक और भौगोलिक विभिन्नता पाई जाती है। उड़ीसा एक अलग तरह का प्रदेश है, जहाँ नैसर्गिक सौंदर्य और सांस्कृतिक धरोहर भरे पड़े हैं। कोणार्क को लें। ओडिसी नृत्य, पुरी की रथयात्रा, पाटचित्र की रंग-बिरंगी तसवीरें—सभी अद्वितीय हैं। हममें से सभी प्राय: यह सोचते हैं कि ये सब भ्रमण के लिए आकर्षक चीजें हैं; लेकिन एक स्थान है, जिसे सब नहीं जानते। बहुत ही खूबसूरत स्थल—एक छोटा सा कस्बा चाँदीपुर, जो बंगाल की खाड़ी की ओर है। यहाँ पर आगंतुक के साथ यह सागर-तट लुका-छिपी का खेल खेलता है। यहाँ की असामान्य बात यह है कि समुद्र पाँच-छह किलोमीटर तक पीछे चला जाता है और भूभाग दूर तक नजर आता है। उसपर खेल सकते हैं, घूम सकते हैं तथा जीप आदि चला सकते हैं। कुछ घंटों के बाद सागर पूरे जोश के साथ पूरे तट पर फिर छा जाता है, मानो कुछ हुआ ही न हो। आगंतुक इसे देखने वहाँ जमा होते हैं। जब सागर की लहरें उठती हैं और पीछे चली जाती हैं, तब बड़ा ही सुंदर दृश्य दिखता है।

चाँदीपुर भुवनेश्वर से लगभग दो सौ कि.मी. दूरी पर है। वहाँ एक छोटा सा गेस्ट हाउस है और थोड़े से यात्री ही यहाँ आते हैं। मछुआरों की एक बड़ी बस्ती है। एक बार मैं सागर-तट पर बैठी हुई थी कि कब लहरें उतरें और मैं वहाँ (सागर-तट

पर) घूमने निकलूँ। मैंने सागर की तरफ देखा। वह धीरे-धीरे पीछे खिसक रहा था, किंतु अभी घूमने जाने के लिए पूरी तरह साफ नहीं हुआ था। मछुआरे अपने काम में व्यस्त थे। जब सागर उतरने लगता है तो रेत पर लाल केकड़े दौड़ने लगते हैं। बड़े लड़के उन्हें एकत्रित कर रहे थे और छोटी-छोटी कौड़ियाँ जमा कर रहे थे। पतली काली साड़ी पहने मछुआरी महिलाएँ मछलियों को पकड़ने के लिए जाल फैला रही थीं। तट पर बहुत सारे लोग जमा थे। जब हम मछुआरों के जीवन पर ध्यान देते हैं तो पाते हैं कि वे हमसे कितने भिन्न हैं। अपने काम में वे सागर पर अकेले होते हैं—तपते सूर्य के साथ। यह बड़ा ही एकांतिक कार्य है। मैं रविवार के दिन वहाँ पर थी। घुमक्कड़, यानी इतनी जल्दी सागर-तट पर नहीं पहुँचना है। तब लगभग बारह वर्ष की आयु का एक जवान बच्चा मुझे दिखाई दिया, जो जाल पकड़ने में अपनी माँ की सहायता कर रहा था। जब वह थक जाती तो वह सहायता करता और जब उसे उसकी जरूरत नहीं रहती तो वह केकड़े एकत्रित करने लगता। काम करने के उसके तरीके से लग रहा था कि वह उत्साही और प्रसन्न है। जब वह तट पर आया तो मेरे पास आया, यह सोचकर कि मैं कुछ खरीदना चाहूँगी। इसलिए उसने ताजे पकड़े हुए केकड़े मुझे दिखाए। मैंने उससे कहा कि मैं केकड़े नहीं खाती, किंतु उससे बात करना चाहती हूँ। वह पास आया और एक सीढ़ी पर बैठ गया, जो आगंतुक के बैठने के लिए बनाई गई है।

मैंने ध्यान से उसे देखा। वह पतला और काला लड़का था, किंतु उसकी आँखों में हीरे जैसी चमक थी। उसका उत्साह प्रभावशाली था। उसने केवल निकर पहन रखा था, जो पूरी तरह गीला था; किंतु वह न तो···लगा और न सजग। वह ताजे फूल जैसा था। उसकी मुसकान छू-छू लेती थी। मैंने उसके परिवार के विषय में पूछा। पता चला कि उसका पिता रिक्शा चलाता था। वह प्रतिदिन पचास रुपए कमाता था। उसकी माँ केकड़े व मछली पकड़कर परिवार की आय बढ़ाती थी। लड़का, जिसका नाम जावेद था, स्कूल में पढ़ता था और हमेशा प्रथम श्रेणी में उत्तीर्ण होता था। उसकी एक छोटी बहन घर पर है। मैंने जानना चाहा कि उसकी दैनिक आय और दिनचर्या क्या है? उसने बताया—सुबह जब सागर पीछे हटता है तो मैं केकड़े पकड़ता हूँ और माँ की सहायता करता हूँ। फिर घर जाकर स्नान आदि करने के बाद खाना बनाने का काम करता हूँ, जिससे माँ को कुछ आराम मिले। शाम को घर आकर पढ़ता-लिखता हूँ और रात को फिर जब सागर पीछे हटता है तो केकड़े एकत्रित करने का काम करता हूँ। इस तरह बिना किसी परेशानी के दिन में दो-चार केकड़े पकड़ लेता हूँ।

वह शायद पाँच से दस रुपए नित्य कमा सकता है। मुझे दुःख हुआ कि इतनी मेहनत करने पर भी उसकी आय बहुत थोड़ी है।

मैंने उससे पूछा, 'केवल पाँच से दस रुपए? उससे क्या मिलेगा और उसके लिए तुम सुबह पाँच बजे उठ जाते हो और रात में ग्यारह बजे सोते हो?'

लड़के का उत्साह कम नहीं हुआ। वह मुसकराते हुए बोला, 'मैडम, कुछ न होने से क्या पाँच रुपए बड़ी चीज नहीं हैं? पाँच रुपए में कुछ तो होता ही है। हम नमक खरीद सकते हैं, मिर्ची खरीद सकते हैं। अगर हम सुस्त बैठे रहे तो वह भी नहीं खरीद सकते। हमें सैकड़ों व हजारों रुपए कोई नहीं देगा। बूँद-बूँद से सागर भरता है।'

जावेद के उत्तर से मैं प्रसन्न हुई। एक गरीब मछुआरे के बेटे जावेद ने मुझे एक विख्यात कहावत याद दिलाई—'अँधेरे का रोना रोने से एक चिराग जलाना बेहतर है।' फिर मैं अपने इस मित्र के पुत्र के बारे में सोचने लगी, जो एक बड़ी सॉफ्टवेयर कंपनी में नौकरी के इंतजार में समय बरबाद कर रहा है।

□

45

तस्मै श्रीगुरुवे नमः

एक वे दिन थे, जब अध्यापक शासक से अधिक शक्तिशाली होता था। वह अपने छात्रों से बहुत प्यार करता था और जब भी उनसे कोई त्रुटि होती तो वह दंड भी देता था। उनके यहाँ छात्र दस-बारह वर्ष तक निरंतर रहते थे और उसके सारे कार्यों में सहायता करते थे। वह भी उन्हें अपने बच्चों की तरह रखता था। इस प्रणाली को 'गुरुकुल प्रणाली' कहते थे। प्राचीन काल में इस प्रणाली में राजकुमार और रंक में अंतर नहीं था। केवल एक ही नकारात्मक बिंदु था। यह वह कि तब शिक्षा सबके लिए उपलब्ध नहीं थी, कुछ गिने-चुने लोगों तक ही सीमित थी। बड़े होने पर ये छात्र गुरु एवं उसकी पत्नी को याद रखते थे और आजीवन उनका सम्मान करते थे। यह एक अलिखित नियम था कि अपनी आजीविका में से एक अंश उन्हें जीवन भर गुरुदक्षिणा के रूप में देना पड़ता था। उसने कभी भी संपत्ति अर्जित नहीं की। छात्र ही उसकी जमा-पूँजी थी। प्रत्येक अध्यापक (गुरु) ईश्वर से प्रार्थना करता था कि उसका छात्र उससे भी अधिक ज्ञान प्राप्त करे। यही उसके लिए सबसे बड़ी प्रसन्नता की बात थी। एक बहुत अच्छी कहानी है कि छात्र किस तरह अपने अध्यापक को सम्मान देते थे।

एक बार एक शक्तिशाली शहंशाह से पूछा गया, 'आप शक्तिशाली शहंशाह हैं। ढेर सारी दौलत, विशाल साम्राज्य व शक्ति-संपन्न सेना आपके पास है। आपके अध्यापक गरीब हैं, जिनके पास एक टुकड़ा जमीन भी नहीं है। फिर भी जब आप उनसे मिलते हैं तो झुककर उनके पाँव क्यों छूते हैं ? आप तो उन्हें दरबार में बुला सकते हैं। फिर ऐसा क्यों नहीं करते ?'

शहंशाह मुसकराया और बोला, 'तुम कितने मूर्ख हो! मेरा अध्यापक तो सबसे

धनी है। जिस भूमि की तुम बात कर रहे हो, वह तो एक ही युद्ध में हारी या जीती जा सकती है। शहंशाह की शक्ति तभी तक है, जब तक वह युवा और स्वस्थ है। उसकी धन-संपत्ति खर्च हो सकती है, लूटी जा सकती है या नष्ट हो सकती है। शहंशाह किसी तरह से महान् नहीं होता है। अध्यापक को देखो। उसके पास ज्ञान है और प्रतिवर्ष वह उसे अपने छात्रों को देता है। कोई बलपूर्वक उसे उससे छीन नहीं सकता है। वह प्रतिवर्ष अपने ज्ञान में वृद्धि करता रहता है। सारे छात्र उसकी संतान के समान होते हैं और जब संतानें प्रगति करती हैं तो क्या पिता धनवान नहीं होता?'

यह कहानी अध्यापक यानी गुरु की लगन को दरशाती है। यही कारण है कि गुरु को हम भारतीय लोग समाज में सर्वोच्च स्थान पर रखते हैं—माँ व पिता के पश्चात्। एक अध्यापक को पूर्ण अधिकार है कि वह अपने छात्रों को जब भी गलत समझे, उन्हें सही करने के लिए डाँटे या रोके। आज इस प्रकार की प्रणाली नहीं रह गई है। हमारी सरकार ने आधुनिक शिक्षा का प्रसार गाँव-गाँव तक करने के लिए काफी परिश्रम व धन व्यय किया है। कई हजार अध्यापक नियुक्त किए हैं, जो छात्रों को विभिन्न विषय पढ़ाने व जीवन-मूल्यों को बताने के लिए प्रशिक्षित किए गए हैं। उन्हें अच्छा वेतन दिया जाता है। उनका मुख्य उद्‌देश्य भावी नागरिक तैयार करना है। मुझे याद है कि जब मैं छोटी थी तो जिला व प्रदेश स्तर की प्रतिस्पर्द्धाओं में भाग लेती थी, घर से दूरस्थ स्थानों तक यात्राएँ करती थी। साथ में अध्यापिका रहती थीं। हम कभी होटल में नहीं टिके। वह हमें सदा अपनी बहन के घर ले जातीं और पूरी टीम उनके साथ रहती थी। पूरे प्रकरण में हमारे अध्यापक को कोई व्यक्तिगत काम नहीं होता था, बल्कि वह हम सबको अपने ही परिवार का सदस्य मानता था। उनकी बहन भी बिना किसी विचार के हमारे रहने तथा भोजन की व्यवस्था करती थीं। अब जब पीछे देखती हूँ तो लगता है कि हमारी प्रणाली भी महान् थी।

हाल ही में किसी काम से हमें उड़ीसा जाने का मौका मिला। प्राय: विभिन्न स्थानों पर प्राकृतिक विपदाएँ आ जाती हैं। अक्तूबर 1999 में उड़ीसा में भयंकर तूफान आया, जिसकी कल्पना भी नहीं थी। पेड़ उखड़ गए, छतें उड़ गईं और भवन टूट गए। प्रतिवर्ष जब बाढ़ आती है। नदी, जो जीवन में दिखाई भी नहीं देती, एक बड़ी नदी का रूप ले लेती है। हर साल हजारों लोग मिट्टी के बने घरों से बेघर हो जाते हैं—पशुधन व संपत्ति नष्ट हो जाती हैं। मेरे लिए बड़े दु:ख व हैरानी की बात यह है कि हर विध्वंस के बाद अनाथों, विकलांगों और मानसिक रूप से विकलांगों की संख्या बढ़ती जाती है। अनाथालयों में भीड़ बढ़ती जा रही है। कई बार माँ-बाप अपने अपंग

बच्चों को त्याग देते हैं। पानीजनित बीमारियों के कारण सरकारी अस्पतालों में उपलब्ध स्थानों से तिगुने मरीज बढ़ गए हैं। डॉक्टर, गैर-सरकारी संस्थाएँ व सरकारी कर्मचारी अथक परिश्रम करते हैं; किंतु विध्वंस से उत्पन्न अनेक समस्याएँ हैं। कोई भी संस्था सरकारी स्कूल की मरम्मत प्रतिवर्ष नहीं कर सकती। यह बहुत कठिन कार्य है। इसलिए सारे संस्थानों ने निर्णय लिया है कि जो थोड़ा-बहुत स्कूल भवन नदी के निकट बनवाने की योजना हमने बनाई है, वे ऊँचे चौक पर बनाए जाएँगे, ताकि बाढ़ से बचाव कर सकें। हमने स्कूल के अध्यापक इस कार्य में लगाए हैं। उन्हें यह कार्य करने में गर्व का अनुभव हुआ कि आखिर स्कूल उनका है।

मैं उड़ीसा में एक स्कूल भवन के उद्घाटन के लिए गई हुई थी। सुबह का समय था। पूरा वातावरण उत्सव जैसा था। जिस अध्यापक ने इस विद्यालय के निर्माण में हमारा साथ दिया था, उसका स्थानांतरण निकट के गाँव में हो गया था; किंतु इस अवसर पर वह भी स्कूल में उपस्थित हो गया था। उद्घाटन से पूर्व मैंने सोचा कि छात्रों से कुछ बात कर लूँ। जब मैं कक्षा में गई तो आश्चर्य हुआ। कक्षा में छात्रों का जमघट था। अधिकतर बच्चे फर्श पर बैठे थे। बेंच थोड़ी ही थीं। दूसरे कक्ष में देखा—वही दशा थी। मैं बाहर आई तो देखा कि नीम के पेड़ की छाँव में एक कक्षा की पढ़ाई हो रही थी। इससे स्पष्ट था कि विद्यालय में कमरों की कमी है। मैं निर्धारित समय से कुछ पहले पहुँच चुकी थी। विद्यालय की नई प्रिंसिपल माफी माँगते हुए मेरे पास आई। वह अधेड़ उम्र की महिला थी, किंतु हर तरह से स्वस्थ थी। हालाँकि वह बहुत सरल लगी; किंतु प्राय: जो दिखता है, वह सच नहीं होता है। उसने कहा कि वह पर्व के कार्यों में व्यस्त थी। उससे बात करते हुए मुझे उसी परिसर के एक किनारे एक ढाँचा दिखाई दिया। उसी मकान के सामने मुझे एक साड़ी और कुछ गीले कपड़े सुखाने के लिए रखे दिखाई दिए। अध्यापक होते हुए मुझे मालूम है कि हम प्राय: बातें अधिक करना जानते हैं। इसलिए मैंने उसे टोका और साड़ी की ओर इंगित करते हुए जानना चाहा कि इस भवन में और कौन लोग टिके हुए हैं? वह सकपकाई और बुदबुदाई—ओह! वह भवन एक सहायता शिविर है। सहायता शिविर विद्यालय परिसर में क्यों बनाया गया है? जैसे आपके विद्यालय में जब कभी प्राकृतिक आपदा होती है तो इसे शिविर बनाया जाता है, अन्यथा यह स्कूल है।

'अभी कौन सी आपदा आ पड़ी है?'

'एक तूफान आया था।'

'किंतु वह तो दो वर्ष पूर्व आया था। क्या अभी तक लोग यहीं टिके हुए हैं?'

तब उसका स्वर बदला और बोली, 'नहीं, किंतु बाढ़-पीड़ित लोग यहाँ ठहरे हुए हैं।'

यह भी सच नहीं था, क्योंकि तब तक बाढ़ समाप्त हो गई थी। प्रधानाध्यापिका ने जोर दिया कि अब इस मामले पर अधिक समय न गँवाया जाए, क्योंकि उद्घाटन समारोह के लिए विलंब हो रहा है; किंतु मैं यह जानने के लिए कटिबद्ध थी कि वहाँ कौन लोग रह रहे हैं। वह मेरे साथ चल दी। वह एक सुंदर भवन था। उसमें अनेक बेंच थीं, जिनका उपयोग पलंग के रूप में किया जा रहा था; कुछ बरतन व बक्से थे; किनारे पर आग जलाने के लिए लकड़ी का ढेर था, जिससे स्पष्ट था कि वहाँ पर कोई खाना बनाता था।

'यहाँ कौन रहता है ?' मेरा प्रश्न था।

वह कुछ झुँझलाई, किंतु उसने आभास नहीं होने दिया।

'कुछ आदिवासी विद्यार्थी हैं। वे छात्रावास के रूप में इसका उपयोग कर रहे हैं।'

यह फिर से एक सफेद झूठ था, कि यह लड़कों का विद्यालय था, जबकि सुखाए जा रहे कपड़े महिलाओं के थे। इसके अतिरिक्त यह एक सामूहिक आवास नहीं लग रहा था। इस संबंध में जब मैंने अपना विचार जताया तो वह असहाय हो गई।

तब उसने मुझसे कहा, 'यह भवन उतना अच्छा नहीं है। हमारे कई अध्यापक गरीब हैं और उन्हें दूर-दूर से आना पड़ता है। इसलिए अस्थायी रूप से उन्हें रहने के लिए मैंने दे दिया है।'

मुझे उसके कथन पर विश्वास नहीं हुआ। अध्यापकों को अच्छा वेतन और मकान का भाड़ा भी दिया जाता है। फिर वे विद्यालय परिसर में क्यों ठहरना चाहेंगे ? मुझे पीछे से फुसफुसाहट सुनाई पड़ी। छोटे बच्चे विस्फारित आँखों से मुझे देख रहे थे। बच्चे अच्छे वार्त्ताकार होते हैं। वे केवल सत्य बोलते हैं, किसी को प्रसन्न करने के लिए झूठ नहीं बोलते। इसलिए मैंने एक बच्चे को बुलाया और पूछा, 'बेटा, यहाँ कौन ठहरा हुआ है ?'

बच्चे ने प्रधानाध्यापिका की ओर उँगली से इशारा किया। उसने लज्जित होकर सिर झुका लिया।

मैं उसके पास गई और बोली, 'आपने मुझसे झूठ क्यों बोला, वह भी चार बार विभिन्न कारणों से ? अगर आप झूठ बोलेंगी तो बच्चे भी वही सीखेंगे। आपको तो उनका आदर्श बनना चाहिए। आपको उदाहरण बनना चाहिए। आप महिला हैं और

महिला का आवश्यक गुण है कंपेंनेशन। जब आपके छात्र अपनी कक्षा में पशुओं के झुंड की तरह रहते हैं तो आप कैसे उनकी कक्षा को अपने आवास में बदल सकती हैं? यह उनका भवन है। क्या आप एक माँ की तरह नहीं हो सकती हैं? यदि आपका अपना बच्चा इस कक्षा में होता तो क्या आपको बुरा नहीं लगता? आप तो एक अध्यापिका हैं। क्या यह सच नहीं है कि पुरातन काल के अध्यापक का स्वाभाविक गुण अपने छात्रों की देखभाल प्यार से करना होता था? मैं भी एक अध्यापिका हूँ। हमें अपने छात्रों का हित-चिंतन करना चाहिए, अपना नहीं। यह व्यावसायिक भवन नहीं है। आप उनके स्थान को अपना मकान-किराया बचाने के लिए कैसे इस्तेमाल में ला सकती हैं? सिर्फ इसलिए कि ये बच्चे आपके इस अन्याय के विरुद्ध कुछ बोल नहीं सकते, आप इनकी परेशानियों को किस प्रकार नजरअंदाज कर सकती हैं? क्या यह महान् अध्यापकों की भूमि नहीं है?'

उसके पास कोई उत्तर नहीं था।

□

46

मुझे इनसान समझो

हाल ही में मुझे एक बच्चे के नामकरण समारोह में जाना था। वह कार्यक्रम पाँचसितारा होटल में धूमधाम से मनाया गया था। मैं अपनी सहेली के साथ गई। मुझे नहीं सूझा कि मैं उस छोटे से बच्चे को क्या सौगात दूँ। आजकल सौगात लेना-देना एक बहुत बड़ा बंधन बन गया है। शायद वैभव-प्रदर्शन का नया तरीका। आपकी भेंट आपकी आय के अनुसार होनी चाहिए। भेंट देने के पीछे प्यार व स्नेह की भावना का लोप हो चुका है। गुजराती में भी एक मुखर कहावत है—'हिसाब कबाड़ी का, बख्शीश लाख का', अर्थात् जब आप हिसाब-किताब करते हैं तो अंतिम पैसे तक का करें, एक पैसे तक का भी हेर-फेर नहीं होना चाहिए; किंतु जब आप किसी को भेंट देना चाहते हैं तो भेंट की कीमत मत देखें, उसके पीछे स्नेह की भावना को देखें। कोई बहुत ही कीमती चीज भेंट करता है, किंतु उसके पीछे स्नेह की कोई भावना नहीं होती, दूसरी ओर एक छोटा सा तोहफा अपने साथ ढेर सारा प्यार व स्नेह लाया हो सकता है। एक साल के बच्चे के लिए जो भेंट मैंने उपयुक्त समझी, वह था—खाने का एक कटोरा, जिसमें वह बच्चा खा सके।

जब मैंने उसे खरीदा तो मेरा मित्र हँसा और बोला, 'तुम परेशानी मोल ले रही हो। लोग तुमसे कुछ अच्छी भेंट की आशा करते हैं। खरीदने से पहले कुछ विचार कर लो।'

मैंने उसे एक गुजराती कहावत सुनाई और जो खरीदना था, वह खरीद लिया।

हम होटल पहुँचे। शहर का हर गण्यमान्य व्यक्ति बुलाया गया था—बच्चे, बालिग व बूढ़े भी, समाज में अग्रणी महिलाएँ और व्यवसायी भी। कांजीवरम, पटोला, शिफॉन और उनसे मेल खानेवाले हीरे चारों ओर दिखाई पड़ रहे थे। पार्टी में

पहने गए आभूषणों की छाया त्रिभुवनदास झवेरी की दुकान में रखे मॉडल से अधिक ही होगी। रस्म वही थी। माता-पिता द्वारा लाया केक काटना, पिता द्वारा पहली मोमबत्ती को बुझाना, माँ द्वारा बेबी को केक खिलाना, पूरी काररवाई का चित्रांकन, गुब्बारे फोड़ना और सामूहिक हैप्पी बर्थडे गाना। उसके बाद लोग अपनी-अपनी भेंट देने लगे और फिर रात्रिभोज। सूट-बूट से सजे लोग नए-नए संबंध स्थापित कर रहे थे तो महिलाएँ नए-नए फैशन के बारे में चर्चा कर रही थीं। युवक-युवतियाँ संगीत की मधुर धुन पर हॉल में नृत्य कर रहे थे तो कुछ लोग बीते दिनों की याद ताजा कर रहे थे। नई बनी माँ अपने बच्चे को खिला-पिला रही थीं। जिस बच्चे का जन्मदिन था वह बच्चा रो रहा था। पहनाए गए बोझिल कपड़े और सोने के गहने उसे परेशान कर रहे थे। भड़कीली और अत्यधिक रोशनी भी उसे अच्छी नहीं लग रही थी। मैंने बच्चे को दी गई भेंट की चीजों को देखा। चाँदी की कुछ कीमती चीजें, सोने की चेन, कंप्यूटर, नकद राशि। बहुत सारे लोग, जिन्हें मैं नहीं जानती थी, अपने-अपने संगठनों में चल रही मुश्किलों का बखान कर रहे थे। प्रत्येक का एक ही प्रश्न था—'जब आप खाली हों तो आपसे मिलने आऊँ। हमें पैसा नहीं, आपका मार्गदर्शन चाहिए।'

अब तक मैं जान चुकी हूँ कि पहली भेंट में कोई नकद पैसे की बात नहीं करता है। प्राय: अपनी समस्याओं का हल चाहते हैं, जिनका मुझसे कोई सरोकार नहीं है—जैसे लड़की के लिए उपयुक्त वर ढूँढ़ना या फिर पुत्र के लिए नौकरी का प्रबंध करना। अनेक प्रकार की सहायता—नकद या चीजों के रूप में। यदि और कुछ नहीं तो किसी जनसमूह या प्रार्थना-सभा में भाषण देना आदि। ऐसे समय में मैं कभी-कभी चीखने-चिल्लाने की सोचती हूँ—मुझे मशीन मत समझो, जिसे अपने फायदे के लिए इस्तेमाल कर सकते हो। मेरे साथ मानवता का व्यवहार करो। मैं किसी काम से अहमदाबाद में थी। लॉ गार्डन रोड पर लव गार्डन एक लोकप्रिय स्थल है। वहाँ पर छोटी-छोटी दुकानें हैं, जो देर शाम को खुलती हैं और रात के ग्यारह बजे बंद होती हैं। खुले रेस्टोरेंट हैं, जिनमें मेज-कुरसियाँ बाहर सड़क पर बिछी रहती हैं। पेरिस घूमनेवालों के स्वर्ग की याद उससे ताजा हो जाती है। प्राय: युवा घुमक्कड़ देर रात को यहाँ घूमने निकलते हैं। दुकानें छोटी, पर रंगीन हैं। वे गुजरात की हाथ की बनी चीजें, दस्तकारी, कढ़ाई की वस्तुएँ, कारीगरी, चनिया-चोली, चादरें, तकिए आदि रखते हैं। इसके अलावा इन दुकानों में चाँदी आदि की कीमती वस्तुएँ, ग्राम्य डिजाइन के गहने आदि बिकते हैं। सारी चीजें बहुत ही लुभावनी होती हैं। उन्हें देखकर खरीदने को जी चाहता है। यह ध्यान नहीं रहता

कि खरीदने के बाद उसे कभी इस्तेमाल भी कर सकते हैं या नहीं। एक संध्या को अपनी सहेली के साथ मैं हलकी सी खरीदारी करने गई। युवती सुंदर स्वभाव की थी और उसकी मुसकान बहुत ही खूबसूरत थी। एक साधारण सी साड़ी पहने थी और काले मूँगे की चेन तथा काँच की चूड़ियों के अलावा कोई अन्य आभूषण उसने नहीं पहना हुआ था। स्वस्थ और मुसकराती महिला बिना आभूषणों के और भी खूबसूरत लगती है। उसका पति कुछ बड़ी आयु का था। मेरी इलाहाबादी सहेली के विचार से पर्स का मूल्य कुछ अधिक बताया गया। उसने सौदा करना चाहा। तभी मुझे कुछ असामान्य सी बात दिखी। वह था एक छोटा सा बच्चा, शायद एक वर्ष का—दुकान के निकट ही फुटपाथ पर पालने में लेटा हुआ। उसे भी साधारण सूती कपड़े उसने पहना रखे थे। वह लकड़ी के खिलौने से खेल रहा था। बच्चा स्वस्थ था और चुस्त भी, किंतु उसके माता-पिता आस-पास नहीं दिखे। मैंने उस लड़की से पूछा।

उसने गर्व से कहा, 'वह हमारा बच्चा है।'

उसकी मधुर मुसकान से मुझे उससे बात करने की सूझी। मैंने पूछा, 'तुम बच्चे को बाजार में क्यों लाई हो? क्या घर में या किसी पड़ोसी के पास नहीं छोड़ सकती थीं?'

उसने सकुचाते हुए कहा, 'घर पर हमारा कोई नहीं है और मेरे पड़ोसी यहीं विभिन्न दुकानों पर काम करते हैं।'

मैं हमेशा ऐसी महिलाओं से बात करने की इच्छुक होती हूँ और उनकी जीवन-शैली को समझने की कोशिश करती हूँ। खूबसूरत पर्स दिमाग से उतर गया और उस बच्चे के विषय में जानने का विचार उभर आया—'तुम अपने काम और बच्चे—दोनों को एक साथ कैसे सँभाल लेती हो?'

'मैं सुबह तड़के उठ जाती हूँ और घर का सारा काम करती हूँ। तब तक मेरे पति बच्चे को सँभालते हैं। मध्याह्न के बाद वह कढ़ाई का काम देखते हैं और मैं बच्चे की देखभाल करती हूँ। शाम को हम दोनों काम के साथ बच्चे को भी देखते हैं।'

'क्या तुम अखबार पढ़ती हो या टी.वी. देखती हो?' ये प्रश्न अप्रासंगिक थे, मगर मैं जानना चाहती थी।

वह बोली, 'हमारे पास टी.वी. नहीं है। कभी पड़ोसी के घर चले जाते हैं तो देख लेते हैं। हमारी बस्ती में एक गुजराती पेपर आता है, उसी को हम दोनों पढ़ लेते हैं। उसमें कोई ऐसी घटना नहीं होती, जिससे हमारे जीवन पर सीधा प्रभाव पड़ता हो। यह सब वैसा ही है जैसे कि जब मैं छोटी थी तब कच्छ में मेरे पिता वही करते

थे, जो मेरे पति आज करते हैं।'

'क्या तुम पढ़ सकती हो? किसी स्कूल में पढ़ी हो?'

'नहीं, मैं कभी स्कूल नहीं गई। हमारी एक सौतेली माँ थी, जिसने कभी हमें स्कूल नहीं भेजा। हम कच्छ के हैं। जब हम बच्ची थीं तो हमें कढ़ाई-बुनाई सीखनी होती थी बजाय स्कूल जाने के। मेरे पति ने चौथी कक्षा तक पढ़ाई की है, जो गुजराती समाचार-पत्र पढ़ने के लिए काफी है।'

'तुम्हारे बच्चे की आयु कितनी है?'

'एक वर्ष। आज ही उसका जन्मदिन है। हमने निश्चय कर लिया है कि आगे कोई बच्चा न हो। हम भले ही पढ़े-लिखे न हों, पर उसे पढ़ाने के लिए खूब मेहनत करेंगे।'

अब तक मोल-भाव हो चुका था। दुकानदार कीमत घटाने के लिए राजी नहीं हुआ, इसलिए मेरी सहेली ने पर्स नहीं लिया। अब हम जाना चाहते थे। मैंने बच्चे को फिर देखा। वह एक सुंदर, स्वस्थ शिशु था। आज उसका जन्मदिन है। मुझे उस दिन मनाया गया समारोह याद हो आया। यह तो किस्मत की बात है कि यह लड़का यहाँ पैदा हुआ। मेरी इच्छा हुई कि उसे कुछ भेंट में दूँ। मैंने अपना पर्स खोला तथा सौ का एक नोट उसकी हथेली पर रख दिया और चल दी।

तुरंत उसकी माँ मेरे पीछे आई और बोली, 'कृपा करके अपने पैसे वापस ले लें, हम भिखारी नहीं हैं। हम आपको जानते नहीं, इसलिए हमें आपसे पैसा नहीं लेना चाहिए?'

मैंने उसके गुस्से को भाँपा। मैं बोली, 'यह तुम्हारे लिए नहीं है। आज उसका जन्मदिन है और हमारी रीति है कि जैसे ही बच्चा एक साल का होता है, उसे कुछ भेंट दी जाती है। मैं पाँच मिनट से तुमसे बात कर रही हूँ और तुम्हें जानती हूँ। इसलिए बच्चे को आशीष दे रही हूँ। इसे लेने से इनकार मत करो।'

तब तक उसका गुस्सा उतर गया था। एक क्षण में उसकी आँखों में चमक आई और मुसकान लौट पड़ी। मैं मुड़ी और जाने को हुई। उसने मेरा दायाँ हाथ पकड़ा और पर्स मुझे थमा दिया। मैं भौंचक्की रह गई। मैंने उसे लेने से इनकार कर दिया। पूछा, 'क्या तुम बच्चे को दी गई भेंट वापस कर रही हो?'

वह बोली, 'नहीं बहन, मैं आपकी बात से बहुत प्रसन्न हुई। हमारी दुकान में बहुत से ग्राहक आते हैं; किंतु वे पूर्णतया व्यावसायिक होते हैं। वे मूल्य पूछते हैं, सौदा करते हैं। पैसा देने के बाद वे पैकेट ले जाते हैं। पीछे मुड़ते तक नहीं और चले जाते हैं। कभी एक बार भी किसी ने मानवता के नाते बात तक नहीं की। वे हमेशा

हमें व्यावसायिक लोग समझकर बरताव करते हैं। किसी ने नहीं पूछा कि हम कैसे रहते हैं, क्या करते हैं। वे सब वही देखते हैं, जो आपने आज देखा। आप पहली महिला हैं, जिन्होंने हमें एक मानव समझकर व्यवहार किया है। यह अच्छी भावना है। आप अन्यथा न लें कि यह मैं आपको दे रही हूँ। यह मेरा बच्चा आपको दे रहा है। मुझे इतना अच्छा लगा कि कोई, जो अपने यहाँ की नहीं है, हमारी भाषा नहीं जानती, जो हमारे लिए बिलकुल अनजान है, वह मेरे बच्चे को पहले जन्मदिन पर आशीष दे रही है। क्या यह हमारा कर्तव्य नहीं बनता कि अपनी सामर्थ्य के अनुसार हम आप जैसी महिला का सम्मान करें। ईश्वर ने हमें इतना पैसा तो नहीं दिया कि मैं पर्स को भर सकूँ, मगर मैं ईश्वर से प्रार्थना करती हूँ कि वह आपको ढेर सारा पैसा दे, ताकि आप इसे भर सकें।'

मैं उसकी भावनाओं से पूरी तरह अभिभूत हो गई। एक मानव-मूर्ति, मशीन से भिन्न। मैंने भेंट को सहर्ष स्वीकार किया। बच्चा अभी भी नोट को थामे हुए मुसकरा रहा था।

□

47

चेन्नई का वह दानदाता

संयुक्त राज्य अमेरिका में निधि जमा करने का विचार काफी लोकप्रिय है। विश्वविद्यालयों में तथा धार्मिक संगठनों में इस कार्य के लिए अलग विभाग हैं। वे सही व्यक्ति को विभिन्न उपायों से पकड़ते हैं, जिससे दानी लोग विश्वविद्यालयों व संगठनों को पैसा देते हैं। मेरी मित्र मैथिली किसी गैर-सरकारी संगठन (एन.जी.ओ.) के लिए कार्य करती है। एक मध्यम वर्गीय परिवार से आई वह युवती बहुत ही चुस्त व बातूनी है। एक प्रातः वह मेरे पास आई और शहर की एक जानी-मानी महिला से मिलने के लिए संभ्रांत लोगों के घर चलने का आग्रह किया। मैथिली इस महिला से दान-राशि प्राप्त करने के लिए कोशिश कर रही थी। अंत में उसने मैथिली को शहर से चालीस कि.मी. दूर अपने फार्म हाउस पर मिलने का समय दिया था। मैथिली अकेली जाने में हिचकिचा रही थी। इसलिए उसने मुझे साथ चलने को कहा। हम उसके महलनुमा आवास पर पहुँचीं। पच्चीस एकड़ के इस विशाल भूभाग के मध्य में बने इस भवन के चारों ओर सुंदर बाग था। भवन पारंपरिक कुटिया जैसा बना था। सख्त सुरक्षा व्यवस्था थी। हमसे अनेक प्रश्न पूछे गए। आंतरिक संचार-व्यवस्था द्वारा अंदर से अनुमति मिलने पर ही गार्ड ने हमें अंदर भेजा। यद्यपि बाहर से भवन पुराना-सा लग रहा था, किंतु अंदर बहुत ही शानदार और अत्याधुनिक तरीके का था। दीवारें हलके रंग से रँगी थीं। तालाब के बीच फव्वारा सुगंधित पानी छिटका रहा था। उस बड़े हॉल में प्रकृति की छटा बिखर रही थी। लकड़ी का फर्श एवं प्राचीन संग्रहणीय वस्तुएँ, कलाकृतियाँ इस स्थान की सुंदरता बढ़ा रही थीं। छत पर भी एक बगीचा लगा था। गृहिणी चमचमाती जंजीरों से लटके झूले पर बैठी थी। ये जंजीरें पीतल की बनी थीं या सोने की, यह मेरी समझ में नहीं आया। महिला शिफॉन साड़ी और प्लाटिनम

आभूषणों में बहुत ही शालीन लग रही थी। दूर से ही उसने हमें बैठने का इशारा किया। यद्यपि वह पचास वर्ष की आयु के आस-पास की होगी, किंतु वह जवान लग रही थी। चारों ओर चंदन की सुगंधि फैल रही थी। फूलदान में ताजे फूल सजे थे। दो चुस्त सचिव पास ही में खड़े थे। मैथिली और मैं कुछ असुविधा-सी महसूस कर रही थीं, क्योंकि दो स्वाभाविक वस्तुएँ—मुसकान और मिलने की प्रसन्नता की झलक—दोनों ही नदारद थीं। प्राय: देखा गया है कि अच्छा भोजन, साड़ी-गहने या अच्छा मकान किसी को उतना प्रभावित नहीं करता जितना स्वागत करते हुए मेजबान के चेहरे की मुसकान और हार्दिक प्रसन्नता देखकर, जिससे सामाजिक स्तर, आयु तथा भाषा को एक ओर रखकर मित्रता का भाव पनपता है।

मैथिली ने अपने गैर-सरकारी संगठन के विषय में बढ़ा-चढ़ाकर बताया। आखिर अपने विचारों से उसे प्रभावित करना था। सामान्यतया जब लोग बढ़-चढ़कर बातें करने लगते हैं तो कुछ प्राप्त करने की आशा होती है, किंतु महिला ने शांति के साथ सब सुना। किसी प्रकार की प्रतिक्रिया नहीं जताई। जब कोई प्रतिक्रिया नहीं होती तो दूसरी ओर खड़ा व्यक्ति भी खामोश हो जाता है। चालाक व्यक्ति कभी अपने भावों को समझने का अवसर नहीं देता। सामान्य व्यक्ति बातें बहुत करते हैं—अपना दिल खोलकर रख देते हैं। यही मैथिली ने भी किया। दूसरी ओर महिला ने उसे कुछ भी नहीं कहा। एक असह्य चुप्पी के बाद महिला बोली, 'अपने आवेदन आदि मेरे सचिव को दे दीजिए। उन्हें देखकर मैं तुमसे बात करूँगी।'

उस तीखे उत्तर से हमारे उत्साह का गुब्बारा फट गया। यह बात तो वह फोन पर भी कह सकती थी। आधा दिन बरबाद करने के बाद हमें इतनी दूर से आना पड़ा।

एक महीने के बाद एक विद्यालय के उद्घाटन समारोह पर मुझे मैथिली मिली, जहाँ पर वही महिला मुख्य अतिथि के रूप में आई थी। मैंने उसके द्वारा दिए गए दान के विषय में पूछा। मैथिली मुझे एक तरफ ले गई और बुदबुदाई, 'उससे पैसा निकालना बहुत कठिन है। अपने ऊपर कुछ भी खर्च करेगी, किंतु दान देने से पूर्व हजार बार सोचेगी। आपको मालूम है कि उसने एक महीने के प्रयास के बाद दस हजार रुपए की स्वीकृति दे दी है, इस शर्त पर कि हम अपने उत्सव में मुख्य अतिथि के रूप में उसे ही आमंत्रित करेंगे। उससे इतनी थोड़ी सी धनराशि नहीं लेनी थी। देखिए, याद रहे कि गैर-सरकारी संगठन के लिए धन एकत्रित करना बहुत कठिन कार्य है। आपको अनुभव नहीं है। एक-एक रुपया मायने रखता है। क्या यह सही नहीं है कि प्रत्येक बूँद सागर बनाती है? कोई भी व्यक्ति बिना कुछ इच्छा-प्राप्ति के दान नहीं देता है। धन एकत्रित करते हुए मैंने यही सीखा है।' धन एकत्रित

करने का कुछ भी अनुभव न होने से मुझे मैथिली के कथन को स्वीकार करना पड़ा।

मैं एक सप्ताह के अवकाश पर थी और मेरी अनुपस्थिति में जो डाक या पत्र मेरे लिए जमा होंगे, उसके बारे में सोचकर ही कार्यालय में जाने से कतरा रही हूँ। मैं डाक छाँटने में लगी थी, तभी मेरी सचिव ने एक छोटा सा लिफाफा, जिसे देखकर उसके चेहरे पर हैरानी का भाव उभरा, दिया। ऐसा क्या विस्मयकारी है इस लिफाफे में? उसने हाथ का लिफाफा छोटी सी टिप्पणी के साथ मुझे थमाया। उसमें लिखा था—'मैं जानता हूँ कि आप मुझे नहीं जानतीं। मैं आपके कार्यों को समाचार-पत्रों में पढ़ता हूँ। जब एक लेख को जीवन का सच्चा अनुभव मिलता है, तभी वह उसके विषय में लिखती-पढ़ती है। भाषा तो एक हथियार है, किंतु केवल भाषा से ही पठनीय सामग्री तैयार नहीं होती। यह व्यक्तिगत अनुभव है, जो उपयुक्त भाषा के माध्यम से पठनीय बनता है। आपके अनुभवों को पढ़कर मुझे आभास हुआ कि आप किस प्रकार के कार्यों को करती हैं और आप उसमें कितनी निमग्न हैं।'

मैं व्यस्त थी। अत: मैंने वह नोट वापस सचिव को दे दिया और कहा, 'यह प्रशंसा में लिखा अतिशयोक्तिपूर्ण पत्र है। इसे फाइल कर दो। ऐसे पत्र मुझे न दिखाया करो। सुबह का समय कार्यालय में बहुत मूल्यवान् होता है।' मैं कुछ अशांत सी थी।

'मैडम, क्या आपने उसे पूरा पढ़ा है? यह कुछ भिन्न प्रकार का है।'

मैं पढ़ती रही—'मैं बूढ़ा हूँ और आपकी तरह यात्राएँ नहीं कर सकता। मैंने कुछ पैसा बचाया है। उसे मैं आपको देना चाहता हूँ, ताकि अपने काम में लगा सकें। आपके पास बहुत कुछ होगा, किंतु यह आपके कार्य में मेरा योगदान रहेगा। मैं कभी नहीं पूछूँगा कि आपने राशि किसे दी। मुझे आप पर पूरा विश्वास है।'

नोट के साथ चार लाख रुपए का ड्राफ्ट था। अब सचिव से अधिक मैं स्तब्ध थी। सामाजिक जीवन में मुझे अनेक पत्र मिले, जिनमें धन की माँग होती थी। जो धन दिया गया था, वह अपर्याप्त था—यह भी लिखा रहता था; किंतु यहाँ एक व्यक्ति है, जिसने मेरे काम को बढ़ाने हेतु मुझे पैसा दिया। मैंने सूर्य की ओर रखकर वह ड्राफ्ट देखा—वह गहरे नीले आकार के चमकीले तारे की तरह था। उसमें कोई माँग नहीं थी। दानी सज्जन ने अपने विषय में कुछ नहीं लिखा था। न उसने कोई पता दिया था। डाकखाने की मुहर से इतना पता लगा कि वह चेन्नई से आया है। मैं चेन्नई के इस अनजान दानी सज्जन के लिए सादर नतमस्तक हूँ। मुझे अबू वेन एडम संबंधी एक कविता याद आई—मे हिज ट्राइवइनक्रीज यानी ईश्वर उसके वंश को बढ़ाए। मेरा दिमाग उस धनी महिला की तरफ गया, जिसके पास मैं गई थी। दोनों दानियों में कितना अंतर है। □

48

जीवन एक परीक्षा है

मौत—इस दो अक्षर के शब्द से सभी डरते हैं, चाहे वह राजा हो, करोड़पति हो या भिखारी। मौत से कोई नहीं बच सकता।

किसी परिवार में पैदा होना हमारे बस की बात नहीं है, यह मात्र एक संयोग है; लेकिन यह तय है कि चाहे जहाँ भी आपका जन्म हुआ हो, आपकी मौत निश्चित है। हमारे पूर्वजों ने इस बात को समझा और कुछ ऐसे नियम बनाए, जिसपर चलकर हम अपनी जीवन-यात्रा को बेहतर ढंग से गुजार सकें। उन्होंने जीवन को चार वर्गों में बाँटा। अंतिम दो वर्ग वानप्रस्थ आश्रम और संन्यास उनमें महत्त्वपूर्ण हैं। इनसान इस बात को उम्र के साथ ही समझता है।

सुमित्रा और सुरेश मेरे सहपाठी थे। सुमित्रा पढ़ने में बहुत होशियार थी। वह अकसर प्रथम आती। सुरेश सुमित्रा की तरह होशियार तो नहीं था, लेकिन वह बेहद अच्छा इनसान था। दोनों में प्यार हुआ और फिर उन्होंने शादी कर ली। सुरेश ने व्यवसाय से बेइंतहा पैसा कमाया। सुमित्रा ने व्यवसाय में हमेशा उसे सहयोग दिया।

हालाँकि वे आर्थिक रूप से संपन्न थे, लेकिन सुमित्रा ने कभी फिजूलखर्ची नहीं की। वह पैसे और मेहनत की कीमत समझती थी।

कभी-कभी किसी समारोह में मैं उनसे मिलती रहती थी। उनकी मेहमानदारी लाजवाब थी। उनके बरामदे में बैठक कर हम अपने पुराने दिन याद करते।

बाहर से वे दोनों बेहद खुश दिखते—एक संपूर्ण जोड़े की तरह, जो एक-दूसरे के लिए ही बने हों, लेकिन उनके चेहरे पर दुःख की एक छाया हमेशा दिखती। उनके बच्चे नहीं थे। उन्होंने किन्हीं कारणों से दूसरे के बच्चे को गोद न लेने का निर्णय लिया था। मुझे इसका कारण नहीं पता। मेरा मानना है कि हमें दूसरे के जाती

मामले में बेवजह हस्तक्षेप नहीं करना चाहिए। इससे गलतफहमियाँ ही बढ़ती हैं।

एक दिन सुमित्रा ने मुझे फोन कर न्योता दिया, 'क्या तुम आज शाम मेरे घर खाने पर आ सकती हो ?'

मैंने सोचा कि यह उसके सामान्य न्योता की तरह ही होगा, लेकिन जब मैंने उनके घर में प्रवेश किया तो वहाँ के माहौल में तनाव की छाया थी। दोनों अपने आप में नहीं थे। वे थके और परेशान लग रहे थे।

मुझे देखते ही सुमित्रा रोने लगी, 'आज मैं मेडिकल चेकअप के लिए गई थी। मैंने सोचा था कि यह सामान्य चेकअप होगा, लेकिन मेरे डॉक्टर ने बताया कि मेरे गुरदे में कुछ दिक्कत है। मैं वाकई चिंतित हूँ।'

मैं उनकी परेशानी को आसानी से समझ सकती थी। पिछले ही साल सुरेश को दिल का दौरा पड़ा था। वे दोनों पूरी तरह से एक-दूसरे पर निर्भर थे। दोनों सिर्फ एक-दूसरे के लिए और दूसरे के बारे में सोचते थे। अब समय आ गया था, जब वे दोनों यह नहीं जानते थे कि अब वे कितना जीएँगे।

जीवन में स्वास्थ्य की बराबरी किसी चीज से नहीं की जा सकती। अच्छी सेहत सबसे बड़ी पूँजी है। पैसे से दवाई और आराम तो खरीद सकते हैं, लेकिन खुशियाँ नहीं। वे चाहते थे कि मैं उनकी परेशानियों को सुनूँ। मैंने उनकी हर बात को खुले मन से सुना।

सुरेश व्यावहारिक था। बोला, 'देखिए, अब हमें यह सोचना चाहिए कि हम बचे हुए सालों में अपने पैसे कैसे खर्च करेंगे। मुझे लगता है कि हमें अपनी वसीयत बना लेनी चाहिए, जिससे बाद में रिश्तेदारों में किसी तरह की गलतफहमी न पैदा हो। मुश्किल के दिनों में किसी भी रिश्तेदार ने हमारी मदद नहीं की। इसलिए मैं भी किसी रिश्तेदार को कुछ नहीं देना चाहता।'

सुरेश सही था। जब व्यक्ति मेहनत से पैसे कमाता है तो उसका व्यक्तित्व अलग ही होता है। वहीं अगर किसी को पुश्तैनी जायदाद मिलती है तो वह व्यक्ति कभी मजबूत नहीं हो सकता। सुरेश फैसला कर चुका था।

लेकिन सुमित्रा का मत अलग था। ऐसा पहली बार हुआ, जब सुमित्रा अपने पति के खिलाफ हो। हालाँकि वह रात ठंडी थी, लेकिन उनकी गरमागरम बहस ने कमरे के तापमान को बहुत बढ़ा दिया था। मैंने उनकी बहस में कोई दखलंदाजी नहीं की। यह उनका निजी मामला था और पैसा भी अपना। भला मेरे जैसा बाहर का व्यक्ति इसमें कैसे शामिल होता ? मैंने सोचा कि बेहतर यही होगा कि मैं ऐसी बातों की गवाह भी नहीं बनूँ।

मैं चलने को थी, लेकिन सुमित्रा ने मुझे रोक लिया। उसने कहा, 'हमने तुम्हें

मशविरा देने के लिए बुलाया है। तुम हमें प्रिय हो और हमारी अपनी हो। खुद को बाहर का मत समझो।'

इस कारण मुझे रुककर उनकी बहस को सुनना पड़ा।

'मैंने अपने ऊपर कभी पैसे खर्च नहीं किए। मैं नहीं जानती कि मैं कितने साल जिंदा रहूँगी। इसलिए मुझे जिंदगी अपने मन के मुताबिक जीने दो।' यह सुमित्रा का पक्ष था।

उस दिन कोई निर्णय नहीं हो सका।

दिन बीते। मैं दोनों के बीच की अनबन को देख रही थी। मुझे सुरेश से ज्यादा सुमित्रा के बारे में देखने व सुनने को मिलता। उसने आधुनिक वस्त्र खरीदने शुरू कर दिए—बिना यह सोचे कि वे उसपर फब भी रहे हैं या नहीं। मैंने उसकी तसवीर सोसाइटी पन्नों पर देखी थी।

एक बार जब मैं मुंबई से लौट रही थी तब वह मुझे एयरपोर्ट पर मिली। मैं अपनी आँखों पर विश्वास नहीं कर सकी। क्या यह वही सुमित्रा थी, जिसके लंबे बाल थे और जो सूती साड़ी पहनती थी ? किंतु अब वह पारदर्शी पाश्चात्य कपड़ों, हीरे के कंगन, बालियाँ, अंगूठियाँ, चेन आदि से लदी हुई थी। उसके चेहरे पर आधा इंच मेकअप था। परफ्यूम से सराबोर थी वह।

उसने मुंबई में होने का कारण मुझे बताया, 'मैं मुंबई में घुड़दौड़ देखने के लिए आई थी। मैंने इससे पूर्व घुड़दौड़ कभी नहीं देखी थी। इसलिए सोचा कि इसका अनुभव भी कर लूँ। यहाँ से मैं एक फिल्म निर्माता की बेटी की शादी में शामिल होने चेन्नई जा रही हूँ।'

'फिल्म निर्माताओं की संगति में तुम कब से घूमने लगी हो ?'

'हाल ही में मैंने फिल्मों में पैसा लगाना शुरू किया है। यह वाकई महान् क्षेत्र है। मुझे तो इस क्षेत्र के बारे में कोई जानकारी नहीं थी। मैंने अपनी पूरी जिंदगी कई चीजों का आनंद लिये बिना बिता दी। आज मैं पहले से ज्यादा व्यस्त हूँ।'

'सुरेश कैसा है ?'

वह मेरे सवाल से बहुत उदास हुई। फिर बोली, 'हमेशा की तरह अपने व्यवसाय में खोया हुआ है।'

अब मुझे एहसास हो गया था कि दोनों अपनी-अपनी तरह से जिंदगी बिता रहे थे। सुरेश कभी-कभी कुछ शैक्षणिक संस्थानों के बारे में जानने के लिए मुझे फोन कर लेता था। अपने अनुभवों के आधार पर मैं उसे अपनी राय दे देती थी।

कुछ दिनों बाद सुरेश के वकील का फोन मेरे पास आया—'सुरेश ने अपनी आखिरी वसीयत बना ली है और वह आपको उसका संचालक बनाना चाहता है।

क्या आप इसे स्वीकार करती हैं ?'

मैं सुरेश के फैसले पर आश्चर्यचकित थी। न मैं उसकी रिश्तेदार थी और न उससे मेरा कोई व्यापारिक संबंध था। मैंने सोचा कि मुझे जाकर उससे मिलना चाहिए। दूसरे के पैसों की देखभाल करना जिंदगी की बड़ी जिम्मेदारियों में से एक है। अपने पैसे खोना तो झेला जा सकता है, लेकिन जब आप किसी ट्रस्ट के ट्रस्टी होते हैं तो आपकी जिम्मेदारी हजार गुना बढ़ जाती है। विश्वास एक ऐसा कीमती गुण है, जिसे इस दुनिया में पाना बहुत मुश्किल है।

मैं सुरेश से उसके घर पर मिली। सुमित्रा दिल्ली गई हुई थी। जब मैंने वसीयत पढ़ी तो मुझे आश्चर्य हुआ। वह शिक्षण संस्थानों, पुस्तकालय और कंप्यूटर केंद्रों के लिए दान तथा छात्रवृत्तियाँ तैयार करना चाहता था, लेकिन कहीं भी अपना नाम नहीं चाहता था। सभी दान सुमित्रा के नाम पर थे।

मैंने अपनी भौंहें चढ़ा लीं।

'हाँ,' उसने विस्तार से कहा, 'हमारे विचार अलग हो सकते हैं; लेकिन बिना उसकी मदद के मैं अपने व्यापार को नहीं बढ़ा सकता था। उसकी अपनी राय है, लेकिन मैं इसी तरह से सोचता हूँ।'

'क्या सुमित्रा को इस वसीयत के बारे में पता है ?'

'नहीं। प्लीज उसे इस बारे में मत बताना।'

एक सप्ताह बाद मुझे पता चला कि सुमित्रा की हालत बहुत खराब है। जब तक मैं अस्पताल पहुँची, उसकी मृत्यु हो चुकी थी। मुझे यह भी पता चला कि उसका बैंक बैलेंस न के बराबर है।

सुरेश ने अपनी प्रिय पत्नी की मौत को बहुत अच्छे से लिया। वे कई साल तक शादी के बंधन में बँधे रहे थे। मैं समझ सकती थी कि सुमित्रा के बिना जीना उसके लिए कितना मुश्किल था। एक साल बाद सुरेश के वकील ने मुझे फोन किया और बताया कि सुरेश अब इस दुनिया में नहीं है।

इस तरह मेरे दो दोस्तों, दो व्यक्तियों की मौत साल भर के अंतराल में हो गई। जब भी मैं 'सुमित्रा मेमोरियल पुरस्कार' की ओर देखती हूँ, मेरे जेहन में एक ही प्रश्न उठता है—क्या जीवन अजीब नहीं है ? दोनों जानते थे कि उन्हें मरना है, लेकिन दोनों ने अलग-अलग राह चुनी। सुमित्रा भले ही सुरेश से बेहतर रही हो, लेकिन जिस तरह सुरेश ने जीवन को समझा, सुमित्रा नहीं समझ सकी। उसने जीवन को मजे से गुजारने की सोची, जबकि सुरेश ने परोपकारी तरीका ढूँढ़ा था। एक सी परिस्थितियों ने दो व्यक्तियों से दो अलग तरह के परिणाम प्रस्तुत किए। □

49

मेरा पैसा, आपका पैसा

मेरी आयु कुछ भी हो, मैं हमेशा महसूस करती हूँ कि मैं दिल से जवान हूँ। मैं बच्चों से मिलती रहती हूँ। खुशी भी बीमारी की तरह फैलती है। वे अपनी गोपनीय बातें मुझे बताते हैं। वे मेरे प्रेरणास्रोत हैं।

मैं एक कॉलेज में पढ़ाती हूँ। प्रत्येक बैठक में मैं बहुत सारे छात्रों से मिलती हूँ। समय बीतने के साथ-साथ मैं संभवत: उनके नाम याद न रख सकूँ, किंतु वे मुझे याद रखते हैं। कई बार विषम स्थितियों में उन्होंने मेरी सहायता की है, जैसे हवाई अड्डे पर या किसी होटल में; जबकि मेरे लिए आरक्षण नहीं होता। उन्हें याद रहता है कि मैं उनकी अध्यापिका रही हूँ। अत: हर प्रकार से अपनी सामर्थ्य के अनुसार वे मेरी सहायता करते हैं। अपने छात्रों से मिलकर मुझे अत्यंत खुशी होती है। आश्चर्य नहीं कि पुरानी यादें और पुराने छात्र बहुत ही मूल्यवान् एवं बिरले होते हैं।

लगभग एक दशक पूर्व मैं स्नातकोत्तर छात्रों को कंप्यूटर विज्ञान पढ़ाती थी। उस बैच में कई प्रतिभावान् छात्र थे, जिनमें अशोक व अनीता भी थे। मैं उन्हें बहुत स्नेह करती थी। वे बहुत ही लगनशील और परिश्रमी थे। स्नातक की डिग्री प्राप्त करने के बाद एक बार वे मुझसे मिलने आए। वे अध्यापन कार्य को अपनाना चाहते थे। उन्होंने मेरी राय पूछी।

'यदि तुम लोगों को पढ़ाना अच्छा लगता है और उसके लिए लगन है, तभी उसे अपनाओ। आज सॉफ्टवेयर उद्योग में तुम दोनों अच्छा वेतन प्राप्त कर सकते हो, जो कोई महाविद्यालय नहीं दे सकता। फिर भी, अध्यापन से जो संतुष्टि तुम्हें मिलेगी, उसकी तुलना पैसे से नहीं की जा सकती। यदि अध्यापन कार्य के प्रति रुचि नहीं हो, फिर भी उसे अपनाओ तो मूर्खता होगी। यदि कोई अध्यापक भूल करेगा तो पूरी कक्षा

पर प्रभाव पड़ता है और यह सबके भविष्य को प्रभावित करता है।'

अनीता और अशोक ने फिर भी अध्यापन को ही अपनाया। कुछ समय बीतने पर उन्होंने शादी कर ली। मैं उनके ब्याह पर गई थी और उन्हें हार्दिक बधाई व आशीर्वाद दिया था। अब वे भी मेरी तरह अध्यापक हैं।

दिन बीते। उन्हें एक बेटी हुई। अशोक ने स्कूटर खरीद लिया। उनका एक छोटा सा परिवार था। एक मध्यम वर्गीय शिक्षित परिवार की भाँति दो शयन-कक्ष वाले किराए के मकान में वे रहते थे। अशोक की विधवा माँ उनके साथ ही रहती थीं। कुल मिलाकर उनका एक हँसता-खेलता परिवार था।

यद्यपि अब अनीता मेरी सहकर्मी थी, किंतु कार्यकाल भिन्न होने के कारण हम बहुत कम मिल पाते थे। एक दिन मैं उसे कंप्यूटर प्रयोगशाला में मिली। वह चिंतित व अप्रसन्न-सी लगी।

'मैडम, हमारा मकान मालिक मकान खाली कराना चाहता है। मैं सोचती हूँ कि यह तो किसी भी किराए के मकान में हो सकता है। अच्छा हो कि हमारा अपना मकान हो। मेरी बेटी अब बड़ी हो गई है। मैं उसका दाखिला प्ले स्कूल में कराना चाहती हूँ। चूँकि उसके स्कूल और मेरे कॉलेज का समय एक है, इसलिए मैं उसे स्कूटर से नहीं छोड़ सकती। मेरी सास बूढ़ी हैं और जोड़ों के दर्द से पीड़ित रहती हैं। उनकी सेवा के लिए एक कामवाली की जरूरत है। इस प्रकार अनेक आर्थिक आवश्यकताएँ हैं।'

मैंने उसकी समस्या को समझा और सिर हिलाकर हामी भरी। आखिर मैं भी इन सब चक्र से गुजर चुकी हूँ, वह भी कम उम्र में।

उसने आगे कहा, 'मैंने एक सॉफ्टवेयर कंपनी में काम करने का निर्णय लिया है, जो मुझे अधिक वेतन देंगे। अशोक का कहना है कि वह अध्यापन कार्य में ही खुश है, अत: उसे बदलना नहीं चाहता। किंतु मैं सोचती हूँ कि दोनों में से एक को अच्छे वेतनवाले काम पर जाना चाहिए। अशोक और मुझमें कोई अंतर नहीं। हम दोनों से ही एक इकाई बनती है। इससे कोई अंतर नहीं पड़ता कि कौन अधिक कमाता है। अशोक बहुत ही सहयोगी एवं समझदार पति है। मेरी सास एक महान् महिला हैं। मैंने सॉफ्टवेयर कंपनी में काम करने के लिए प्रार्थना-पत्र बनाकर भेजने शुरू कर दिए हैं। क्या मैं आपका नाम अपने संदर्भ में दे सकती हूँ?'

वह तर्कसंगत व व्यावहारिक थी। मैंने स्वीकृति दे दी कि वह संदर्भ हेतु मेरा नाम दे सकती है। उसे काम मिल गया। उसके लिए वह मुझसे मिलने आई और आभार प्रकट किया।

तीन वर्ष बाद उसका एक इ-मेल मुझे प्राप्त हुआ, जिसमें गृह-प्रवेश के उपलक्ष्य में मुझे आमंत्रित किया गया था। मुझे प्रसन्नता हुई। मैं उस उत्सव में शामिल होने गई। वह तीन शयन-कक्षोंवाला आधुनिक सुविधा-संपन्न एक मकान था। वह आत्मविश्वास से परिपूर्ण और प्रसन्न दिख रही थी। मैं अंतिम मेहमान थी। अत: मेरे साथ बातचीत करने के लिए उसे कुछ समय मिल गया था।

'मैडम, यह मेरे परिश्रम का फल है। मैंने एक-एक रुपया इस मकान के लिए बचाया। आज मैंने एक मकान बना लिया और लगता है कि इससे हमें कोई नहीं हटा सकता।'

'तुम्हारा काम कैसा है ?'

'बहुत अच्छा। मैं हर समय व्यस्त रहती हूँ। मुझे पसंद है।' तीन वर्ष के अंदर मुझे दल-प्रमुख (ग्रुप-लीडर) बनाया गया है और पाँच व्यक्ति मेरे अधीन हैं। मैं ज्यादा समय तक काम करती हूँ। कंपनी ने दो बार मुझे अमेरिका भेजा है और प्रत्येक बार मैं तीन-तीन महीने वहाँ रही हूँ।'

'अपनी बच्ची के साथ यह सब कैसे सँभाल लेती हो ?'

'मेरी सास और सेविका बच्ची की देखभाल कर लेती हैं। सेविका बहुत ही कार्यकुशल है। और फिर अशोक भी तो है।'

कुछ समय के पश्चात् मैंने उसे अपनी कुशल सेविका के साथ जयनगर में ओपेल एस्ट्रा कार में देखा। बहुत ही सलीकेदार कपड़े पहने सेविका अनीता की पाँच वर्षीया बच्ची का हाथ थामे हुए थी। अनीता मुझसे मिलकर बहुत खुश हुई; किंतु उसे देखकर मुझे बड़ी हैरानी हुई। वह बहुत बदल चुकी थी। बहुत कीमती साड़ी पहने हुए, चमकते मोती के कुंडल और करीब एक दर्जन सोने की चूड़ियाँ। उसके शृंगारपूर्ण चेहरे पर कुछ अहंकार के भाव थे। यह अधिक आत्मविश्वास था या कठोरता का भाव ? मुझे समझ में नहीं आया।

अनीता प्रफुल्लित थी। बोली, 'मैडम, मुझे कंपनी से कर्मचारी स्टॉक ऑप्शन शेयर मिले हैं। उनमें से कुछ मैंने भुना लिये और एक कार खरीद ली। मैं छुट्टियाँ बिताने परिवार व सेविका सहित सिंगापुर गई थी। मैंने अशोक को बच्ची सहित अपने साथ अमेरिका चलने को कहा। कंपनी आश्रितों का व्यय वहन करती है। है न बड़ी बात ?'

'हाँ, अच्छा है, अशोक कैसा है ?' मैंने पूछा।

बुझे स्वर में उसने उत्तर दिया, 'वह अभी कॉलेज में ही है—वही पुराना पाठ पढ़ाते हुए। उसकी पदोन्नति हुई है। पाँच सौ रुपए की छोटी सी बढ़त। मैडम, आप

अशोक से कहें कि वह कॉलेज में अपना समय व्यर्थ गँवा रहा है। उसे मुझसे भी अधिक अच्छा काम मिल सकता है। वह मुझसे अधिक होशियार है, किंतु मेरी एक नहीं सुनता है। हो सकता है कि शैक्षिक क्षेत्र में आगे बढ़ने की उसकी चाह औद्योगिक क्षेत्र से कहीं ज्यादा है।'

'अनीता, सब बड़े हो गए हैं और जानते हैं कि उन्हें क्या चाहिए।'

वह मेरे उत्तर से खुश नहीं हुई।

बाद में अध्यापकों की एक कार्यशाला में मेरी भेंट अशोक से हुई। भोजनावकाश था और बात करने के लायक हमारे पास कुछ समय था।

'मुझे खेद है कि अपनी व्यक्तिगत समस्या लेकर आपको परेशान कर रहा हूँ। किंतु आप ही हैं, जिसे अनीता और मैं बड़े दिनों से जानते हैं। आपने हमें छात्र-जीवन में देखा है और अब सहकर्मी के रूप में भी। आपकी सलाह और विचार मेरे लिए महत्त्व रखते हैं।'

'क्या अनीता ने मुझसे बात करने के लिए तुमसे कहा है?'

'नहीं, मैं अपनी शादी से खुश नहीं हूँ। मैंने कई बार सोचा है कि विवाह-बंधन में रहूँ या अलग हो जाऊँ।'

'अशोक, मूर्ख मत बनो। पति-पत्नी में मतभेद उभरते रहते हैं। यदि कोई कहे कि उनमें मत-भिन्नता नहीं होती, तो वे पति-पत्नी नहीं हैं।' मैंने उपहास में कहा। मैं तनाव समाप्त करना चाहती थी और हँसकर समस्या का समाधान करना चाहती थी; किंतु अशोक पर हास्य का कोई प्रभाव नहीं पड़ा।

'नहीं मैडम, अनीता को लगता है कि उसका काम अच्छा और श्रेष्ठ है। वह अन्य लोगों को कम आँकती है। अब उसके लिए 'मैं' बड़ा हो गया है। जैसे—'इस मकान को मैंने अपने पैसों से खरीदा है।' वह सोचती है कि शेयर से चमके पैसे से वह हर चीज खरीद सकती है। आई.टी. कंपनी के शेयरों की जैसे ही कीमत बढ़ती है, निस्संदेह ई.एस. भोगी शेयर कर्मचारियों के लिए वरदान सिद्ध हुए हैं, किंतु इससे परिवारों में अशांति उत्पन्न हो गई है। पहले की तरह अब वह मेरी माँ का आदर नहीं करती।'

'क्यों?' मैंने मूर्खता भरा प्रश्न किया।

'क्योंकि उसकी जगह एक कुशल सेविका रखी जा सकती है। अनीता को लगता है कि अपने कुछ शेयर बेचकर वह मेरी वर्ष भर की कमाई से अधिक कमा सकती है। वह हर क्षण मुझे कहती रहती है कि वह मुझसे श्रेष्ठ है। मैं ऐसे दृष्टिकोणवाली पत्नी के साथ नहीं रह सकता।'

‘किंतु अशोक, मान लो कि तुम उसकी जगह होते तो क्या तब कोई समस्या नहीं होती? क्या अपने से अधिक कमानेवाली पत्नी के साथ तुम नहीं रह सकते? हो सकता है कि पुरुष-प्रधान समाज में तुम्हारे अहं को ठेस पहुँचती हो।’

अशोक ने कुछ देर सोचा और उत्तर दिया, ‘कुछ हद तक आप सही हो सकती हैं, मैडम। यह भी अधिक अगर पात्र उलट हो जाएँ, मैं अपने पैसे की रट लगाने लगूँ तो उसे भी बुरा लगता। पति-पत्नी के बीच कोई अंतर, स्तर-भिन्नता का अंश नहीं होना चाहिए। केवल अधिक कमाने के कारण ही एक-दूसरे का सम्मान नहीं करना चाहिए; किंतु जो मुझे अधिक दु:खी करता है, वह है मेरे सहयोग को अमान्य कहना। यदि लोगों को थोड़े ही समय में अधिक धन प्राप्त हो जाता है तो वे अनीता की तरह व्यवहार करने लगते हैं। धन धीरे-धीरे ही बढ़ना चाहिए, तभी उसका आदर किया जाता है। पुरुष हो या महिला, बहुत थोड़े समय के अंदर अत्यधिक धन कमाना भी अधिक शराब पीने की तरह ही अशुभ है।’

मेरे पास इसका कोई उत्तर नहीं था। मैं विचारों के सागर में खो गई। धन दुधारी तलवार की तरह है, जिसे फल काटने या फिर किसी व्यक्ति की हत्या करने के लिए उपयोग में लाया जा सकता है। पैसा कमाना महत्त्वपूर्ण है; किंतु किस प्रकार उसका उपयोग किया जाए, यह जानना भी अत्यंत आवश्यक है। यदि अनिता बुद्धिमान् होती तो वह अपने आस-पास के लोगों को धन्यवाद देती; कृतज्ञता-ज्ञापन किया होता। जिन्होंने उसे सहयोग दिया था, उनसे कहा होता, ‘अपने पति के सहयोग से मैंने यह मकान बनाया है।’

हो सकता है, यह मेरा अपना विचार हो। मुझे सचमुच मालूम नहीं कि धन युवाओं को किस तरह प्रभावित करता है, जिससे उनकी प्रसन्नता छिन जाती है।

□

50

क्या जीवन निष्कपट है?

जब कोई व्यक्ति (स्त्री या पुरुष) शारीरिक रूप से पीड़ित होता है तो लोग उससे सहानुभूति प्रकट करते हैं, किंतु जब कोई मानसिक रूप से रुग्ण होता है तो हमारे देश में लोगों की सोच बिलकुल अलग होती है। हमारे समाज में मस्तिष्क का रोग निषिद्ध माना जाता है। हम यह बिलकुल नहीं मानते कि मानसिक स्वास्थ्य भी उतना ही या उससे अधिक महत्त्वपूर्ण है जितना शारीरिक स्वास्थ्य।

मैं एक मनोवैज्ञानिक के साथ कार्यरत थी, जो मानसिक रोगियों के उपचार के विशेषज्ञ थे। केवल उपचार ही पर्याप्त नहीं होता। रोगियों का पुनर्वास भी उतना ही महत्त्वपूर्ण होता है। सामान्यत: लोगों का मानना है कि मानसिक रोगी सदा रुग्ण रहता है। मस्तिष्क की बीमारी से ग्रस्त व्यक्ति को हमारा समाज सदा पागल समझता है।

प्रसिद्ध कन्नड़ लेखक त्रिवेणी द्वारा लिखित एक सुंदर उपन्यास है 'शरपरांजरा', जिसमें ऐसे व्यक्तियों के प्रति समाज की धारणा को दरशाया गया है। इस उपन्यास के आधार पर बाद में एक फिल्म भी बनी है।

मेरी डॉक्टर मित्र कुसुम ने मुझे ऐसी अनेक घटनाएँ सुनाई हैं। वे सच्ची घटनाएँ कभी बहुत हृदयविदारक होती हैं तो कभी मनोरंजक भी।

एक बार कुसुम किसी पार्टी में एक बहुत प्रतिष्ठित महिला से मिली। कुछ वर्ष पूर्व कुसुम ने उस महिला के मानसिक दबाव का पूर्णतया उपचार किया था। उसे देखकर कुसुम को बहुत प्रसन्नता हुई। वह उससे मिलने के लिए आगे बढ़ी। किंतु जैसे ही उस महिला ने कुसुम को देखा, वह दूर चली गई। कुसुम सकपका गई। उसे आशा थी कि वह उससे गर्मजोशी से मिलेगी। कुछ देर बाद आतिथेय ने

सभी अतिथियों से कुसुम का परिचय कराया तो इस महिला के व्यवहार से ऐसा लगा जैसे वह कुसुम को बिलकुल नहीं जानती।

पार्टी समाप्त होने पर वह आई और क्षमा-याचना करते हुए बोली, 'डॉक्टर, असामान्य व्यवहार के लिए मुझे क्षमा करें। आपने मुझे नया जीवन दिया है। मैं इतने लोगों के बीच आपको पहचानना नहीं चाहती थी। हर कोई आपको मनोवैज्ञानिक चिकित्सक मानता है। वे सोचेंगे कि कभी मैं आपकी रोगी थी और अब भी वे मुझे पागल समझेंगी।'

वह रोते हुए चली गई और कुसुम असहाय-सी देखती रही।

एक बार मैंने कुछ कम तकनीकी परियोजनाओं पर बात करनी चाही, जिनमें कुछ रुग्ण व्यक्तियों को काम पर लगाकर उनकी आय का स्रोत उपलब्ध कराया जा सके। इसलिए मैं कुसुम के औषधालय गई। स्वागत-कक्ष में मुझे प्रतीक्षा करने को कहा गया, क्योंकि कोई रोगी अंदर गया हुआ था। प्रतीक्षालय में मेरे बगल में एक वृद्ध दंपती बैठा था। उनके चेहरे पर मुसकान नहीं थी। वे बहुत चिंतित थे। पहनावे से वे संभ्रांत लोग लगते थे। संभवतया उनकी बेटी रोगी थी। मैंने सोचा कि बच्चों का मानसिक स्वास्थ्य माता-पिता को धन से अधिक सुख देता है। किंतु शायद ये माता-पिता इतने भाग्यशाली नहीं थे।

कुछ देर बाद रोगी बाहर आया और मैं कुसुम से मिलने अंदर चली गई। मैं इस दंपती की समस्या पर विचार करते हुए पुनर्वास की बात बिलकुल भूल गई। मैं हैरान थी कि आखिर उनकी समस्या क्या होगी। इसलिए कुसुम से पूछा; किंतु उसने मुझे कुछ नहीं बताया। शायद यह विश्वासघात होता। फिर भी उसने मुझे कुछ किस्से सुनाए, जिनका परिचय उसने नहीं दिया।

'मेरी एक रोगी थी माया, जो सुसंस्कृत परिवार से थी। उसका विवाह अच्छे शिक्षित, किंतु सांस्कृतिक रूप से कम स्तर के परिवार में हुआ था। यह परंपरागत शादी थी, जिसमें दूल्हे का कारोबार सांस्कृतिक तुलना से अधिक महत्त्वपूर्ण माना गया था। उसका विवाह जगदीश से हो गया। जगदीश की माँ और बहनें माया से सदा क्रूरता का व्यवहार करतीं। आश्चर्य की बात यह थी कि जगदीश अच्छे पद पर था, किंतु अपनी माँ से बहुत डरता था और उसका बहुत आज्ञाकारी था। माँ ने इसका लाभ उठाया और हमेशा बहू को सताया। जगदीश माया के पति से अधिक माँ का बेटा था।

'कुसुम, यह अधिकांश परिवारों की कहानी है। कितनी ही महिलाओं ने इस प्रकार यातना भोगी है।'

'यह सच है। सामाजिक दबाव अधिक होता है। कई बार फिल्मों व टी.वी.

सीरियल में वर ढूँढ़ने और शादी के महत्त्व को बहुत बढ़ा-चढ़ाकर दिखाया जाता है।'

'माया की क्या प्रतिक्रिया थी?'

'माया ने भरसक प्रयास किया, जैसा कोई अन्य भारतीय महिला करती कि अपने आपको परिवार में ढाल सके। उसने अच्छे संबंध स्थापित करने की कोशिश की। उसे आशा थी कि एक न एक दिन उसकी सास व ननदों के विचार बदलेंगे; किंतु जब उसे विश्वास हो गया कि उसका पति उसका साथ नहीं देगा तो उसका मानसिक दबाव बढ़ने लगा। एक महिला अपने पति का प्यार चाहती है। उसके लिए वह कुछ भी झेल सकती है; किंतु जब उसे लगेगा कि उसे प्यार नहीं मिलनेवाला है तो उसे घोर निराशा होती है।'

तनावों से जूझती ऐसी युवा और संवेदनशील माया की स्थिति की कल्पना मैंने की। मानसिक पीड़ा से उभरने में समय लगता है। वह अनेक बार कुसुम के पास आकर रोई होगी।

'तुमने माया का क्या इलाज किया?'

'मैंने जगदीश व उसकी माँ को बुलवाया। उन्हें सारी स्थिति समझाई कि माया को केवल प्यार और देखभाल की जरूरत है, पैसे की नहीं। उनकी समझ में कुछ नहीं आया। माया का पति एक कॉलेज का प्राचार्य है; किंतु वह प्यार का सीधा मतलब भी नहीं जानता। वह कॉलेज में एक बड़ा अध्यापक माना जाता है, परंतु उसकी पत्नी एक मानसिक रोगी है। मैंने माया के माता-पिता को बुलाकर स्पष्ट कहा कि उनकी बेटी की देखभाल जगदीश द्वारा ठीक से किए जाने की आशा नहीं है। माया को यह समझ लेना चाहिए और पति के प्यार पर निर्भर रहे बिना अपना जीवन सँवारना चाहिए। यह स्वीकार करना उसके लिए बहुत कठिन था, किंतु एक डॉक्टर होने के नाते उनसे सच कहना मेरा कर्तव्य था।'

'माया को क्या हुआ?'

'मैंने लंबे समय तक माया का इलाज किया। अनेक बार बात की, समझाया, मानसिक दबाव कम करने की कई तरह की गोलियाँ खिलाईं। अब वह बिलकुल ठीक है। वह अपने माता-पिता के पास है।'

'कुसुम, क्या यह अन्याय नहीं है? जगदीश निकृष्ट व्यक्ति है, किंतु इलाज माया का करना पड़ा। रोग का कारण बननेवाला व्यक्ति (जगदीश) खुश है और कोई दोष न होते हुए भी माया दुःखी है। सबसे बुरी बात यह है कि समाज यह मानता है कि माया ने अपने पति को छोड़ा है।'

'हाँ, कौन कहता है कि जीवन निष्कलंक या निष्कपट है? जीवन सदा कपटपूर्ण है। हाँ, यदि चाहो तो उसे सुंदर बना सकते हो।' □

51
कौन सही है?

बहुत पहले एक समारोह में मैं मुख्य अतिथि थी। वह गरीब छात्रों का छात्रावास था। किसी मानवशास्त्री ने उस छात्रावास को बनवाया था। वहाँ खाना और रहना निःशुल्क था, किंतु छात्रों को अन्य व्यय, जैसे—शिक्षा शुल्क, कपड़े आदि—स्वयं वहन करने पड़ते थे।

जब मैं छोटी थी तब कई ऐसे परिवार होते थे, जो आर्थिक दृष्टि से पिछड़े, किंतु मेधावी छात्रों की देखभाल करते थे। वे उनकी सहायता विद्यालय शुल्क या कपड़े और अधिकतर भोजन की भी व्यवस्था करते थे। उन दिनों अधिकांश महाविद्यालय बड़े नगरों में ही होते थे। बहुत से गरीब छात्र, जो उन नगरों में पढ़ने आते थे, ऐसे ही परिवारों के साथ रहते थे। वे उस परिवार का अंग ही माने जाते थे। गृहिणी इसे सत्कार्य मानती थीं और उन छात्रों की हार्दिक सहायता करती थीं; किंतु आज स्थिति भिन्न है। छोटे-छोटे नगरों में भी विद्यालय और महाविद्यालय हैं। अत: यह प्रथा नहीं रही।

जब मैं मंच पर बैठी थी तो मुझे बीते दिन याद आए। जिस व्यक्ति ने उस छात्रावास को बनवाया था, उसे मैंने हार्दिक बधाई दी और कहा कि यह बहुत अच्छा कार्य किया। इससे अनेक छात्रों को काफी सहायता मिली है।

छात्रावास के सचिव ने मुझे उन कुछ छात्रों के विषय में बताया, जिन्होंने अच्छे अंक प्राप्त किए हैं, किंतु शिक्षा शुल्क देने में असमर्थ हैं।

उसने कहा, मैडम, इस वर्ष हमारे पास तीन ऐसे छात्र हैं, जो विभिन्न विधाओं में उच्च स्तर के हैं और वे सभी बहुत ही गरीब परिवार से हैं। डिग्री प्राप्त करने में उन्हें एक वर्ष और लगेगा। एक ओषधि संकाय में है तो दूसरा अभियांत्रिकी और

तीसरा वाणिज्य से है।'

मैंने उनसे समारोह के बाद मिलने की इच्छा प्रकट की।

समारोह चलता रहा। जैसा आम तौर पर होता है, ऐसे अवसर पर मुख्य अतिथि की प्रशंसा में बहुत सी बातें कही जाती हैं। कभी-कभी तो मुख्य अतिथि के संबंध में अनेक अतिशियोक्तिपूर्ण तथा झूठी तारीफें की जाती हैं। यद्यपि मैं उन्हें सही कराती रहती हूँ, परंतु वे मेरी नहीं सुनते। अत: मैं अपने अंतर के कानों को बंद रखकर सोचती हूँ कि शायद वे किसी और की प्रशंसा कर रहे हों।

मैं सोचती हूँ कि इस प्रकार की अनावश्यक प्रशंसा भी एक प्रकार का भ्रष्टाचार है, जिससे अनेक लोगों को बेवकूफ बनाया जाता है। बारहवीं शताब्दी में कर्नाटक में एक क्रांतिकारी नेता बासवेश्वर उत्पन्न हुआ था। उसने कहा था कि प्रशंसा सुनहरी जेल होती है।

समारोह के बाद मैं सचिव द्वारा बताए गए उन तीनों मेधावी छात्रों से मिली। वे कुछ शरमीले एवं घबराए हुए थे।

उन सबकी एक ही कहानी थी। पिता छोटी नौकरी पर थे, जिससे दो जून की रोटी भी कठिनाई से मिलती थी। पीछे गाँव में बड़ा परिवार उन्हीं पर निर्भर था। कोई जमीन-जायदाद नहीं थी। केवल पढ़ने में रुचि और आगे पढ़ने की लगन ही उसे यहाँ खींच लाई है।

मुझे उनकी स्थिति पर दु:ख हुआ। कई माता-पिता अपने बच्चों को अच्छी शिक्षा देने के लिए अतिरिक्त कक्षा या व्यक्तिगत शिक्षा का प्रबंध करते हैं, ताकि उनकी पढ़ाई में बाधा नहीं पड़े। उनमें कुछ ऐसे मेधावी छात्र भी होते थे, जो मासिक शिक्षण शुल्क देने में भी असमर्थ थे।

शायद विद्या की देवी सरस्वती उन छात्रों को पसंद करती थी।

'कृपया मुझसे जून में मिलिए। मैं फीस देने में सहायता करूँगी।' मैंने वचन दिया।

उन्हें इसकी आशा नहीं थी। इसलिए उनके चेहरे पर प्रसन्नता खिल उठी।

वादे के अनुसार मैंने उनकी फीस दे दी और उस बात को भूल सी गई।

कुछ वर्षों बाद जब मैं विदेश जा रही थी तो वहाँ रहनेवाली अपनी सहेली के लिए मैंने साड़ी खरीदनी चाही। यह बात एयरपोर्ट जाते हुए रास्ते में मुझे याद आई। मैं साड़ी की एक दुकान पर ठहर गई। दिन के भोजन का अवकाश था, इसलिए दुकान में बिरला ही कोई नजर आया। सब शांत था। मुझे जल्दी थी। इसलिए मैंने एक साड़ी पसंद की, जो दिखाने के लिए टँगी हुई थी। मैंने विक्रेता से उसी तरह की

साड़ी पैक कर बिल साथ में देने को कहा।

तभी अचानक एक युवक सामने आया। बड़ी अच्छी पोशाक में था। सुंदर एवं शालीन। वह मुझे देखकर मुसकराया और अपने केबिन में आने के लिए मुझे आमंत्रित किया। मुझे नहीं मालूम था कि वह कौन है। मैंने सोचा कि शायद मेरा कोई पुराना छात्र होगा। अनेक बार मुझे उनके नाम याद नहीं आते। विशेषकर तब जब वे स्नातक पूर्व के छात्र रहे हों।

मैं उसके कक्ष में गई। बहुत अच्छी तरह सजा कमरा था। सुंदर-ताजे फूल, संगमरमर का फर्श, दीवार पर अत्याधुनिक कलाचित्र, इलेक्ट्रॉनिक उपकरण तथा अन्य सुविधाएँ। संक्षेप में, वह एक संभ्रांत कार्यालय था।

मैंने उससे कहा, 'मुझे हवाई अड्डे जाने की जल्दी है। मुझे वह पैकेट शीघ्र चाहिए।'

वह युवक मुसकराया और बोला, 'मैडम, कृपया बैठिए। आपका पैकेट किसी भी क्षण आ जाएगा।'

मैं सोचने लगी कि यह युवक कब कॉलेज से उत्तीर्ण हुआ होगा।

'मैंने किस वर्ष आपको पढ़ाया था?' मैंने उसका बैच आदि याद करने का प्रयत्न करते हुए उससे पूछा।

'नहीं मैडम, मैं आपका छात्र नहीं रहा।'

'क्या तुम मुझे जानते हो?'

'हाँ, मैं कुछ वर्ष पूर्व एक छात्रावास में आपसे मिला था।'

मैं उसे याद नहीं कर पाई।

'आप वहाँ मुख्य अतिथि के रूप में आई थीं।' उसने मुझे स्मरण कराया, 'मैं अपने दो मित्रों के साथ आपसे मिला था। आपने मेरी बी.कॉम. अंतिम वर्ष की फीस अदा की थी।'

अब मुझे उसकी याद आई। वे चमकीली आँखोंवाले घबराए हुए युवा छात्र, आज जिसे देखा, उससे कितना भिन्न।

मुझे अच्छा लगा और मैं प्रसन्न हो गई—'अब कमा रहे हो?'

'मैडम, मैं इस दुकान का साझीदार एवं प्रबंधक हूँ। ईश्वर की कृपा से हमारा व्यवसाय ठीक चल रहा है।'

'तुम्हारा परिवार कहाँ है?'

'मैं विवाहित हूँ और यहीं रहता हूँ। मेरे दो भाई पढ़ रहे हैं और मेरे ही साथ हैं। दो बहनों की शादी हो चुकी है। मेरे माता-पिता भी खुश हैं।'

तब तक मेरा पैकेट आ चुका था। मैं चलने के लिए उठी।

वह मुझे कार तक छोड़ने के लिए आया। उसने मुझे नमस्ते की। देर हो रही थी। मैं जल्दी से भागी और किसी तरह वायुयान छूटने से पहले पहुँच सकी।

जैसे ही जहाज ने उड़ान भरी, मैंने देखना चाहा कि साड़ी ठीक भी है या नहीं। यह सोचकर मैंने अपना बैग खोला। मुझे यह देखकर आश्चर्य हुआ कि उसमें दो साड़ियाँ थीं। मैं तो एक ही खरीदना चाहती थी और एक का ही मूल्य दिया था, किंतु पैकेट में केवल वे दो पैकेट ही नहीं बल्कि वे पैसे भी रखे हुए थे, जो मैंने दिए थे। साथ में एक छोटा सा परचा था, जिसपर लिखा था—'मैडम! आपने मुझ अनजान की फीस देकर बहुत बड़ा उपकार किया था। मैंने कई बार सोचा कि आपने ऐसा क्यों किया। मैं बिलकुल अजनबी था और किसी प्रकार का रिश्ता आपसे नहीं था। आपको मुझसे कुछ भी पाने की आशा भी नहीं थी। अब मैंने भी अपने जीवन का ध्येय बना लिया है कि उन जरूरतमंदों, जो मेरे सगे-संबंधी नहीं हैं, की सहायता करूँ, वह भी बिना किसी स्वार्थ के। यह मेरी छोटी सी भेंट आपके लिए है। यह खरीदना आपके लिए कोई बड़ी चीज नहीं है; किंतु मैं स्नेह और कृतज्ञता के रूप में इसे देना चाहता हूँ। आपने मेरे जीवन की दिशा बदल डाली है।'

उसके शब्दों ने मेरे दिल को छू लिया और मेरी आँखों में आँसू छलक आए।

मैं मुंबई पहुँची। मेरा जहाज तकनीकी खराबी के कारण विलंब से जाने वाला था। इसलिए सोचा कि सांताक्रुज मार्केट से कुछ खाने की चीजें खरीदती चलूँ। अपनी सहेली के साथ फुटपाथ पर चलते हुए मुझे ठोकर लगी और मैं नीचे गिर गई। मेरे पाँव में सूजन आ गई थी। मेरी हड्डी टूट गई, यह देखकर मैं चिंतित हो गई। मेरी मित्र मुंबई में ही रहती थी, इसलिए वह मुझे निकट के एक डॉक्टर के पास ले गई। उसने मुझे बताया कि यद्यपि वह कुछ महँगा है, किंतु बहुत अच्छा डॉक्टर है।

हम उस डॉक्टर के पास गए। वह एक सुंदर आधुनिक उपचार-केंद्र था। स्वागत-कक्ष में बैठी युवती चुस्त व व्यवसाय में प्रवीण थी। उसने मुझसे पूछा, 'क्या डॉक्टर से पूर्व निश्चित समय लिया है?' जब मैंने 'नहीं' कहा, तो उसने मुझे प्रतीक्षा करने के लिए कहा।

डॉक्टर युवा एवं आत्मविश्वासी था। मुझे राहत महसूस हुई। उसने अपनी मुसकान से मुझे और भी स्वाभाविक बना दिया। जब वह मेरे पाँव की जाँच कर रहा था तो उसने वार्त्ता शुरू की, 'मैडम, मैं पहले भी आपसे मिल चुका हूँ। अब आप कुछ वृद्ध हो गई हैं।'

'पहले कब मिले थे मुझसे?'

'मैं एक छात्रावास में था। आप वहाँ मुख्य अतिथि के रूप में आई थीं। समारोह के बाद मैं अपने दो अन्य मित्रों के साथ आपसे मिला था।'

मैंने अनुमान लगाया कि वह कौन था, फिर भी पक्की तरह जानना चाहा।

'तुम्हारे मित्र अब कहाँ हैं?'

'एक बंगलौर में है, साड़ी की दुकान में पार्टनर है और दूसरा अमेरिका में है। आप यहाँ क्या कर रही हैं?'

मैंने कारण बताया। तब तक उसे पता चल गया था कि मेरे पाँव में क्या हुआ है।

'चिंता न करें। हड्डी नहीं टूटी, केवल थोड़ी मोच आई है। दवा लगाने से ठीक हो जाएगा।'

मुझे खुशी हुई कि यह युवक अपने काम में सफल हो रहा है। साथ ही यह तसल्ली भी हुई कि हड्डी टूटने से बच गई।

जब मैं चलने को हुई तो मैंने उससे पूछा, 'क्या शादीशुदा हो?'

उसी आत्मविश्वास और मुसकान के साथ उसने उत्तर दिया, 'जी हाँ, मेरी पत्नी भी डॉक्टर हैं और हम यहीं रहते हैं।'

जब मैं बाहर आई तो स्वागत-कक्ष के टेबल पर टेलीफोन की घंटी बजी। शायद डॉक्टर स्वागत-कक्ष पर बैठी युवती से बात कर रहा था। हो सकता है कि उसने अभी-अभी इतने आलीशान क्षेत्र में उपचार-केंद्र खोला है और विवाहित है। मैं उसे प्रोत्साहित करना चाहती थी।

मैंने अपना पर्स खोला। रिसेप्शनिस्ट बोली, 'तीन सौ रुपए।'

मेरा हाथ पर्स के अंदर ही रुक गया—'क्या यह अधिक नहीं है?'

'नहीं, डॉक्टर ने स्वयं मुझे यह रकम बताई है। आपने पूर्व निश्चित समय नहीं लिया था।'

मैंने बिल अदा किया और बाहर आ गई।

मैंने तीन व्यक्तियों की सहायता एक ही वक्त पर की थी, बिना किसी प्रतिदान की आशा में, किंतु उनके व्यवहार इतने भिन्न थे। एक व्यक्ति ने कृतज्ञता व्यक्त की और अन्यों की सहायता का व्रत लिया है। दूसरे ने उस सहायता का जिक्र तक नहीं किया, न एहसान माना, न प्रतिदान के रूप में कुछ दिया। दूसरी ओर उसने मुझसे ठीक एक अजनबी की तरह व्यवहार किया।

जब भिन्न विचारों के लोग किसी परिस्थिति का सामना करते हैं तो उनकी प्रतिक्रिया भी भिन्न होती है।

अमेरिका में रहनेवाले तीसरे व्यक्ति से मिलना अभी बाकी है।

□□□